公元787年，唐封疆大吏马总集诸子精华，编著成《意林》一书6卷，流传至今
意林： 始于公元787年，距今1200余年

青春最美，梦想出发
中国式好看轻小说优鲜品牌

千凰令（七）

风起星海

QIANHUANG LING QI
FENG QI XINGHAI

元宝儿 作品

吉林摄影出版社
·长春·

图书在版编目（CIP）数据

千凰令. 七. 风起星海 / 元宝儿著. -- 长春：吉林摄影出版社，2019.5
（意林·轻文库. 绘梦古风系列）
ISBN 978-7-5498-4052-6

Ⅰ. ①千… Ⅱ. ①元… Ⅲ. ①长篇小说 - 中国 - 当代 Ⅳ. ①I247.5

中国版本图书馆CIP数据核字(2019)第068207号

千凰令（七）风起星海
QIANHUANG LING（QI）FENG QI XINGHAI

著　　者	元宝儿
出 版 人	孙洪军
总 策 划	安　雅　张　星
责任编辑	吴　晶
图书统筹	空心菜
特约编辑	魏　娜
绘　　图	源　雪
书籍装帧	胡静梅
美术编辑	赵艳红
开　　本	700mm×1000mm　1/16
字　　数	330千字
印　　张	13
版　　次	2019年5月第1版
印　　次	2019年5月第1次印刷
出　　版	吉林摄影出版社
发　　行	吉林摄影出版社
地　　址	长春市净月高新技术产业开发区福祉大路龙腾国际大厦A座17楼 邮编：130117
网　　址	www.jlsycbs.net
电　　话	总编办：0431-81629821 发行科：0431-81629829
经　　销	全国各地新华书店
印　　刷	北京市兆成印刷有限责任公司
书　　号	ISBN 978-7-5498-4052-6　　　定价：28.80元

版权所有　侵权必究
如发现印装质量问题，请与印务部联系退换，电话：010-51908584

目录

第七十二章
新婚夜离奇失踪　　001

第七十三章
深宫内怪事连连　　017

第七十四章
雪月殿鬼影森森　　035

第七十五章
破悬案疑窦丛生　　051

第七十六章
海帝王初访黑阙　　067

第七十七章
顺国运星海祭天　　085

目录

第七十八章
捕海怪平定民心　　101

第七十九章
帝与后初生嫌隙　　121

第八十章
大婚后误会再生　　137

第八十一章
受刺激旧疾复发　　155

第八十二章
夫妻间兵戎相见　　171

第八十三章
出意外阴阳两隔　　187

第七十二章 新婚夜离奇失踪

深冬，午夜，眉华山脚下。

一道响亮的哨声响起，隐藏在山林之中的大小动物就像受到兽王的召唤，齐齐从栖身之地奔涌而出，直奔哨声的发源地追逐过去。

今夜月光惨淡，寒风凛冽。

京城脚下的大多数老百姓在这个时辰，已经进入了甜蜜的梦乡。

唯有一道娇小的黑影，施展出神入化的轻功，穿梭于眉华山山林之间，用独特而又响亮的哨声，将眉华山所有的毒蛇猛兽全部召集到自己周围。

顷刻之间，得到召唤的猛兽们慢慢将那道娇小的黑影团团围绕。

而这个在午夜时分将眉华山动物全部召集至此的黑衣人，正是不久前与黑阙君王荣德皇帝举行大婚典礼的当朝皇后——洛千凰。

提起居住在眉华山的这些动物与洛千凰之间的缘分，还要追溯到一年多以前。

当时太傅云四海最小的女儿云锦绣在其长姐云锦瑟的教唆之下，故意在眉华山放了一场熊熊大火，欲将隐藏在眉华山内所有的动物焚烧至死。

从小就对各种动物有着深厚感情的洛千凰看到山中起火，不顾自身安危，只身闯进眉华山，将受困于火海之中的动物们救出生天。

那场变故发生之后，纵火犯云锦绣受到了应有的惩罚，洛千凰也与眉华山中的动物们结下了不解之缘。

在响亮哨音的召唤之下，无数动物趋之若鹜。

洛千凰伸出手指轻掩唇瓣，冲围绕在自己周围的动物们做了一个噤声的手势。

黑夜里，原本嘈杂的场面，在她的授意之下，忽然变得无比安静。

洛千凰表情凝重地对众动物发号施令："大家速速与我离开这里。"

说罢，她对着不远处吹了一记口哨。

不多时，一匹黑色的骏马扬起四蹄直奔此处，乖巧而又听话地停在洛千凰面前。

她动作利落地翻身上马,对着那些期期艾艾看着自己的动物说道:"走!"

随着一声马啸声响起,以洛千凰为首的动物大军朝着眉华山山北的方向火速离去。

幸亏此时夜深无人,不然,娇小少女率领巨型猛兽的这幅壮观画面,定会成为百姓口中惊世骇俗的话题。

一路向北策马狂奔的洛千凰面色凝重而又谨慎,时不时还要回头观察后方有没有追兵围堵。

夜色深沉,冷风萧瑟,刺骨的寒风冻得她浑身发抖。

饶是如此,她仍旧紧咬牙关,尽一切努力带着身后的动物大军向北逃亡。就在此时,四面八方忽然涌现出一片耀眼的火光。

随着杂乱无章的脚步声由远及近,隐藏在黑暗之中的洛千凰脸色骤变,她拉紧缰绳,厉声喝道:"加快速度,离开此地。"

当火把的光线将原本漆黑的夜空照耀得灯火通明,被上千个侍卫团团围住的洛千凰,以及跟随在她身后的动物军队也被迫停下了逃离的脚步。

居住在眉华山中的动物种类繁多,像狮子、老虎、猎豹、豺狼这种大型食肉动物尽管不多,但聚集在一起的宏大声势依旧令人不敢小觑。

山鸡野兔、蛇鼠飞禽,在黑色夜空的笼罩之下也是密密麻麻一片。

率领众侍卫堵住洛千凰去路的黑衣男子,气势凌人地骑着一匹枣红色的高头大马。

他身穿黑色大氅,头戴珠玉皇冠,火把的光芒并没有融化他脸上如寒霜般的神情。此时的他,就像一个从地狱中走出来的审判者,目光锐利而又冷酷地逼视着无路可退的洛千凰。

这个男人,正是黑阙朝君临天下的荣德皇帝——轩辕尔桀。

帝后二人四目相对。

轩辕尔桀身后聚集着成百上千个训练有素的皇城侍卫,洛千凰身后尾随着凶相毕露的动物军团。

两方人马强强对峙,现场的气氛一时之间陷入僵局。

看到轩辕尔桀带兵追来,洛千凰非但没有弃械投降的打算,反而迅速做出反应,率领她身后的动物大军准备突出重围。

轩辕尔桀岂能让她如愿,他驱使胯下的枣红骏马,横挡住正欲离去的洛千凰的去路。

"事已至此,洛千凰,你还想要逃去哪里?"

这句话,是轩辕尔桀从齿缝中硬挤出来的。若非他极力克制心底的怒火,此时已经当着众将士的面暴跳如雷地抓住她了。

洛千凰骑着马儿连连后退，虽然眼中的惊慌已经出卖了她心底的畏惧，她仍旧义无反顾地挺起胸膛，扬声道："我没逃，只是选择用了一种你可能无法接受的方式来解决问题。请你给我一些时间，等我处理完手中的事情，自会回来向你请罪。"

轩辕尔桀怒上心头，忍不住厉吼出声："你这么急着离朕而去，难道不是为了那个男人？"

洛千凰面色阴沉，加重语气道："既然我在你心中已至如此不堪的地步，再说下去，只会让我们变得更加水火不容。不管你同意与否，我今天一定要离开京城，离开这里。"

轩辕尔桀被气得冷笑连连，他指了指自己身后个个孔武有力、训练有素的皇城侍卫："朕亲自带人捉拿你，你认为你还有脱身的可能？"

洛千凰不怒反笑："我可不是一个人！"

言下之意，虽然你率领着皇城侍卫，但也不要小觑我身后庞大的动物军团。

果不其然，洛千凰话音刚落，那些躲在她身后的猛兽瞬间露出满口獠牙，做出一副随时准备冲上去与敌人决一胜负的姿态。

轩辕尔桀没想到她能心狠到这般地步，咬着牙质问："为了他，你不惜伤害朕的性命？"

洛千凰争辩道："我这么做，只为我自己，不为任何人！"

轩辕尔桀咄咄逼人道："是为了你自己，还是其他人，你我心知肚明！"

洛千凰不想再与他理论，无奈道："你非要这么想，那我无话可说！"

轩辕尔桀沉下面孔："你这是间接承认你与他之间关系匪浅？"

洛千凰轻嗤一声道："我说没有，你会信吗？"

轩辕尔桀顿时怒不可遏："不然你给朕解释解释，为何要选在夜半三更之时离宫出走？朕究竟哪里对不起你了，让你为了一个不相干的人，做出这种忘恩负义之事？论地位，朕是黑阙天子；论权势，朕统领江山；论身份，朕是你名正言顺的夫君。朕既然给予你黑阙皇后的名分，便是要与你共同面对未来的风风雨雨。而你，竟然辜负朕的信任，对另一个男子投怀送抱，甚至不惜触犯皇权国法。洛千凰，你摸摸良心问问自己，今日所为，对得起谁？"

声色俱厉的一番斥责，洛千凰非但没有心生愧疚，反而回了他一抹讥讽的冷笑："你就当我是忘恩负义的小人吧。既然我这个皇后如此不称职，令你这样不满，这段

第七十二章 新婚夜离奇失踪

婚姻也没必要再维持下去。皇上，请你下旨废后休妻！"

"你说什么？"

"废后休妻"这四个字，如同一记重锤，砸得轩辕尔桀肝胆俱裂。

呼啸的北风从耳边吹过，即使这位年轻的帝王身上穿着厚实的大氅，刺骨的寒意依旧让他凉到心底。

他不敢置信地瞪着轻轻松松说出这四个字的洛千凰，眼前这个容貌秀丽、一脸纯良的女子，与记忆中的洛洛简直判若两人。

有那么一刻，他甚至怀疑，这个与自己对峙的洛千凰，到底是不是他所认识并深深喜欢着的那个单纯又善良的洛洛。

无视他眼底的震惊与愤怒，洛千凰态度不改道："我说，既然你觉得我这个皇后并不称职，不如废后休妻，做个了断！这黑阙皇后，我无福消受。皇上位高权重、年轻有为，值得更好的女子与你相伴。自此一别，后会无期！"

说罢，她吹响口哨，号令身后林中百兽："走！"

"站住！"

轩辕尔桀岂能让她就此离开，他横挡在洛千凰面前："没有朕的命令，你休想踏出京城一步！"

洛千凰怒道："事已至此，你又何必强留于我？"

很是寒心的轩辕尔桀不怒反笑："废后也好，休妻也罢，只有朕有权决定你的命运，除了束手就擒，你别无选择。"

说罢，他冲身后心腹做了一个手势："抓起来，带回皇宫！"

当众侍卫做出抓捕的动作时，洛千凰身后的动物大军呼啦一下横蹿出来，将马背上形只影单的小主人紧紧护在身后。

雄狮猛虎、豺狼猎豹，岂是人肉之躯所能阻挡的？这些将士虽然没见过兽王皇后真正的实力，有关于她驭兽对敌的传闻早已传遍黑阙。

当初北漠大军之所以会败得那般凄惨，完全依赖这位年轻的皇后娘娘的能力。没想到有朝一日，他们这些皇城侍卫，居然要面临与动物大军对峙的局面。

看着野性十足的狮虎狼豹，以及隐藏在树梢上蓄势待发的利爪雄鹰，他们几乎可以预见，等待他们的必将是一番生死搏斗。

看着洛千凰麾下的猛兽狮吼虎啸毫不客气地指向自己，轩辕尔桀既震惊又愤怒，他厉声问道："难道你还想弑君杀夫？"

洛千凰勾了勾唇："皇上若肯网开一面，我绝对不会与皇上为敌！"

轩辕尔桀语气坚决："你想离开京城，绝不可能。"

洛千凰眯起双瞳："既然如此，咱们只能在此一较高下！"

"洛千凰，你不要逼朕！"

洛千凰不甘示弱道："到底是谁在逼谁，你我心中有数。"

她决绝冷酷的态度，令心底对她还有一丝希冀的轩辕尔桀陷入彻底的绝望："好，既然你执意如此，就别怪朕对你手下不留情。来人，将皇后拿下。"

被逼上绝路的洛千凰眼看举着火把的皇城侍卫在皇上的命令下向自己围了过来，她轻轻将食指放到唇边。

随着一道响破天际的哨声响起，皇城侍卫与动物军团终于正式拉开了生死对决……

时间被拉回到三个月前……

荣德五年九月初九，荣德帝大婚，娶逍遥王府之女洛千凰为妻，并册封其为明孝皇后，执掌凤印，管理后宫。

帝后大婚这天，天降祥瑞，有五彩祥云高挂于空，令所有看到此景的百姓无不唏嘘惊叹，并纷纷跪倒伏地行礼。

除此之外，更有成千上万的动物大军聚拢在皇宫外面发出震耳的呼啸，仿佛在用它们特有的方式来庆祝万兽之主终于嫁人。

总之，荣德五年九月初九这天，对黑阙皇朝来说，是一个极为隆重又值得欢庆的大日子。

帝后大婚，文武百官齐齐祝贺，婚宴现场之奢华，丝毫不输于荣祯帝与凤皇后当年大婚时的荣耀风光。

洛千凰的父亲逍遥王在黑阙皇朝的地位非比寻常，母亲墨红鸾曾经担任法华寺的皇家圣女，外公墨青流则是朝廷一品武将。这样的出身和背景，给洛千凰这个新嫁娘带来无上荣耀。

前来祝贺帝后大婚的文武百官不计其数，民间的百姓也极为拥护这位新上任的国母。

洛千凰当初凭一己之力击退北漠大军的入侵，让黑阙百姓避开了一场可怕的战争，此等功勋，可不是随便哪个女子能够轻易做到的。

尤其是帝后大婚之时，那些不请自来的飞禽走兽给这场盛大婚宴所造成的声势以及引发的轰动，绝对是黑阙皇朝有史以来最令人震撼和津津乐道的奇迹。

在雄狮猛虎等动物大军的助阵之下，轩辕尔桀与洛千凰的这场旷世婚宴，也在史官的记载下，成为黑阙历史上人人称羡的一场天作之合。

烦琐而又隆重的大婚仪式在双方亲人和文武百官的祝福声中圆满结束。

按照黑阙皇朝自古以来流传下来的婚宴规矩，礼成之后，由皇帝这个新郎官负责招待来往的宾客，从千凰郡主一跃成为皇后娘娘的洛千凰，则在宫女的搀扶下，回到皇后才有资格居住的凤鸾宫，等待她的准夫君在招待完宾客后来揭开红盖头，再饮下交杯酒，做完这一切，才算给这场盛大的婚礼画上一个圆满的句点。

洛千凰从未想过嫁人的过程居然如此烦琐磨人。

大清早天还没亮，她就被府中的婢女从舒服的被窝里挖了出来。

更衣、洗漱、描眉、上妆，直到被戴上凤冠，穿上霞帔，在锣鼓喧天的祝贺声中与一心想要娶她的朝阳哥哥拜堂成亲，她才深深地意识到，嫁人可真不是一件简单的差事。

不但劳民伤财，而且要顶着一个沉重的凤冠，像个牵线木偶一样被折腾得脚打后脑勺儿。

被婢女扶进宽敞奢华的凤鸾宫时，她饿得前胸贴后背，胃里还时不时传来一阵令人尴尬的咕噜声。

"郡主，累了一整天，您快坐下来好好休息一会儿，奴婢先去给您倒杯热茶润润喉，等皇上招待完宾客回来，还有许多事情等着您做……"

说话的婢女名叫月蓉，十六七岁的年纪。生得眉清目秀、聪明伶俐，是洛千凰嫁进皇宫之前，她娘墨红鸾亲自为她挑选的陪嫁丫鬟之一。

未等洛千凰应声，和月蓉年纪相仿、穿着相同服装的婢女纠正她道："嫁进皇宫，郡主便正式荣升为皇后娘娘，咱们这些当奴婢的如果再唤郡主，被皇上听到，可是要受到责罚的。"

纠正月蓉称呼的这个姑娘名叫月眉，和月蓉一样，也是被墨红鸾精心挑选出来的心腹型婢女。担心女儿嫁进皇宫之后会遭受到不公平的待遇，骆逍遥和墨红鸾这对夫妻可谓煞费苦心，从府中挑选出一批忠心能干的婢女，陪在洛千凰身边庇护左右。

月蓉和月眉这两个姑娘最是精明，因此被安排在主子身边近前伺候。

自知说错话的月蓉及时改口笑道："瞧奴婢这个记性，怎么就忘了郡主现在的身份已经今非昔比，嫁入帝王家，从今以后便是母仪天下的皇后娘娘，可不能再用郡主这样的称呼来唤您。娘娘大人不记小人过，可千万别跟奴婢一般计较。"

天还没亮就被喊起来准备立后大典的洛千凰，当然不会因为称呼这种小事跟身边的婢女发脾气。

头顶耀眼华丽的凤冠虽光彩照人、价值连城，却压得她脖子酸痛，快要喘不过气。

好不容易离开宾客的视线，她一把扯去头上的盖头，在两个婢女极度震惊的目光中将凤冠摘下。

月蓉和月眉齐齐惊呼："娘娘，这可使不得啊，您头上的盖头可是要等皇上回来之后亲自揭下才行的……"

"我等不及了。"

沉重的凤冠被摘下去的那一刻，洛千凰总算觉得自己重新活了过来。

她动作不雅地用衣袖擦去额头的汗水，见偌大的宫殿中摆满了各式酒菜糕点，肚子里的馋虫一下子就被勾了出来，三步并作两步地扑到桌前，拿起一块糕点便肆无忌惮地吃起来。

她一边吃，一边口齿不清地抱怨："天底下还有比嫁人更累人的事情吗？十几斤重的东西，天还没亮就扣在我的脑袋上。这一路又是跪、又是拜，还要挺直腰板强撑笑容，逼迫自己表现出一脸开心的样子，天知道我已经快要累成一摊烂泥了。月蓉，你去倒杯热茶给我喝。月眉，去找件轻便点儿的衣裳帮我换下来，这大红大绿的袍子穿在身上又厚又热，我浑身上下都快被捂得起痱子啦……"

月蓉倒是识趣，忙不迭地端茶倒水，还不忘开口劝慰："娘娘，这种惊骇世俗的话您在奴婢面前说说也就得了，可千万不能被外人听了去。今天是您和皇上大喜的日子，虽然成亲的仪式有些辛苦，可您的身份从这一刻起已经发生改变。您是一国之母，贵为皇后之尊，此等荣耀，全天下只有您一个女子有资格享受。填饱了肚子，您就速速将凤冠再戴回头上，也免得皇上看到您不守礼仪，治您的罪。至于喜袍，时辰未到，您可不能随意脱下……"

在月蓉眼中，皇权是至高无上的存在，即使自家郡主已经与皇上结为正式夫妻，原则上来说，夫妻二人的地位还是有着本质上的巨大差距。

在这个以夫为天的时代，像自家郡主这种天真烂漫、个性随意的姑娘，将来可是要吃大亏的。

洛千凰却对月蓉的提醒不以为意，无论轩辕尔桀的身份有多么高不可攀，在她心中，他永远都是她的朝阳哥哥，绝不可能为了这些微不足道的小事来找她的不痛快。

既如此，她又何必畏首畏尾，非要顶着那沉重的凤冠给自己找罪受？

如囫囵吞枣般将一整盘糕点吞咽入腹，又灌了两大杯香喷喷的热茶，咕咕直叫的肚子总算是停止了抗议。

直到这时，洛千凰才发现自己身处的地方不但宽敞明亮，而且金碧辉煌到了令人眼花缭乱的地步。

这是洛千凰第一次踏入凤鸾宫的地界，放眼望去，除了一片充满喜气的大红色之外，屋内的摆设精致奢华，将帝王家尊贵雄厚的风范展现得淋漓尽致。

吃饱喝足，恢复了体力，洛千凰对这座归她所有的凤鸾宫充满极大的好奇。

她东摸摸、西看看，哪怕是一个极小的物件，也会被她把玩在手中来回欣赏，还时不时发出由衷的赞赏："宫中的物件，果然比外面店铺里卖的玩意儿稀奇古怪。你们看这道四折屏风绣得多精致。还有古董架上摆放的那些名贵玉器，市面上可绝对看不到这么稀有昂贵的玉石……"

寝殿正中，挂着一块赤金九龙青地大匾，匾上正中写着斗大的三个字：凤鸾宫。

大紫檀雕螭案上，设着三尺来高的青绿古铜鼎，悬着墨龙画卷，远远望去，甚是庄严肃穆。

洛千凰忍不住感叹："这么豪华的宫殿，真的只归我一人所有？"

月蓉和月眉两个婢女见自家郡主那一脸天真无邪的模样，忍不住笑道："娘娘，凤鸾宫是历代皇后起居之处，既然您被皇上立为皇后，从今日起，这个地方自然只归您一人所有。"

洛千凰听得心花怒放，没想到有朝一日，她还能拥有属于自己的私人宫殿。

虽然认回亲生父母之前，她在皇宫中住过一段时间，并且她所居住的宁安宫还被布置得舒适华丽。但说到底，宁安宫只是临时落脚点，并不曾让她找到归属感。今时却不同往日，她不但嫁作人妇，还拥有了自己的宫殿。

凤鸾宫！多么霸气的名字，从今以后，她就是这里真正的主人了。

此时的洛千凰，如同得到新奇宝贝的小孩子，对这个即将属于自己的地方充满强烈的探究与好奇。

反正距皇上回来揭盖头还有一段时间，月蓉和月眉也就由着她在偌大的凤鸾宫继续探索。

凤鸾宫里里外外十几个房间，没有沉重凤冠束缚的洛千凰，提着长长的裙摆，一个房间接着一个房间地游逛欣赏。

起初，月蓉和月眉还会尾随在主子身后叮嘱照应，见主子像小孩子般见到什么稀奇宝贝都要摸索研究一番，两个人便渐渐放松对主子的关注，开始操劳手边的杂务。

皇上宴请宾客回来，还有许多事情等着她们连同凤鸾宫的其他内侍张罗处理。

没了月蓉、月眉这两个小尾巴的跟踪盯梢，洛千凰一个人在凤鸾宫逛得怡然自得。

不知从哪里爬出一条拇指粗的小白蛇，扭动着小小的身躯，不停地在洛千凰眼前晃悠。

十分有动物缘的洛千凰轻轻地将小家伙捧在掌心，用食指在对方小小的蛇头上点了两下，笑着说："小家伙，你自己出来溜达散心，就不怕你娘发现你失踪之后担心难过？快回去吧，万一不小心被人发现，可是要被抓去熬蛇羹的。"

说完，轻手轻脚地将小白蛇放回地面，小家伙蜿蜒着小小的身躯在她脚边直转圈，洛千凰大为不解，明知它不可能回答她的问题，她还是好奇地询问："怎么啦？是不是出来玩太久，找不到回家的路？"

小白蛇昂着小小的脑袋，继续在她脚边转圈圈，还拼命摆着小尾巴，似乎在向洛千凰传递着某种信息。

洛千凰再如何聪明，也摸不透小白蛇的意图，只能好言好语地劝道："知道你想跟我玩，可今天真的不合适，快回去吧，等我得了空，再去找你玩。"

小白蛇宁死不走，睁着两只米粒大的小黑眼珠，可怜兮兮地看着洛千凰，时不时还吐着细小的蛇芯，用力摆着尾巴，示意洛千凰跟它走。

洛千凰被小家伙缠得没办法，只能亦步亦趋地跟在它身后，无奈道："好吧好吧，我陪你玩就是。"

小白蛇向前爬一会儿，便扭过脑袋，确认洛千凰有没有跟过来。

洛千凰被逗得忍俊不禁，踩着极慢的步子跟在小家伙身后缓步而行，边走边说："你家也在这里，我家也在这里，从今日起，咱们可就是邻居了，以后还要请你多多照顾。"

小白蛇似乎听懂了她的话，用力扭动着小尾巴，做出一副欢快的模样。

洛千凰咯咯直笑，继续跟在小白蛇身后，有一句没一句地闲聊着。

从凤鸾宫一路走下来，耗费洛千凰不少工夫。在小白蛇的引领下，她不知不觉被带进一个极其偏僻的房间，房间不大，屋内的摆设也略显陈旧，看上去就像是一间专门摆放旧物的小库房。

爬进房间，小白蛇的情绪明显变得兴奋起来，它扭动着小小的身躯，直接奔向屋内的东南角。

洛千凰尾随而至，笑着问道："你们家该不会就在这里吧？"

话音刚落，洛千凰只觉得脚下一空，身体不受控制地向下坠落。

她还未来得及发出惊叫，眼前便被一片未知的黑暗取代……

总算从众多宾客中脱身的轩辕尔桀，在获得自由的第一时间，便匆匆忙忙赶去凤鸾宫，迫不及待地想要见到自己的新娘。

为了迎接这一天的到来，他可是付出了不少心血，眼下梦想成真，这种雀跃的心情，让他为之振奋。

岂料当轩辕尔充满期待地踏进凤鸾宫的大门，却被告知自己的新娘消失不见了。

"消失不见？"

这突如其来的消息，着实把轩辕尔桀惊到了，忙不迭开口质问："究竟发生了何事？"

在凤鸾宫伺候的宫女太监此时也是满脸焦急，尤其是月蓉和月眉两个贴身婢女，面对皇上的怒气，恨不能跪地叩头来表达自己心中的悔意。

还是月蓉的胆子稍稍大些，伏跪在地上，哭丧着脸回道："具体发生了何事，奴婢也不清楚。立后大典刚刚结束，奴婢便带着娘娘回凤鸾宫等着皇上大驾光临。在此期间，娘娘肌肠辘辘，暂时揭下盖头、取下凤冠，饮用茶点予以充饥。奴婢想着距皇上回宫还有些时候，便由着娘娘稍作放松，在凤鸾宫内游逛欣赏。结果一错眼的工夫，娘娘便不知去向，消失得无影无踪。皇上回来之前，奴婢已经召集在娘娘近前伺候的仆役，在凤鸾宫里里外外寻了三遍，结果就是不见娘娘的人影。"

最后两个字说完，月蓉重新伏跪在地，等候皇上的惩罚。

皇后离奇失踪，这对月蓉和月眉几个近前伺候的婢女来说，绝对称得上灭顶之灾。

离府之前，王妃千叮咛万嘱咐，待郡主嫁进皇宫，她们这些贴身婢女一定要恪守职责，不计代价也要保护郡主的性命安危。

结果皇上连皇后的盖头都没掀，郡主便在她们的眼皮子底下消失不见。这么可怕的事情若是被王爷和王妃知晓了，她们这些婢女也就不用再活了。

月蓉的讲述，令轩辕尔桀的心情一下子紧张起来，闯入他脑海中的第一个想法，便是萧倾尘那个浑蛋是否对洛洛仍未死心，趁两人大婚之日，耍手段再次将洛洛劫持去了北漠。

毕竟黑阙与北漠之间的关系实在称不上和睦，即使两国正式签属了和平条约，像北漠那种出尔反尔、不讲信用的国家，说不定会在自己大婚之时掀起新的风浪。

　　可是很快，这个大胆的猜测就被轩辕尔桀给否定了。萧倾尘这个人虽然卑鄙无耻又心思歹毒，可在大局面前，他还是非常慎重的。

　　没当上北漠的皇帝之前，他还能任性妄为，由着自己的性子行事，但不久前他已经正式坐上北漠的帝位，再随随便便开这样的玩笑，被搭进去的便是整个北漠的未来。

　　"皇后离奇失踪一事不容小觑，皇上，要不要奴才吩咐下去，召集宫内所有的御林军，对皇后的下落进行地毯式搜查？"

　　开口出主意的，正是内务大总管小福子。

　　轩辕尔桀敛眉摇头："此事先不要对外声张。"

　　今天是他和洛洛的大喜之日，两人还没有行礼，便传出皇后消失的消息，非但对寻找洛洛的下落毫无帮助，反而还会造成外界的恐慌。

　　轩辕尔桀不认为洛千凰是毫无自保能力的弱女子，定是发生了什么变故，才导致这样匪夷所思的后果。

　　思及此，他向月蓉问道："朕回来之前，皇后曾有过哪些举动？更确切地说，是否有不明身份的人物出没于凤鸾宫内？"

　　月蓉自是不敢怠慢，忙不迭回道："奴婢可以用自己的性命发誓，除了在娘娘身边近前伺候的仆人之外，并没有闲杂人等有机会出现在娘娘身边。至于娘娘在大典结束之后的唯一举动，便是对这座凤鸾宫充满好奇和探究。"

　　轩辕尔桀不由得垂头看了伏跪在地上的月蓉一眼："你这话是什么意思？"

　　月蓉脸色微红，一时间竟不知从何说起。

　　她总不能告诉皇上，自家郡主初嫁皇宫，看到这么豪华的宫殿，这也要摸，那也要看，摆明了就是一个没见过世面的小土包。

　　于是月蓉支支吾吾道："娘娘初为人妇，想来是对自己即将拥有的这座宫殿生出了兴味，因此皇上没来之前，她曾挨个房间都摸索了一遍……"

　　月蓉的话还没有说完，轩辕尔桀便已经明白了大半。

　　别人或许对洛千凰这种行为不甚了解，深知她脾气秉性的轩辕尔桀却对自己新进门的皇后了如指掌。

　　这丫头虽不是爱财之人，时不时流露出来的一些小家子气却经常让他哭笑不得。

第七十二章 新婚夜离奇失踪

凤鸾宫的奢华程度并不亚于帝王所居住的龙御宫。

洛千凰乍一得知如此富丽堂皇的凤鸾宫从今以后只归她一人所有，定会像个如获珍宝的孩子，将她最天真、最幼稚的一面表现出来。

按照月蓉交代的细节，在没有外人闯入凤鸾宫行不轨之图的前提下，洛千凰离奇消失，目前只有两个可能。

其一，她顽皮不乖，故意躲起来制造众人的恐慌。

其二，在她对凤鸾宫进行游逛探索时，发生了某种变故，导致她被迫消失，以至于下落不明。

第一个猜测很快就被轩辕尔桀否决。洛洛是个乖巧懂事的姑娘，定不会在新婚大喜之日故意制造事端来吓唬众人。

那么，就只剩下第二种可能了，在她毫无防备的情况下遇到了紧急情况，恐怕连她自己都不知道目前身在何处。

放眼望去，凤鸾宫的规模实在不小。毕竟是黑阙国国母的栖身之地，总不至于建得太过寒酸。

更何况黑阙朝最不缺的便是银子，想要给当朝国母修葺一座豪华的宫殿，对朝廷来说简直是易如反掌。

只可惜，轩辕尔桀对凤鸾宫的内部构造并不熟悉。

因为在他的记忆里，当年父皇将母后娶进家门，夫妻二人便一直居住在帝王寝宫，他母后极少回到凤鸾宫居住，以至于时间久了，这座豪华的宫殿在他看来只是一处华丽的摆设。

从小在父母的呵护下长大的轩辕尔桀，最常去的地方也是他父皇所住的龙御宫。

直到他十六岁时父皇退位，与母后双双搬到太上皇居住的圣和殿，他便正式以帝王的身份住进了龙御宫。

不管是称帝之前还是称帝之后，他极少有机会踏足这里。

时间一久，他只知道宫中有一座专门给皇后居住的凤鸾宫，对这里的情况却知之甚少。

他忍不住怀疑，凤鸾宫是否设置了一些机关密道，洛洛在游逛的过程中不小心误触机关，才造成如今这样一个生死不明的局面。

想到这里，轩辕尔桀不敢再耽误下去，急忙率领心腹暗卫，对整个凤鸾宫展开了大范围的排查。

而事实证明，轩辕尔桀的猜测八九不离十。

在小白蛇的引领之下，毫无心理准备的洛千凰果然误触机关，从一个很高的地方掉了下来，摔得她屁股生疼，哀叫连连。

不过，当她看清楚自己所处的地方之后，担心与害怕瞬间被震惊和诧异取代。

这是一间比她出嫁前所居住的闺房还要大上两倍的宽敞密室，屋子里除了长年燃烧的火把照明之外，无门无窗，就像一个专门用来置放物品的大型地窖。

可是用地窖来形容这里的情况又很不恰当，因为整个房间密密麻麻码放了数不清的金元宝和银元宝。

除此之外，落满灰尘的地上还堆放着两座小山那么高的珠宝首饰。

洛千凰虽然并不看重身外之物，可一下子被这么多金银财物占满视线，她一颗小心脏还是兴奋得"扑通扑通"狂跳不止。

这可是她有生以来，第一次看到这么多财物。

先不说那些黄灿灿、白闪闪的金元宝、银元宝叠加在一起究竟能不能与国库相比，光是那两座小山高的珠宝玉饰，便足够买下几座城池了。

天哪！

洛千凰不由得惊叹不已，揉了揉摔肿的屁股，飞也似的扑到那些财物面前，检查这些黄白之物到底是不是真金白银。

令洛千凰惊喜的是，这些金银不但都是真的，堆放在不远处的那几只巨大的黑箱子里，也摆放着各种各样的稀世珍宝。

此时的洛千凰，非常肯定自己应该是发现了一座隐秘的巨大宝藏。

从这些宝藏上积满的灰尘来看，她误打误撞掉进这间密室之前的数年里，并不曾有人踏足此地。

仔细翻找之后才发现，除了数额庞大的金银珠宝，这间密室里还存放着不少书籍，有兵法方面的、医学方面的、农作物栽种方面的。

还有几只大箱子里，堆放着兵器以及各种兵器的制作图纸。

即便洛千凰对兵器不感兴趣，也一眼从这些兵器图纸中看出，一旦这些兵器被制造出来，用于练兵打仗，定会给黑阙的军队实力带来巨大而又深远的影响。

她一边兴奋着，一边激动着，众多财宝之中，一颗耀眼夺目的黑珍珠锁住了她的视线。

这颗黑珍珠有婴儿拳头那么大，在无数闪耀着夺目光芒的珍宝之中，散发出一种矜持而又独特的魅力。

所有价值连城的宝贝，与这颗黑珍珠相比，仿佛瞬间失去了光彩。

洛千凰从铺满灰尘的地面上将这颗没有蒙尘的黑珍珠捧进自己的手心，纯净的黑色，如同一片宁静而又没有星子的夜空，所散发出来的光泽莹润诱人，好像有一种无形的魔力，吸引着她的心神。

洛千凰轻轻抚摸着黑珍珠光滑饱满的珠身，冰凉滑腻的触感，让她生出一丝丝颤动的心悸。

一时之间，她似乎忘了自己身在何处，究竟是谁，茫然而又执着地欣赏着这枚罕见稀有的黑珍珠。

双眼的目光渐渐变得深邃起来，好像沉迷于某种未知的力量，因此忽略了珠身上飞速闪过的一丝诡异夺目的光芒。

就在洛千凰忘我地沉醉在这颗珍珠的美丽中时，耳边传来"咔嗒"一声脆响，随之而来的，是头顶那道紧闭的石门，在外力的干涉下缓缓开启。

紧接着，她看到一张熟悉的面孔，正是她的准夫君轩辕尔桀。

被黑珍珠吸引住心智的洛千凰猛然回神，下意识地将黑珍珠揣进自己的衣袋。

好不容易寻到她下落的轩辕尔桀并没有注意到洛千凰的这个小动作，一路寻找下来，他真是被吓得够呛，担心自己猜测有误，耽误了搭救洛洛的最佳时间。

要不是在储物间内无意中看到洛千凰遗落在地上的一支凤钗，他几乎快要放弃对她在宫内的寻找，进而派人到凤鸾宫外展开追查。

"朝阳哥哥，你看我发现了什么？"

洛千凰并不知道自己失踪的这段时间，给整个凤鸾宫造成了多大的影响，密室中所放置的巨额宝藏，已经让她彻底忘却今天是跟朝阳哥哥成婚的重大日子。

起初，轩辕尔桀并没有注意到密室里的真正情况，他整颗心都系在失踪的洛千凰身上，此时总算被他逮到活人，最想做的事情就是将这个不省心的小东西抓过来狠狠教训一顿。

待他看清室内的情况，即将出口的训斥被硬生生堵了回去。

他不会是在做梦吧？空置数年的凤鸾宫内，居然藏着这么一笔数额巨大的宝藏，这到底是怎么回事？

第七十三章 深宫内怪事连连

对很多人来说，荣德皇帝与明孝皇后大婚的这一晚，注定是一个惊险刺激，又极为特殊的夜晚。

即使轩辕尔桀再怎么掩饰，新婚皇后离奇失踪的消息仍是不可避免地传到了轩辕容锦和凤九卿的耳中。

当时，宾客还没有全部离去，与太上皇夫妇私交甚笃的逍遥王夫妇，得知女儿竟然在凤鸾宫内失踪，急得火烧眉毛般坐立难安。

女儿丢了，这还得了？骆逍遥第一个沉不住气，就要兴师动众地带人去寻找女儿的下落。容锦夫妇和墨红鸾也是吓得不轻，众人在得知消息的第一时间，便匆匆赶去凤鸾宫一探究竟。

本以为又是一场可怕的宫廷阴谋，万没想到，事情居然发生了戏剧化的逆转。

当双方父母以最快的速度来到凤鸾宫时，不但看到失踪的洛千凰安然无恙，还被轩辕尔桀告知，他的小新娘无意中在这座豪华的宫殿里发现了一笔巨额宝藏。

在轩辕尔桀的带领下，众人来到宝藏藏身处。

数不清的金银珠宝呈现在众人面前时，饶是见惯了大风大浪的轩辕容锦、凤九卿、骆逍遥以及从未将身外之物放在眼中的墨红鸾，也被眼前的场面惊得无言以对。

"这到底是怎么回事？"

打破沉默的，是第一个从震惊中回过神的凤九卿，她将探询的目光落在洛千凰的脸上，试图从她的口中得出答案。

直到现在，洛千凰依旧晕晕乎乎，颇有些不知所措。

凤九卿的询问，让她不敢有丝毫隐瞒，于是事无巨细地将自己之前的经历一五一十地和盘托出。

轩辕容锦倍感诧异："你是说，一条不知来历的小白蛇引你发现这间密室的宝藏？"

洛千凰用力点头："虽然听起来有些荒谬，但当时将我引至此处的，的确是一条刚出生不久的小白蛇。"

墨红鸾急忙接口："那条蛇呢？"

洛千凰茫然地摇头："不知道，我不小心掉进密室之后，那条小白蛇便失去了踪影。"

众人听得啧啧称奇。

骆逍遥忍不住看向凤九卿："身为凤鸾宫曾经的女主人，你该不会对这间密室一无所知吧？"

若非在轩辕尔桀的带领下来到此处，这间装满旧物的杂物间定不会引起旁人的注意。

洛千凰之前不小心掉进这里，也是误踩了密室的机关，阴差阳错之下才发现了这么一个神奇的地方。

掉进来之后才发现，密室的角落，有一条长长的甬道，沿着甬道一直走下去，出口居然是主寝殿的落地大衣柜。

由此不难发现，这间密道的创始人，定是曾经居住在凤鸾宫的某一任女主人。

骆逍遥的疑问，令凤九卿有些难以启齿。

虽然她是凤鸾宫的前任女主人，可从她嫁给容锦的那天起，直到两人以太上皇和太后的身份搬去圣和殿，她住在凤鸾宫的日子屈指可数，自然不可能对这里有过多了解。

轩辕容锦看出自家媳妇难掩的窘迫，干咳一声，替凤九卿解释："谁规定身为凤鸾宫的女主人，就一定要对凤鸾宫了如指掌？你们也看到了，这间密室的真正地点被安置到了毫不起眼的杂物间。这种地方，别说宫中的女主人，即便是在宫中伺候的宫女太监，谁又会对这里另眼相看？"

骆逍遥据理力争："密室虽然被设置在这种角落之处，真正的出口却在寝殿正中。像你媳妇这么聪明的女人，不该连自己屋里的衣柜是何种情况都不清楚吧？"

轩辕容锦急忙辩解："我们家九卿的聪明多用在安家治国之上，怎么可能会闲极无事，研究自己房中的衣柜？"

骆逍遥欲再度开口，凤九卿忍不住笑道："好了，大家都是自己人，岂会对彼此的生活习惯全无了解？"

说着，她看向骆逍遥："我虽然曾经是凤鸾宫名正言顺的女主人，可真正在这里居住的日子屈指可数。自我当年被立为皇后，宫中再无其他妃嫔。容锦不愿意与我分住两地，成亲后，便搬至一处，一起住进了龙御宫。你若问我对凤鸾宫有多少了解，我可以很负责地告诉你，我对这里的情况确实一无所知。不过……"

凤九卿话锋一转："若要真想追究这笔宝藏来于何处也并非难事，你们看……"

她随手从堆积如山的财物中拿起一只金元宝，指着刻印在元宝底下的两个字，上面清清楚楚刻着两个字：明康。

"这些金银皆来自明康年间，明康帝是容锦的父辈，由此不难推断，藏有这批财物之人，不会早于明康年间。而明康帝在位之时，有资格居住在凤鸾宫的女主人是明康帝的结发妻子曹皇后。你们或许对曹皇后知之甚少，但当年在朝廷掌控大权的曹国舅，以及握有军权、镇守一方的曹北辰，你们应该略有所闻。曹氏一族当年在朝廷的势力有多庞大，咱们这些过来人可是深有体会。明康帝之所以将曹门之女选为皇后，看中的便是曹家富可敌国的财力。我要是没猜错，密室中的这些财物，多数都是曹皇后当年嫁给明康帝时，带进宫中的嫁妆。"

墨红鸾随手翻了翻堆积在木头箱子里的兵书，接口道："除了嫁妆之外，她还收集了不少战场上的必备之物。这些兵书中所记载的兵法，多以实战案例为主，若用于军事方面，必会给朝廷带来不可估量的利益。"

洛千凰挽住墨红鸾的手臂，无比崇拜道："娘，您好厉害，居然连兵书都看得懂。"

墨红鸾满脸慈爱地看了女儿一眼，摸了摸她白皙的脸颊，语带宠溺道："娘只是一个弱女子，怎么可能会看得懂兵书？不过是之前在你外公的书房中见过，又常常耳濡目染他们讨论兵法，久而久之，便多多少少了解一些。"

母女二人说话的工夫，轩辕容锦和骆逍遥那边也有了新的发现。

兵书的价值固然不低，真正让男人向往的还是各种稀奇的武器。

这些武器以及还没有制作出成品的武器图纸一旦被运用到军事方面，黑阙朝的军队在战场上的战斗力一定会达到惊人的效果。

不得不说，洛千凰不经意间造成的这起失踪事件，给朝廷带来了难以想象的利益。

在轩辕尔桀的命令下，很快便有宫人对密室中的财物进行清点。

最后得出来的结果让人瞠目结舌，除了堆积如山又价值连城的珍珠玛瑙、玉器首饰之外，黄金共二百万两，白银共九百万两，这笔庞大的数额，相当于黑阙朝三年的总税收。

当然，金银财物尚在其次，真正称得上是无价之宝的，是那些不知被哪位高人所设计出来的武器制造图。

这些武器图纸无论是在取材方面，还是在设计方面，皆称得上是巧夺天工。

还有一些火器设计图，用于战场，绝对会鼓舞士气，将敌人打得溃不成军。

骆逍遥不厌其烦地翻阅着那一张张设计独到的武器图纸，感叹道："这位曹皇后可真是一位了不起的人物，不但收敛了富可敌国的财富，还搞了这么多的兵书和武器。她到底想干吗？难不成还要举兵造反吗？"

轩辕容锦若有所思："若我没猜错，曹皇后当年在自己的宫中收藏了这么多财物，十之八九，是给轩辕君昊用来做后盾的。"

轩辕君昊这个人，对轩辕尔桀和洛千凰这对新人来说较为陌生。容锦、九卿和骆逍遥对轩辕君昊却是再熟悉不过。

身为曹皇后膝下唯一的儿子，一出生便被冠上了太子之名。

可以毫不夸张地说，轩辕君昊是含着金汤匙出生的天之骄子，只可惜此人命运不济，虽握有丰厚筹码，最后却在轩辕容锦的打压下一败涂地。

想必曹皇后早在很多年前就看出轩辕容锦的才华和能力，担心有朝一日他的存在会危及轩辕君昊的前途，因此才在别人不知道的情况下收敛了这么多珠宝财物，以备儿子遇难时做最后的反击。

墨红鸾忍不住问："既然这位曹皇后给自己的儿子准备了如此完美的退路，为何这些金银器物，被遗忘在这里数年之久？"

关于深宫密史，凤九卿略微了解一些："我若没记错，曹皇后当年应该是患了某种急病，还没来得及将这批财物转赠给轩辕君昊，便意外离世，导致这些珠宝财物一直空置在此处，直到今日才被人发现。"

此地没有外人，轩辕容锦对当年的事也就不再忌惮："当年令曹皇后患病的不是别人，正是我自己！"

众人齐齐将视线移到轩辕容锦脸上，轩辕容锦冷哼道："我母妃年纪轻轻便香消玉殒，曹皇后自是功不可没。她害得我母妃死不瞑目，我又岂会让她含笑九泉？只是没想到，她死后，还留下这么一笔数额巨大的财物。数十年间都没被人发现，居然会在尔桀和千凰大喜之日曝光于天下。看来千凰果然是我们轩辕家的福星，刚嫁过来，便给夫家送上如此厚礼。"

这一刻，轩辕容锦对洛千凰这位儿媳那是无比满意，越发觉得自己儿子果然有眼光，茫茫人海之中，竟被他寻到这么一个稀世宝贝。

洛千凰被轩辕容锦夸得俏脸通红，忙摆手解释："这只是一个意外，意外而已。"

她可担不起什么福星之名。

轩辕尔桀此时对自家媳妇真是又爱又恨。

虽然找到这么多财物是一件天大的喜事，可今天是他和洛洛的新婚之日。

别人家刚成亲的小夫妻在拜完堂、行过礼之后，应该开开心心地待在一起了，他却要跟父母长辈坐在这里商讨这笔意外之财究竟来自何处。

骆逍遥夫妇也觉得自家宝贝女儿的确是福气不小，他们给女儿的嫁妆固然不少，和女儿不小心发现的宝藏相比，就显得微不足道了。

女儿成为皇后的第一天，便给皇家带来这样的荣耀，做父母的，心底自然也是与有荣焉。

还是凤九卿心思敏锐，见儿子自始至终黑着脸一言不发，想来是对自己的新婚夜发生这样的变故心存不满。

时辰已经不早，再继续留在这里，定会干扰这对新婚夫妻，于是她笑着提议："好啦，关于这笔财宝的事情咱们稍后再谈。今天是尔桀和千凰的大喜之日，我们这些当父母的也要识趣一些，别继续留在这里耽误小两口甜蜜。走吧，莫让一对新人错过了良辰。"

经凤九卿这么一提醒，众人才想到今日是轩辕尔桀和洛千凰的新婚之喜。

虽然骆逍遥和墨红鸾夫妇二人对女儿十分不舍，但临走前，还是说出了他们接下来的打算。

按照墨氏一族的规矩，子孙后代怀上子嗣，要回到祖籍拜祭祖先，让祖上保佑孩子能够平安降生。

墨红鸾现在怀了身孕，本该早一步回老家参加祭祖仪式。

为了参加宝贝女儿的婚礼，回老家的日子一拖再拖，拖到现在，她肚子越来越大，墨老将军担心女儿的肚子再大下去，行车劳顿会吃不消，因此才提议等洛千凰成亲之后，便起程回老家。

洛千凰吃了一惊："爹和娘明天就要出远门了？"

第七十三章 深宫内怪事连连

骆逍遥看出女儿眼中的不舍，急忙安慰："别担心，为父带着你娘回老家参加完仪式，很快就会赶回京城。你且安心留在宫中，若你的夫君待你不好，你就直接回逍遥王府，等爹回来之后，自会替你出头。"

轩辕容锦瞪了骆逍遥一眼："我儿子在你心里就如此恶劣？"

轩辕尔桀也是满脸委屈："朕会好好对待洛洛的。"

凤九卿赶紧出来缓和气氛，笑道："好啦，大喜的日子，咱们都该开心一些才是。至于洛洛，现在已经是咱们皇家的媳妇，大家都会拿她当亲女儿一般来疼爱的。逍遥，你尽管带着红鸾放心回老家祭祖，她如今怀有身孕，路上可要麻烦你多照顾一些才是。"

骆逍遥满脸宠溺地看了墨红鸾一眼："我的媳妇，我自会体贴照顾，不必劳烦各位担忧。"

直到长辈们纷纷离去，偌大的凤鸾宫又恢复了以往的沉寂，轩辕尔桀才一把将呆愣中的洛千凰打横抱起，径自向门口的方向走去。

突然被人抱起来的洛千凰吓了一跳，双臂下意识地抱住他的脖子，惊慌道："朝阳哥哥，你要带我去哪里？"

轩辕尔桀沉着脸道："回龙御宫！"

洛千凰在他怀中扑腾着两条小细腿，不甘心道："为什么要去龙御宫？就留在这里不好吗？这里可是我的宫殿，装点得这般豪华，我还一晚都没住过呢……"

轩辕尔桀垂头瞪她："从今以后，你只能跟着朕住在龙御宫，至于这里，就像从前一样将它当个摆设吧。"

洛千凰大为不满："我反对！"

她好不容易才有了自己的宫殿，怎么能眼睁睁让这么美丽的地方沦为摆设？

轩辕尔桀垂头在叫闹不休的小媳妇耳旁警告道："皇后嫁给皇帝，从今以后的居所，只有龙御宫，没有凤鸾宫，这可是咱们轩辕家族历来的规矩。另外，你刚嫁进来的第一天就给朕惹了这么多麻烦，待会儿可要做好被朕责罚的心理准备。洛洛，大婚的日子你把朕晾在一边，这笔账，咱们日后可有得算了……"

可以毫不夸张地说，轩辕尔桀和洛千凰的新婚之夜，结束在一片嘈杂和混乱中。

当晚在众目睽睽下被抱进龙御宫的洛千凰，毫无意外地被大喜之日严重打扰而心底窝火的皇帝夫君狠狠训斥了一顿。

轩辕尔桀是真的生气，虽然今晚的事情最后是以皆大欢喜收场，可当他乍一得到洛洛失踪不见的消息时，整颗心如坠冰窟，仿佛天都塌了一般，陷入无比的绝望中。

　　偏偏洛千凰这个惹事精在事发之后还能笑得一脸没心没肺，不将这个罪魁祸首狠狠教训一顿，实在让轩辕尔桀难以咽下这口恶气。

　　因此，帝后大婚的这一晚，初任皇后的洛千凰非但没有因为找到一笔巨额宝藏受到自家夫君优待，反而被夫君收拾了一番。

　　按照朝廷自古以来流传下来的规矩，帝后新婚，皇上可以休朝三日用来庆祝新婚之喜，奈何最近朝政繁杂，不少棘手的事情亟待轩辕尔桀亲自处理。

　　加之新婚当日在凤鸾宫意外得到的那笔巨额财富，引起朝堂上下一片轰动。

　　作为皇帝，轩辕尔桀责无旁贷地在新婚的第二天，与朝中大臣们共同商讨这笔财富的使用途径。

　　于是，无所事事的洛千凰决定带着贴身婢女回凤鸾宫收拾一些衣裳细软，将平日里常用的东西打包到龙御宫方便使用。

　　结果双脚还没踏进凤鸾宫的地界，就被她听到不远处几个小宫女旁若无人地聊着八卦，被八卦的对象不是别人，正是洛千凰本人。

　　就听一个声音清脆的宫女笑道："你们听说了吗？皇后娘娘在昨天晚上的大喜之日闹出了好大一则笑话，害得皇上颜面无光。"

　　另一个宫女笑着接口："昨晚的事情闹得那么大，咱们这些在宫中当差的怎么可能会没有耳闻？说起这位皇后娘娘也真是厉害，刚嫁进宫门，就闹得鸡犬不宁，哪有半点儿大家闺秀该有的样子？"

　　第三个婢女的声音插了进来："这也没什么不好理解的。虽然皇后的父母和外公都是声名显赫的大人物，但在此之前，谁不知道她乃平民出身，是江州城里的一个无依无靠的小孤女？即便皇上对她青睐有加，若没有逍遥王府和将军府给她撑腰，她又岂会有资格嫁进皇宫，成为高高在上的一国之母？到底是平民出身，和那些知书达理的千金小姐自是无法比拟。如此一想，闹出昨晚那样的笑话，也就在情理之中了。"

　　几个宫女旁若无人地说着闲话，殊不知，这样的闲话，正好被洛千凰听个正着。

　　月蓉和月眉岂能容忍自家主子被人这般对待？当下就要冲过去找那几个嘴碎的宫女理论。

　　结果还没等月蓉和月眉替自家主子讨回公道，一道娇斥声毫无预兆地闯进众人的耳膜："你们几个该死的奴才真是好大的胆子，皇后乃国母之尊，岂容你们私下妄议？"

循声望去，开口骂人的居然是不知何时进宫的轩辕灵儿。

那几个在背后讲人是非的宫女听到这声怒吼，吓得大惊失色，纷纷跪倒在地哀声告饶。

与此同时，几个宫女也在同一时刻发现洛千凰的身影，这下，她们终于意识到自己惹祸上身，瑟瑟发抖地伏跪在地请求主子的原谅。

第一次碰到这种场面的洛千凰颇为尴尬，那几个宫女虽然嘴碎了一些，背后讲的那些八卦却没有胡乱编造。

她本来就是江州城的小孤女，生长的环境自是与京城那些养尊处优的千金名媛截然不同。

轩辕灵儿却忍受不了这些嘴碎的宫女，她三步并作两步地冲了上来，对着那几个被吓得快要丢了魂的宫女骂道："你们是哪个宫的奴才？知不知道在宫中非议主子的是非，要受到什么样的惩治？"

宫女们吓得频频叩头，哭丧着脸求饶："奴婢们一时失言，罪该万死，请娘娘和郡主大人不记小人过，饶了奴婢等人的性命吧。"

"饶？"轩辕灵儿厉声呵斥，"身为奴才，却连最起码的规矩都没有，连当朝国母的闲话都敢妄议，你们分明是活得不耐烦了……"

说罢，便要利用郡主之尊，派人将她们拉下去责罚。

洛千凰一把拉住轩辕灵儿的手臂，冲她摇头道："算了，不过是被她们讲了几句是非，难道还要因此夺去她们的性命不成？"

轩辕灵儿替好友鸣不平："小千，这件事绝对不能就这么算了。宫中规矩向来森严，她们敢背地里说这种大逆不道之言，就是没将宫中的规矩放在眼中。此等恶行若不严惩，你日后在宫中恐怕难以立威。"

从小在宫廷长大的轩辕灵儿可不像洛千凰那般脾气好、性子软。眼见好友初为国母，身份尊贵，可不能被几个没眼色的奴才给折辱了。

见洛千凰还欲再开口相劝，轩辕灵儿冲她使了个眼色，随后对其他宫人下令："将这几个奴才拖下去，每人赏五十个板子。"

直到亲眼看到几个宫女被拖下去受刑，轩辕灵儿才挽着洛千凰的手臂，将她拉到无人处劝慰："小千，你别怪我对那几个宫女心狠手辣。这深宫之中最复杂的便是人际关系，虽然你现在已经坐上皇后之位，可若想要在这个位置上坐稳，所要付出的辛苦和努力并非你想象中那么简单。那些嘴碎的宫女在宫中没有品级、没有地位，却敢肆无忌惮地在光天化日之下非议国母，摆明了没把你放在眼中。你现在不狠狠打压她们，早晚有一天会被她们骑到头上撒野。听我一句劝，从今以后再遇到类似事件，不用手软，要严惩不贷，别给这些没眼力见儿的奴才留情面。"

轩辕灵儿一番诚挚的劝告，竟让洛千凰无言以对。事实上，直到现在她也没有适应自己的新身份。身为帝王之妻、一国之母，她知道自己身肩重任，不应该再像从前那般天真烂漫、毫无城府。

灵儿仅仅因为宫女的几句不敬之言便对她们施以刑罚，看似残忍冷酷，实则却是为了能让她在宫中立足，刻意维护她的一种保护手段。

轩辕灵儿的做法，让洛千凰心生感动，不愧是自己最好的朋友，处处都在维护她的利益。

当下，她就拉着轩辕灵儿的手，与她双双踏进凤鸾宫。很显然，昨天晚上发生的事情，轩辕灵儿也略有耳闻。所以今天一大早，她便独自进宫，来探个究竟。

得知洛千凰居然在凤鸾宫发现一笔巨额宝藏，轩辕灵儿不禁惊叹道："小千，你可真有本事，刚嫁进咱们轩辕家，就给朝廷带来这样的巨额利益。皇兄好福气，娶了你这么一个世间至宝……"

轩辕灵儿未等夸赞完，就被洛千凰无奈打断："什么世间至宝，可别再说这种无稽之谈。为了这件事，朝阳哥哥昨天晚上可将我好一顿骂。"

想起昨晚挨训的情形，洛千凰觉得自己委屈极了。

她又不是故意在大喜之日搞破坏，事发突然，她也是不得已。

轩辕灵儿义愤填膺："皇兄就是蛮不讲理，明明你给朝廷带来了巨大的利益，他不夸你也就罢了，居然还关起门来骂你一顿。等回头我见了皇兄，定要与他说道说道。"

洛千凰莞尔一笑："好啦，快别说我了，说说你跟连城的小日子最近过得怎么样？你们二人成亲的时候我身在北漠，没能及时参加你们的婚宴恐怕是我一生的遗憾。自从我回京之后，一直忙着筹备婚宴，也没能抽出时间与你好好聊聊。连城对你还好吧？不不，我应该问，嫁人之后，你没有欺负连城吧？"

轩辕灵儿气得嘟嘴："说得我跟个女霸王似的，从来只有他欺负我的份儿，我哪来的本事去欺负他？你都不知道他那个人有多坏，表面看着温润如玉，其实一肚子坏水儿，阴着呢。"

此时的轩辕灵儿就像找到了娘家姐妹，口无遮拦地向好友抱怨自家相公的种种不是。

洛千凰从头到尾认真听着，虽然灵儿说出口的全是哀怨，眼底却掩饰不住满满的幸福。

两姐妹聊了好一些时候，临近晌午，宫中的小太监过来传凤太后的口谕，让洛千凰去圣和殿走一趟。

洛千凰本欲拉着灵儿一起过去，轩辕灵儿急忙摆手，哭丧着脸道："我才不要去，见了皇伯母，她肯定又要在我耳边念叨为妻之道。等我得了空，再进宫找你玩，先走一步啦。"

未等洛千凰反应过来，刚刚还姐妹情深的轩辕灵儿已经脚底抹油，溜之大吉。

当洛千凰匆匆赶到圣和殿，并将轩辕灵儿吓得落荒而逃的事情说给凤九卿时，凤九卿忍不住笑骂："这个灵儿真是调皮，都已经嫁人了，还像小孩子一样任性妄为。她溜得这样快，定是怕我又要念叨她，才吓得连话都不敢与我说上一句。不过……"

凤九卿满脸慈爱地看向洛千凰："灵儿这丫头虽然直率了一些，有些道理却比你看得透彻。今天早上被她处置的那几个宫女若是不罚，日后必然会折损你在宫中的威仪。"

洛千凰微微吃惊："太后已经知道了？"

凤九卿笑着捏了捏她的脸颊："叫什么太后，你已经嫁给尔桀为妻，从今以后，便要唤我一声母后。"

洛千凰赶紧改口："是，母后！"

她直率天真的样子，看在凤九卿眼中，倒比那些循规蹈矩的官家千金顺眼得多。

虽然很久以前，凤九卿就郑重表明不会过多插手儿子的婚事，甚至还任由云四海将云锦瑟当成未来国母培养。

但说到底，尔桀如果真将云锦瑟那样的姑娘娶进家门，她这个当娘的心底还真是一万个不放心。好在尔桀的眼光不错，当年的一趟江州之行，竟然寻回自己的终身伴侣。

最重要的是，这个伴侣还是好友骆逍遥失散多年的宝贝女儿。

身为挚友，骆逍遥这辈子为她所付出的一切，一直让她无以为报。现在逍遥膝下唯一的女儿嫁给了自己的儿子，无论付出多大代价，她也要保证他的女儿在自己的保护下过上最幸福无忧的生活。

这么想着，凤九卿心底又对洛千凰生出了几分慈爱之情，看她的眼神，也像在看自己的女儿，恨不能将满腔母爱倾注到这个曾饱经风霜的小姑娘身上。

凤九卿此番唤她过来的目的倒让洛千凰略感惊讶："母后要将后宫之中的大小事务交由我来亲自管理？"

凤九卿点了点头："既然你已经正式接管了皇后大印，按照规矩，后宫事务自然要移交到你手中。"

洛千凰有些畏惧："可是我还没有做好这个心理准备。"

她初为人妻，对未来的一切充满茫然。

别说管理后宫，就是如何在宫中立足对她来说都颇为艰难。

不然，那几个嘴碎的宫女也不敢堂而皇之地在背后非议她。

一个完全不具备任何威慑力的女主人，有何德何能去管理黑阙皇朝庞大的后宫？

凤九卿看出她心底的担忧，像个慈母一样拉住洛千凰的手，语气柔和道："别怕，咱们黑阙的后宫没有你想象的那么复杂。除你之外，宫中也没有别的妃嫔，这在无形之中为你减少了许多麻烦。平日里，你只要将大小事情交给下面掌事的人去办，出了错处，只管将掌事的人拎来教训，底下那些做事的，自有掌事的前去管教。至于各个宫殿的负责人，稍后我会命人将他们唤至一处，当着他们的面，将手中的权力移交给你。你且放心，后宫里这些主事人，都是经过严格训练，从底层一步步被提拔上来的。这些人对朝廷极为忠心，你只要将他们引为自己的心腹，不用多久，便能轻而易举地掌控后宫所有的动向……"

凤九卿教得颇有耐心，洛千凰却听得战战兢兢。

被朝阳哥哥当成客人接进皇宫居住的那些日子，她从未操心过宫中的大小事务。

对洛千凰来说，掌管后宫，是一件极为遥远的事情。

就算她现在已经成为皇后，上面还有凤九卿这个精明能干的皇太后替她独当一面。

她的梦想是做一个快乐无忧的人，至于如何成为一位让万民景仰的国母，这应该是五十岁之后才要操心的事情。

谁能想到，这一天来得如此之快。

凤九卿事无巨细地将自己这些年管理后宫的经验统统传授给洛千凰，值得庆幸的是，后宫事务虽然繁多，在没有其他妃嫔为争夺帝王宠爱争斗得你死我活的情况下，整个黑阙的后宫，看起来还算是一片祥和。

洛千凰唯一要注意的就是参加一些大型场合时，尽可能将表面功夫做到位，避免被朝中那些吹毛求疵的大臣挑到错处。

大臣们个个都是人精，一切以利益为先，并对荣祯和荣德两位帝王立誓只娶一人绝不纳妃这件事表现出极度的不满。

假如受独宠的皇后出了纰漏，定会成为众大臣群起而攻之的首要对象，这样一来，事情就会变得极为棘手。

见洛千凰听得诚惶诚恐，凤九卿笑着安慰："放心吧，入宫之前，你已经为朝廷立下了不少功劳，加上你父族母族在朝廷的地位，那些大臣真想揪出你的错处，也要掂量一下有没有这个本事。只要不犯原则性的错误，没人敢质疑你在宫中的国母地位。"

一席话听下来，洛千凰诚心说道："和母后相比，我真有些自愧不如。虽然在外人看来，我有庞大的父族和母族做后盾，可我前十几年的生活背景，让我很难在短时间内坐稳国母之位，让所有人信服。就算我现在已经被立为皇后，说到底，也只是一个能力欠缺的平民皇后。"

凤九卿笑道："谁说平民皇后就不是皇后？别忘了，你好歹还有父母长辈为你撑腰。想当年我刚嫁进皇宫那段时日，父亲已经辞官归隐，身后没有人为我遮风挡雨，一路摸爬滚打，不也靠自己熬出头了？宫廷深处虽然处处荆棘，但只要保持头脑清醒，不忘初心地活出自己想要的模样，便是对自己这一生最好的交代。"

一路聊下来，洛千凰越发觉得闻名于天下的这位凤太后并非传闻中那般冷厉可怖。

曾几何时，外界对凤太后的描述都是极为片面的，只说她武功高强、深谋远虑，曾经以女谋士的身份数次参与黑阙与北漠的战争。

老百姓口中的凤太后就是一个攻无不克的铁血女战神，嫁给荣祯帝之后，用特殊手段独霸帝王恩宠数年。为了她，曾经妃嫔无数的荣祯帝解散后宫，只为博心爱女人一个笑容。

可以说，外界对凤太后的评价就是两个极端，战功赫赫，却也心狠手辣。

可洛千凰跟凤太后相处之后才发现，外界那些传言根本就没有任何可信度。

不知不觉中，婆媳之间的话题越来越多，加之凤九卿曾在危难之时救过洛千凰的性命，令洛千凰对凤九卿生出钦慕和敬仰之心。

当忙完手边政务的轩辕尔桀来到圣和殿接媳妇回宫的时候，就见母后和洛洛聊得热火朝天，笑声不断。

他到母后跟前行礼问安，又象征性地与母后聊了几句家常，随后，便寻了个借口，要将洛千凰带回龙御宫。

结果凤九卿还没说什么，洛千凰自顾自地对他道："朝阳哥哥若有事情就先回去吧，我还有许多事情要与母后单独探讨，便不与你一道回去了。"

说完，像驱赶苍蝇一样冲轩辕尔桀挥了挥手，转而继续跟凤九卿谈起之前的话题。

成亲第二天便被妻子冷落一旁的年轻帝王立马黑了脸，瞪着没心没肺的洛千凰道："有什么话，等明天得了空再来与母后探讨不迟。"

洛千凰一本正经道："我现在就很得空啊！"

轩辕尔桀被噎得牙根直痒："你得空，母后未必得空。"

洛千凰的眼神更加无辜了："母后说她今天时间多的是。"

小夫妻之间的对话，逗得凤九卿忍俊不禁。

眼看儿子的俊脸被不解风情的儿媳妇气得黑成炭色，凤九卿忍不住为儿子解围："小千，你要学的东西为数不少，一天之内，恐怕无法全部吸收。反正未来的日子还长，等明日得了空，再来我这里讨教也不迟。"

洛千凰一脸依依不舍，还想留在圣和殿和凤九卿促膝长谈。

最终，被轩辕尔桀以母后劳累过度需要休息为由，拎着衣领，强行拉出了殿门口。

回去的路上，没看出自家夫君脸色不善的洛千凰还振振有词道："母后真是太有魅力了，和她在一起说话，感觉时间过得飞快。我本来对掌管后宫事务这件事情极为抵触，听了母后对我的教诲，我决定奋发图强，努力向上，绝不辜负母后对我的一番谆谆教导……"

洛千凰自顾自说得十分投入，轩辕尔桀却悔得肠子都快青了。

当初他不计代价地将洛洛娶进宫门，真正的目的是想要与自己心爱的姑娘长厢厮守。谁能想到成亲之后，洛洛要面对的事情竟比他这个皇帝还要多。

是啊，现在的洛洛已经不再是从前那个无忧无虑的小女孩，她不但是黑阙的皇后、后宫的表率，还要肩负起皇后的重任。

轩辕尔桀的内心无比崩溃，忽然有一种搬起石头砸自己脚的感觉。看来想要将洛洛独霸在自己身边的这个想法，短时间内是无法实现了。

自那天起，洛千凰的生活一下子变得忙碌起来。

在凤九卿的安排之下，她正式以皇后的身份与各宫管事见了面，也将相应的权力移交到她的手上。

为了尽早适应宫中的生活，洛千凰差使宫人将堆积如山的宫中资料搬进龙御宫，每天起早贪黑，翻阅着资料上记载的内容。

轩辕尔桀见皇后每天忙得不亦乐乎，无可奈何的同时，也颇感欣慰。洛洛肯在这些事情上如此用心，究其根本，也是为了两人的感情更加稳定。不然，就凭她那一刻钟都坐不住的性子，岂会心甘情愿地埋首于书堆中？如此一想，轩辕尔桀又开始心疼。

刚娶进门的媳妇，本该被他千般呵护万般宠爱，结果却要承担这么繁重的事务。

好在洛千凰并不抱怨，而且极其投入，遇到不认识的字或是看不懂的内容时，还会向轩辕尔桀虚心请教。

轩辕尔桀毫不吝啬地有问必答，还经常放下手中正在批阅的奏折，与洛洛一起探讨资料中记载的一些深宫史记。一边聊，一边吃着桌上的瓜果梨桃。

摆在桌子上的松子还剩最后一颗，聊得热火朝天的夫妻二人竟然像两个顽童，为了争夺最后一颗松子打闹起来。

轩辕尔桀岂会真的跟小娇妻抢一颗小小的松子？玩闹片刻，便故意让妻子得逞，看着她像只满足的小狐狸，将小小的松子丢进嘴里。

"咔嘣"一声脆响，洛千凰哀叫一声。

轩辕尔桀大惊，忙问："怎么啦？"

洛千凰捂着嘴巴，眼泪汪汪道："牙齿硌坏了。"

说着，她张开嘴巴，吐出一颗带血的小牙。

轩辕尔桀无比心疼地捏开她的下巴，就见靠左面的大牙很不幸地被一颗小小的松子给硌到脱落。

他一边让人传御医，一边给她倒水漱口，还不忘厉声教训："多大的人了，吃个东西居然硌掉一颗牙，洛千凰啊洛千凰，这世上还有比你更笨的女人吗？"

嘴上骂得狠，心底却疼个半死，年纪轻轻就掉了一颗大牙。

两个人吵吵闹闹、说说笑笑，小日子过下来，倒也堪称恩爱甜蜜、幸福美满。

一切看似都很美好，谁也没料到，太平日子刚过几天，宫中便闹出传闻，不少宫女太监声称自己在雪月宫见了鬼，闹得人心惶惶，气氛紧张。

洛千凰得知此事，忙不迭地将见到鬼的几个宫女太监叫到面前，询问事情的经过。

"回娘娘，这宫里恐怕真的有鬼！"

说出这句话的，是连续看到三次鬼影的小宫女，她大概是被吓破了胆，脸色铁青，唇色发紫，面对皇后的询问，事无巨细地将自己所看到的画面讲述出来。

这个宫女在宫中是负责打扫的，她声称自己一连三天在雪月宫附近看到一个浑身散发着蓝色光芒的人影。

那人没有脚，好像飘在半空，出现的时候，周遭的温度低得可怕，令人心底发寒，浑身颤抖。

洛千凰听得啧啧称奇，忍不住问道："会不会是你眼花看错了，引起的误会？"

小宫女用力摇头："娘娘面前，奴婢岂敢随意妄言？起初奴婢也以为是自己眼花看错，可那个鬼影一连三次出现在奴婢面前，跟奴婢在一起当差的几个宫女已经被吓得大病不起。"

其他几个宫女太监也跟着应声，说自己也在雪月宫附近遇到过这样恐怖的经历。

这些人看到的鬼影应该是同一个，浑身上下冒着蓝光，有头无脚，飘着行走。

不少胆子小的宫人被吓得魂飞魄散，整个皇宫也被蒙上了一层诡异的阴影。

"别听那些人胡说八道，这世上根本没有鬼。"

傍晚，忙完政务的轩辕尔桀回到龙御宫，与洛千凰聊家常的时候提及此事，并用世间无鬼的定论，发表了自己心中的想法。

见洛千凰满面愁绪，根本没将自己的话听进去，他扯过她的手臂，顺势将她拉入怀中："好啦，这种事情交给母后去处理就好，像你这种听风就是雨的小笨蛋，只会将事情想得更加复杂。"

见他质疑自己的能力，洛千凰很是不满，她在轩辕尔桀的胸口轻拧了一记："谁说我听风就是雨的？为了调查清楚这件事，我几乎将所有看到鬼的宫人叫到面前询问了一遍。他们的答案出奇一致，而且有几个见过鬼的宫女被吓得一病不起。我去查看过她们的症状，的确是受到了惊吓。"

轩辕尔桀哭笑不得："所以你也相信宫中闹鬼？"

洛千凰没有点头，而是反问："我查过资料，荒置已久的雪月宫，多年以前住过一位姓姚的贵妃。她是父皇众多的妻妾之一，据说当年十分受宠。"

轩辕尔桀打断她的话："父皇这辈子只喜欢过母后一人，其他妃子，曾几何时，只是宫中的一个摆设。后来，父皇正式立母后为皇后，他的后宫也因此全部解散。至于你口中说的这位姚贵妃，她叫姚雪灵，曾经的身份确实尊贵，在父皇面前却并不受宠。说直白一点儿，她只是父皇用来制衡后宫的一个工具。后来她做了许多大逆不道的事情，最终死于冷宫。"

见洛千凰沉醉在他的讲述之中，他忍不住捏了捏她的脸，笑着问："你该不会是以为，雪月宫附近的那个所谓的鬼影，是这位已经去世的姚贵妃的魂魄吧？"

洛千凰很快回神，揉了揉脸颊被捏过的地方，一本正经道："虽然我也不相信世上有鬼，但所有目击者都说雪月宫闹鬼，这件事绝不能置之不理。"

轩辕尔桀轻叹："母后不会对这件事袖手旁观的。"

"不行！"洛千凰固执道，"既然母后将掌管后宫的权力正式移交给我，我就要亲力亲为，不能事事都去麻烦母后。总之，这件事我会亲自去处理的。"

第七十四章 雪月殿鬼影森森

为了证明自己的能力，第二天一早天还没亮，洛千凰便从睡梦中醒来，轻手轻脚地想要爬出温暖的被窝，去雪月宫附近一探究竟。

由于天色尚早，每日起早去上朝的轩辕尔桀还沉沉睡着。

结果洛千凰动作过大，翻身时碰醒枕边人，害得轩辕尔桀不得不比平日提早醒来一个时辰。

看着洛千凰摸黑爬出被窝，蹑手蹑脚地下床穿衣，好梦被吵醒的轩辕尔桀从背后一把将她带入怀中。

突如其来的变故，让毫无心理准备的洛千凰吓得失声惊叫。

下一刻，一只大手便掩住她的嘴巴，耳边传来一道低斥："你喊什么？想把整个龙御宫的人都喊过来吗？"

熟悉的声音在耳边响起，洛千凰这才压下心底的惊讶，小声道："朝阳哥哥，你怎么醒得这么早？"

轩辕尔桀愤愤不平地低声抱怨："你像贼一样在朕身边鬼鬼祟祟的，朕能睡得着才真是奇怪。"

洛千凰这才意识到自己的动作吵醒了身边的夫君，忙压低声音道歉："是我考虑不周，扰了你的睡眠，你放心，我会轻手轻脚，动作小心一些的。"

说罢，就想从他怀中挣脱出来。

轩辕尔桀恶作剧般将她搂在怀中不让动弹，洛千凰在他怀里挣扎了几下，见始终挣脱不开，便轻声抱怨："朝阳哥哥快别闹了，我还有正经事要去办呢。"

轩辕尔桀闻言哭笑不得："现在才是五更天，这么早起床，你能有什么正经事要办？"

洛千凰回得一本正经："我要去雪月宫那边看看情况。"

既然决定接管宫中内务，她就要亲力亲为，将后宫闹鬼一事处理妥当。

第七十四章 雪月殿鬼影森森

轩辕尔桀冷哼:"你还来真的啊?身为皇后,这种事情哪有亲力亲为的道理?你当宫里的那些人白拿俸禄的吗?"

洛千凰振振有词:"不少宫女太监异口同声,都说自己亲眼在雪月宫附近看到鬼影。不管世上有没有鬼,我得亲自过去瞧瞧才能下定论。"

"不准去!"轩辕尔桀霸道地阻止,"这件事朕已经交给小福子全权处理,你放宽心,这样的小事轮不到你亲自处理。"

说完,拉过被子,盖在两人身上,低声命令:"乖乖睡觉,别再想那些乱七八糟的事情,一切有朕替你担着呢。"

洛千凰哪还能睡得着,不满地抱怨:"不亲自验证,我放心不下。再说我已经答应母后好好掌管后宫,眼下宫中出现这样的变故,我若是袖手旁观,别人还以为我胆小怕事,没有担当。总之这件事我一定要亲自处理,天色还早,你再睡会儿。"

轩辕尔桀放心不下,忙道:"你非要如此,朕与你一同去探个究竟。"

话刚说完,就被洛千凰否决:"你不准跟来,我自己来处理这件事情。朝阳哥哥,你要相信我的能力。"

说完,洛千凰执意从他怀中挣脱出来,翻身下床,三下两下穿好衣裳,在轩辕尔桀的不满声中溜出大门。

看着她匆匆离去的背影,阻止不及的轩辕尔桀只能无奈低叹,这个执拗的小娇妻真是让他深感无奈。

这个时辰,宫中绝大多数人都沉浸在梦境中。洛千凰出门的时候动作非常轻,在龙御宫守夜的几个小太监,靠在门口睡得正沉。她无意惊醒众人,轻手轻脚地离开了宅院。

此时正是五更天,外面一片漆黑,连月光都惨淡朦胧得快要消失不见。

资料上记载,当年被封为贵妃的姚雪灵备受帝宠。可是从龙御宫与雪月宫之间这漫长的距离不难看出,那位传说中的姚贵妃,恐怕并不受荣祯帝的待见。不然,堂堂贵妃怎么会被皇上分配到距龙御宫这么遥远的宫殿来居住?

越接近雪月宫,周围的气氛越是冷肃。

现在正值九月中旬,这个季节,白天的气温虽然炎热,凌晨和傍晚,温度却要低上许多。

洛千凰出门时只穿了一套便装,此时一阵夜风吹来,她周身上下的毛孔瞬间张开,一股无形的冷意正逐渐向周围蔓延。

她不受控制地打着冷战，行走间抬头，才发现盛传闹鬼的雪月宫已经近在咫尺。

由于长年无人居住，整幢宫殿笼罩着一股阴沉萧瑟的气息，丝毫看不出往日的繁华。

听说，曾经住在这里的姚贵妃最后的下场是死于冷宫。当年她嫉妒凤太后独得圣宠，背地里使了不少手段，欲将凤太后置于死地。

凤太后命大，有惊无险地逃过一劫，而得知心爱女人险些死在姚贵妃手中的荣祯帝，则在一怒之下将姚贵妃打入冷宫，终身不得离开半步。

资料中关于姚贵妃那一段的记载十分详细，姚贵妃之所以会被封为贵妃，据说是因为当年在危难之时救过荣祯帝的性命。

为了报答姚贵妃，荣祯帝问姚贵妃要什么赏赐，她的回答引起所有人的震惊，她向荣祯帝索要了一块免死金牌。

有免死金牌在手，姚贵妃自认从今以后可以在黑阙皇宫横着走。

这个姚雪灵的确在宫中风光了一段时日。那段时间，荣祯帝的后宫异常热闹，妃嫔成群，频频发生钩心斗角的事件。

奈何荣祯帝虽然妃嫔无数，却心系远在他方的凤太后，以至于宫中所有的美女在荣祯帝面前全都成了摆设。

姚贵妃虽没有皇后之尊，却握有统领六宫的大权，权倾一时，堪比后宫之主。直到她犯下过错，惹恼荣祯帝，被打入冷宫，才结束了她短暂而又风光的生涯。

当然，姚贵妃本来可以不必死的，因为她手中有皇上亲赐的免死金牌，冷宫的条件虽差了一些，吃穿用度方面，荣祯帝并没有克扣亏待于她。

奈何姚贵妃是个不肯服输之人，得知荣祯帝与她视为仇敌的凤九卿结为伴侣，一怒之下，她选择用死亡来祭奠自己可笑的一生。

姚贵妃死掉之后，各种有关她的流言蜚语被传得沸沸扬扬。有人骂她厚言无耻，有人同情她的不幸遭遇，还有人在私下盛传，姚贵妃死后不甘，化为鬼魂，扰得后宫不得安宁。

思及此，洛千凰浑身上下不禁再一次打了个寒战，看着隐没在黑暗之中的那座空无一人的雪月宫，她仿佛能体会得到，穷其一生都没能得到帝宠的姚贵妃，临死之前，心底有多么不甘。

同情归同情，洛千凰是绝不相信这世上有鬼的。

从小就沦为孤儿的她长年居住在江州城，时常独自进山与动物为伴。像雁归山那种深山老林，周遭的气氛可比黑阙皇宫要恐怖得多，眼前这种所谓恐怖的环境，在洛

第七十四章 雪月殿鬼影森森

千凰看来根本就是小儿科。

这么想着，她脚步已经挪到雪月宫的两道大门跟前。她倒是要看看，雪月宫究竟藏着什么猫腻，吓得宫人谈之色变，甚至有胆小怕事的，直接被吓得一病不起。

"吱呀"一声，洛千凰推开雪月宫的两道大门。

许是长年无人来此，门板被推开的时候，竟发出尖锐刺耳的声音。此时外面的天色依旧是一片漆黑，洛千凰心无惧意，迈开腿，就想进门一探究竟。

千钧一发之际，一抹幽蓝色的身影像鬼魅一般在洛千凰面前闪过。

这突如其来的变故，可把洛千凰给吓了一跳。是她眼花了吗？她好像看到一抹冒着蓝光的身影，像流星一般飞速在眼前掠过。

难道那些口口声声说自己见鬼的宫女太监并没有撒谎？雪月宫真的闹鬼？

洛千凰不愿相信，大着胆子推开院门，非要亲眼看个究竟才肯罢休。结果就在这时，那抹蓝影再次出现。

这一次，它由远及近，像幽灵一般缓慢而又诡异地向洛千凰这边渐渐飘来。这种惊悚的画面，胆子小的人见了，可不就会被吓得失声尖叫吗？

事实上，亲眼看到这一幕的洛千凰也很害怕，因为无论从哪个角度分析，那逐渐向自己飘过来的不明物体都不能称之为人，人是不可能飘着走路的。

远远望去，那就是一道蓝色的光芒，在黑夜之中，如孤魂野鬼般四处游荡。

洛千凰下意识地向后退去，因为她隐隐意识到，那道蓝光，正朝着自己的方向飘过来。她头皮发麻，汗毛倒竖，双眼死死盯着蓝光越来越近。

近到一定的距离时，洛千凰越发觉得异常恐怖，因为这道蓝光慢慢勾勒出人的形状，看不清五官，看不到手脚，只有一抹诡异的蓝，像鬼火一样越飘越近。

难道世上真的有鬼？

这一刻，洛千凰开始怀疑自己前十几年来一直坚定的信念。就在这时，那抹蓝光忽然一跃而起，直奔洛千凰这边袭击过来。

一时之间，耳边阴风瑟瑟，周围的树木在阴风的吹拂下发出哗啦啦的声响。

洛千凰此时已经双腿发软，不受控制地跌坐在地，只能眼睁睁看着那道蓝影将自己视为吞噬的目标。

正陷入绝望之际，一声虎啸骤然响起，教主的身影不知何时闯了过来，它刺耳的号叫声响破天际，飞也似的冲着那道蓝影扑了过去。

当洛千凰从震惊中醒过神时，鬼魅般的身影已经在夜色中消失不见。与此同时，被虎啸声引来此处的侍卫提着火把追了过来。

见皇后娘娘跌坐在雪月宫门口,侍卫们大吃一惊,忙围过来嘘寒问暖,更有闻讯赶来的月蓉和月眉两个宫女,将摔倒在地的洛千凰扶了起来。

火把和灯笼的照耀,给原本阴气森森的雪月宫带来一片光明。

这时,在危难之中救了洛千凰一命的教主扭着巨大的身躯,缓步向洛千凰这边走来。

心有余悸的洛千凰抱住教主的大脑袋,用自己的脸颊在它的虎头上轻轻蹭了两下,以此表达心底的谢意。

侍卫和宫女们的到来,让雪月宫附近变得热闹起来。耳边不断传来人们的说话声,洛千凰却惊魂未定地抱着教主,不知是深陷在鬼魂出没的恐惧中,还是在缅怀之前那段不堪的遭遇。

教主仿佛看出她眼底的惊惧,不断用硕大的虎头,在她身边蹭来蹭去。

这时,洛千凰意外地从教主嘴角处发现一块短小的布料。她将布料从教主的齿缝中扯了出来,上下端详一番,好奇这块布料怎么会出现在教主口中。

当她想要研究清楚时,天色已经渐渐亮了,不放心她的轩辕尔桀也在小福子等人的簇拥下赶过来,将洛千凰接回寝宫。

雪月宫闹"鬼"事件一夜之间被传得整个后宫尽人皆知。

之前,只是几个无足轻重的宫女太监大惊小怪地声称自己在雪月宫附近看到鬼影出没,究竟是真是假,谁也没办法给出肯定答案。

可这一次,目击者居然是皇后娘娘。

侍卫和宫女赶到的时候,皇后娘娘像是被某种可怕的东西吓得瘫倒在地。

皇后的爱宠白老虎教主的出现,替受到惊吓的皇后娘娘解了围。

经此一事,很多人都在私下盛传,空置已久的雪月宫果然不太平,其主人姚贵妃在自尽身亡二十多年后,最终化为厉鬼,来报复皇家对她的无情。而唤醒这个厉鬼的罪魁祸首不是别人,正是黑阙朝的新任国母洛千凰。

和其他人相比,洛千凰天赋异禀,可用哨声召唤世间飞禽野兽。这种有违常理的天赋,是否打破了世间平衡,从而导致天降大难,祸引深宫,成了满朝文武最为担忧的心病。

毕竟,洛千凰没正式嫁进皇宫之前,宫中上下一片太平,至少从未传出过闹鬼之事。

结果她嫁进来还不到一个月,便频频有宫中内侍因为闹鬼一事而被吓得大病不起，这种怪异现象的出现，很难不让那些喜欢挑人错处的老臣子，将责任归咎到洛千凰身上。

"岂有此理，这两者怎能混为一谈？"

早朝期间，几个思想顽固的大臣试着在皇上面前提及此事时，轩辕尔桀一改从前淡然冷漠的态度，未等大臣们将话说完，便厉声怒斥这些大臣口无遮拦，连这种不切实际的事情都敢随意开口。

"你们不要忘了，洛千凰未嫁进皇宫之前，曾数次为我黑阙皇朝立下汗马功劳。若非她忠君爱国，力敌北漠，你们又怎能安享如今这太平盛世？现在宫中只是出了一些小小的状况，你们便急三火四地将莫须有的罪名扣在皇后头上。得出这种可笑的结论，真是令朕寒心。"

大臣们全都低头不语，却总有那么一两个顽固不化的，依旧坚持着自己的观点："臣不否认皇后娘娘为朝廷做出过不少贡献，但一码归一码，现在宫中频频出现异常，很多人都在私底下非议雪月宫。如果这些诡异事件发生在娘娘被立为皇后之前倒也罢了，问题就在于，安稳了数十年的后宫，在娘娘进宫之后发生了变故，这很难不让外人联想，这些变故是否与娘娘息息相关。"

其他大臣听闻此言，也觉得颇有几分道理。

因为按照朝廷的惯例，皇上册立皇后之前，要对皇后的背景进行调查。可洛千凰的出现本就是一个意外，皇上当年途经江州，不顾一切地喜欢上了这位平民姑娘，将她带进皇宫之后，并没有调查过她的出身来历。

后来，平民出身的洛千凰先后认回自己的父母。一边是名震天下的逍遥王，一边是手握兵权的将军府。

在父母双族势力的衬托之下，没人敢对洛千凰这位准皇后再提出半点儿质疑。

直到后宫发生变故，大臣们才说出心中的想法，认为后宫闹鬼一事，十之八九与洛千凰这个皇后有关。

大臣们怀疑的声音，气得轩辕尔桀青筋直冒，他刚要大发雷霆，替洛千凰鸣不平，就被贺连城出声制止："雪月宫是否真的闹鬼，闹鬼一事是否与皇后有关，在事情的真相还未揭晓之前，咱们这些当臣子的，最好还是不要妄下判断。这件事目前尚在调查之中，臣相信皇上英明，不日，定会给诸位同僚一个满意的交代。"

说完，冲正欲发怒的轩辕尔桀使了个眼色，劝告他莫要在众臣面前失了仪态。在贺连城的安抚之下，轩辕尔桀的怒气渐渐消退了几分。

他承诺众人，会将雪月宫的事情调查清楚，至于宫中发生的这些变故是否与皇后有关，等雪月宫的案子查清之后再做下一步探讨也不迟。

直到大臣们三三两两离开议政殿，憋了一肚子怨气的轩辕尔桀才对贺连城道："连你也认同那些老家伙可笑的论调？"

此时，议政殿内只剩下君臣二人。

贺连城无奈一笑："臣当然不会与他们为伍，之所以劝告皇上先不要动怒，是不想让这件事情愈演愈烈。雪月宫闹鬼的事情不知是不是受了什么人的唆使，不但满朝文武尽人皆知，市井街巷也传得沸沸扬扬。臣怀疑，这件事背后定是有什么人在搞鬼。在真相尚未明了之前，若贸然发落朝中大臣，说不定会适得其反，中了背后之人所设下的奸计。"

经贺连城这么一提醒，轩辕尔桀终于彻底冷静下来。在此之前，他本来没将雪月宫的事情放在眼中。没想到一夜之间，这件事竟然会闹得如此之大。

看来，有人大概是不满意他和洛洛的婚事，两人成亲没多久，便暗中鼓捣了这么一出可笑的阴谋。

虽然洛洛口口声声说她当日的确在雪月宫发现了异常，甚至那个所谓的鬼，还对她发起了恶意的攻击。

可在轩辕尔桀看来，世上根本不可能有鬼，无非是一些心术不正之人为了破坏宫廷的安宁，故意制造出来的小把戏而已。

思及此，他又看向贺连城："这件事，你怎么看？"

贺连城微敛眼眸，回想第一次见到洛千凰时的画面。

她表面看似出身低微，与普普通通的寻常百姓无异，直觉却告诉他，那个天真懵懂的小姑娘，日后必非池中之物。

且她五官柔和、待人有礼，双眼如两汪无垢的清泉，这样的女子会让人没来由地对她生出亲切之感，又岂会扰乱宫闱，闹得宫廷上下不得安宁？

贺连城笑了一声："娘娘福泽深厚，与皇上的姻缘乃天作之合。至于外面那些不实的言论，不过是幕后操控者为了诋毁皇后，故意制造的舆论罢了。

钦天监是朝廷比较特殊部门，举凡宫中有婚丧嫁娶，都会由钦天监的那些臣子全权负责。

所以，轩辕尔桀在成亲之前，才没有通过钦天监，直接下令立洛千凰为后。

一来，他想尽快满足自己的心愿，早日将洛千凰娶进家门。

二来，他也担心有人暗地做手脚，买通钦天监，放出不利于洛千凰名声的消息。

本以为有了贺连城的保证，他便可以和洛洛过上安稳无忧的生活，结果两人成亲还不到一个月，便有人散播流言诋毁洛洛。

想到这里，轩辕尔桀突然说道："那些老顽固今天在议政殿说的这番蛊惑煽动之言，不要传扬出去，免得洛洛听到后伤心难过。"

说罢，他连忙叫来小福子，将封口的旨意传下去，严令宫中所有的奴仆不得私下里传播今日朝堂上的言论，避免传入皇后耳中。

而事实上，有人却比轩辕尔桀快了一步，这个人，便是心直口快的轩辕灵儿。

因为民间对新任皇后已经传出不少质疑声，认为皇后德行有亏，刚嫁进皇宫，便闹得宫廷上下不宁。

那位姚贵妃早在二十几年前便香消玉殒，其居住的雪月宫一直风平浪静，可洛千凰刚嫁进来没几天，雪月宫便有鬼怪出没，闹得人心惶惶，给整个皇宫蒙上一层鬼气森森的阴影。

轩辕灵儿义愤填膺道："我真是受够了那些无知百姓听风就是雨，别说世上根本就没有鬼，即便是有鬼，他们凭什么将招惹鬼怪这个罪名怪罪到你的头上？小千，你千万要放宽心，别听那些人胡说八道。在我看来，定是有人心存不轨，躲在阴暗角落里看你的笑话呢。假如你的到来真的会给后宫带来灾难，岂会在嫁给皇兄的当天晚上，在凤鸾宫发现那么一大笔惊人的宝藏……"

就在轩辕灵儿喋喋不休之际，担心洛洛会被传言所影响的轩辕尔桀回到寝宫。

一进门，就听自家堂妹口无遮拦地将他拼命想要在洛洛面前掩饰的事情，事无巨细地倒了个干净。

轩辕尔桀被他这个粗枝大叶的妹妹气得七窍生烟，一进门，便沉着脸怒斥："灵儿，你胡说八道什么呢？"

正滔滔不绝的轩辕灵儿被突如其来的怒斥声吓了一跳，见训斥自己的是自家皇兄，她拍了拍小心脏，语带责怪道："皇兄，这个时辰你不是该待在御书房忙着批折子吗？这么早回来，难道朝中没有大事可忙了？"

轩辕尔桀恶狠狠地瞪她一眼："朕再不回来制止你的大嘴巴，洛洛就要被你那漫无边际的胡言乱语吓出心脏病了。"

经皇兄一提醒，轩辕灵儿才发现洛千凰的脸色十分惨白。

一时之间，轩辕灵儿有些手足无措，忙不迭地解释："小千，你别紧张，我不是故意要吓你，就是觉得外面那些人实在是过分，出一点儿小事，便要将罪责怪到你的头上……"

轩辕灵儿还欲解释，被轩辕尔桀阻止："你有时间在这里添乱，还不如回府好好学学为妻之道。都已经嫁人了，还像小孩子一样做事没有分寸，连城娶了你，不知道要操多少心。"

轩辕灵儿嘟起嘴巴，不满地叫道："皇兄，我才是你的亲妹妹，你怎么能胳膊肘往外拐？再说，我做事哪里没有分寸了？你都不知道外面那些人现如今将小千的名声传成什么样……"

"够了！"轩辕尔桀冲她挥手，"赶紧走人，以后未得朕的允许，别随意进宫，乖乖留在府中做你该做的事情。"

挨了皇兄一顿劈头盖脸的训斥，轩辕灵儿最后气得拂袖离去。从头到尾，洛千凰一声不吭，整个人陷入一种强烈的不安中。

轩辕尔桀见妻子情绪不定，面色惨白，心中更是将他那个没分寸的妹妹骂了个狗血淋头。

"洛洛，别听灵儿胡说，宫中发生这些事情，只是意外和巧合，与你没有关系。"

直到这时，洛千凰才算有了些许反应，她小声道："与我有没有关系并不重要，重要的是，我那天真的在雪月宫看到鬼了。"

轩辕尔桀嗤笑一声，顺势将她拉进怀中，柔声安慰："世上无鬼。"

洛千凰睁着一双无辜的大眼，反问道："若世上无鬼，那个像幽灵一般的东西又是什么？"

事情发生的时候，轩辕尔桀并不在现场，对洛洛形容出来的那个幽灵自是全无了解。

于是只能笑着回道："你说的那个东西，说不定只是一只调皮的小猫。"

见洛千凰还要拒理力争，他阻止道："好了，不管那个东西究竟是什么，自有朕派人调查清楚，这几日你且安心留在寝宫，别再去折腾这些无聊的事情。"

对洛千凰来说，她在雪月宫的所见所闻，并非什么无聊事件。

朝阳哥哥让她留在寝宫休息，不准她再插手雪月宫的事情，她对这件事却放心不下，非要调查个水落石出。

看着摊放在手中的一块浅粉色的布料，洛千凰陷入了沉思。

这块布料是她从教主的齿缝中发现的，教主的齿缝里之所以会出现这么奇怪的东西，应该是那天在雪月宫与蓝色鬼魅打斗时不小心从对方身上撕扯下来的。

第七十四章 雪月殿鬼影森森

从材质来看，这是一块普通得不能再普通的衣料，并不华丽，也不粗糙。

虽然只有小小的一角，且在教主锋利牙齿的撕咬下变得残破不堪，她还是能一眼辨出，这种布料在宫中随处可见。

那么，雪月宫里那个欲对她展开袭击的东西，究竟是人是鬼呢？

凤九卿的到来，让百思不得其解的洛千凰暂时按捺住心底的猜测。

"母后，您怎么来了？"

洛千凰急忙起身迎接，正欲行礼，却被笑容满面的凤九卿拉住手臂，示意她见了自己不必多礼。

"小千，听说你前几日凌晨时分独自去了雪月宫，并在那里遇到了奇怪的东西，受到了不小的惊吓……"

凤九卿之所以今天才来问及这件事，是因为几天前她和容锦出了一趟宫，今天一早才回来。

没想到刚进宫门，就从下人口中得知，宫中最近出了大事。凤九卿担心洛千凰因此受委屈，这才到龙御宫亲自探望。

没想到被人遗忘那么多年的雪月宫，在洛千凰嫁过来还不到一个月的时间里，居然闹出如此大的动静。

洛千凰也没隐瞒，将自己那日在雪月宫经历的事情原原本本地向凤九卿交代一番。

听完事情的始末，凤九卿忍不住问："所以你也相信宫中有鬼？"

洛千凰犹豫片刻，回道："是不是真的有鬼我不知道，利用这件事情来搞坏我的名声却是板上钉钉的事实。"

凤九卿被她那一脸凝重的样子给逗笑了，伸手摸了摸她的脸，感叹道："不愧是逍遥的女儿，分析事情的时候总能一针见血。"

想到不久前双双出门远行的父母，洛千凰心底略有几分失落。若爹和娘还在京城，那些拿她做文章的大臣也不敢明目张胆地将"祸引深宫"这个罪名扣在她的头上。

洛千凰小心翼翼地看向凤九卿："母后，您在宫中生活数年，对雪月宫的了解自是比我详细许多。那个地方，真的充满怨气，不太平吗？"

她其实更想知道的是，那位传说中的姚贵妃，当年是不是真如史书上记载的那般，死得冤屈，所以才会化为厉鬼，危害宫廷？

凤九卿岂会看不出她心中的想法？关于姚雪灵的那段过往，她并没有隐瞒的想法。于是，将当年她和姚雪灵之间的恩恩怨怨，事无巨细地讲述给洛千凰。

说到最后，凤九卿叹息一声："其实我与姚雪灵之间本来无冤无仇，不凑巧的是，我们喜欢上了同一个男人。在这个世上，男人和女人的使命是完全不同的。男人的世界里，女人只是他们的一部分，被他们追求更多的，是权势和利益。而女人则不然，绝大多数女人的梦想，是嫁给一个优秀的男子，衣食无忧地过完一生。姚雪灵当年大概也有这样的想法，偏不巧，被她深深喜欢上的男人过于薄情，因此才导致她因爱生怨，落得最后自我毁灭的下场。其实……"

凤九卿顿了片刻，继续道："她手握免死金牌，就算做了错事，你父皇注重承诺，也不会将她逼至绝境。只要她能放下手中的一切，经年之后，你父皇定会放她离宫，还她自由。说到底，她对爱情过于执着，才酿下后来的那场悲剧。当然……"

话锋一转，凤九卿又将矛头指向自家夫君："假如当年他没有在义气之下将那些他根本不喜欢的女人纳进后宫，也就没有那么多深宫怨女，毁在他的冷血薄情之下了。所以真正该被谴责的不是那些为情所伤的女人，而是利用权势来达到自己目的的男人。"

每次回想起往事，凤九卿都要在心底对轩辕容锦这个霸道的男人怨怼一番。

洛千凰当然不敢将这个罪名怪罪到父皇头上，不过听母后讲完当年的事，她倒并不认为那位姚贵妃是含冤而死。

因为没有人逼她去死，是她自己选择放弃生命，用死亡来结束得不到爱情的一生。

凤九卿看出她眼底的纠结，劝道："小千，别再纠结此事了，接下来你便安心留在寝宫好好休养。至于雪月宫是否真的有鬼，母后自会去处理。"

"不！"洛千凰急忙摇头，语气坚定，"雪月宫里的鬼所针对的目标是我，您既然已经放权给我，我就应该有所承担，若是一味地躲避退让，倒让人觉得我是一个扶不起的阿斗。母后尽管放心，这件事，我会亲自解决妥当。"

洛千凰郑重的语气，让凤九卿不由得对她刮目相看。

这个年龄只有十几岁的小姑娘，曾经那么天真烂漫、单纯无忧。

尤其认回亲生父母之后，所有人都想补偿对她的亏欠，因此像对待个易碎的瓷娃娃般将她保护起来。

本以为这个集万千宠爱于一身的小姑娘没有经历过任何挫折，遇事会慌乱无措，没想到她有如此固执又坚强的一面。

这一刻，凤九卿倒是真心欣赏起洛千凰的韧劲与勇敢。既然她想亲自解决，自己便给她这个机会让她放手一搏。

傍晚，当忙完政务的轩辕尔桀回到龙御宫时，被洛千凰告知，明日早朝，让他在议政殿向诸位臣子立下承诺，假如雪月宫再有女鬼出没危害宫人，她这个新上任的皇后娘娘，愿自请罪责，让出皇后之位。

"你疯了吧？"轩辕尔桀想也没想，便开口训斥道，"为了将你娶进宫门，朕费了多少力气？好不容易梦想成真，你居然让朕下这样的旨意？洛千凰，你安的究竟是什么心？难道与朕才成亲数日，便对朕心生厌恶，迫不及待地想要从朕的身边逃离吗？"

轩辕尔桀是真的被气得不轻，什么事情他都能忍，唯独危害到自己婚姻的事情他绝对不能容忍。

洛千凰忙不迭安抚道："你先别生气，听我把话说完再下定论也不迟。我知道这些日子你在朝臣面前承受的压力着实不小，虽然那些编派的理由荒谬得可笑，但在人云亦云的压力下，咱们纵有千般委屈，外人恐怕也难以理解。"

轩辕尔桀气极败坏："所以为了给那些喜欢嚼舌根的人一个交代，你便要朕下旨，废了你这个皇后？"

洛千凰忙道："废后只是一个借口，假如宫中根本没鬼……"

未等她把话说完，轩辕尔桀便接口道："万一有鬼呢？"

洛千凰哭笑不得："你不是坚定地认为世上无鬼吗？"

"朕说的是万一……"

洛千凰略带哀求地扯住他的衣袖："总之件事我心意已决，你听我一回，我保证会给你一个满意的交代。"

轩辕尔桀还欲再说什么，洛千凰嘟嘴道："朝阳哥哥，你难道不相信我的办事能力吗？"

轩辕尔桀很想说，就凭你这个小笨蛋，能有什么办事能力？

话至嘴边，看到她那双饱含期待的大眼正目不转睛地盯着自己，所有否决的话被他硬生生给咽了回去。

洛洛嫁人了，长大了。作为夫君，他该给她足够的施展空间，而不是一味地将她视为易碎娃娃，时时刻刻都守护在自己的羽翼之下。

既然她已经做好了应战的准备，他岂有不配合的道理？

于是，他决定顺应洛千凰的要求，第二天早朝，当那几个喜欢挑事的大臣再次以后宫不太平这个由头奏议时，轩辕尔桀毅然下令，若雪月宫再有鬼怪的消息传扬出来，他愿意废去皇后，另立他人。

此言一出，满朝皆惊。

就连贺连城都忍不住抬头看了皇上一眼，怀疑自己是不是听错了，皇上居然为了这等区区小事，决定废后？

好在轩辕尔桀及时看出贺连城眼底的诧异，他冲对方使了一个眼色，让对方少安毋躁。

随后，轩辕尔桀的语气变得沉重了几分："既然各位爱卿打着为朕着想的名号，非要将后宫变故一事怪罪到皇后头上，朕也只能用这个方法来平息诸位的忧虑。"

显然此乃无奈之举，令不少没有参与此事的大臣闻之略感心酸，而那些挑起事端的大臣，则露出汗颜之色。

他们也没想到事情会发展到这个地步，假如皇后真的被他们逼得无路可走，逍遥王回京后，定会将他们的府邸闹得鸡飞狗跳，墨老将军那边恐怕也不好交代。

不过，事情既然已经发展到这个地步，再说后悔，俨然已经来不及了。

谁让洛千凰运气那么好，区区江州城的一个小孤女，居然可以得到皇上的青睐，甚至为了她，皇上还在大婚之日发下和荣祯帝一样的誓言。

为了一个女人而放弃整座森林的行为，令不少大臣心生怨怼。

荣祯帝当年是这个德行，没想到荣德帝也有样学样，他们这些大臣家里的那些如花似玉的千金小姐，岂不是没了用武之地？

如此一想，大臣们便又心安理得下来。如果真能借由此事将受到独宠的皇后娘娘拉下国母之位，倒也间接促成他们心底的一个小小的愿望。

不管诸位大臣心中是何想法，早朝刚刚结束，轩辕尔桀便提醒贺连城，回府之后，务必要将他那个听风就是雨的堂妹镇压在府中，不得来宫中闹事。

轩辕灵儿就是个火暴性子，万一他要废后的消息传到灵儿耳中，那个心里藏不住事情的小丫头肯定要闯进皇宫闹腾一番。

贺连城心领神会，拍胸脯保证绝不会让妻子进宫捣乱。

"可是皇上，如果最后查明雪月宫真的闹鬼，你难道要履行诺言，真的将皇后废掉？"

轩辕尔桀想都没想便否认："无论最后结果是什么，朕都不会废后。"

贺连城犹疑地看着他："所以臣可以大胆猜测，皇后已经有对策了吗？"

想到洛洛那一脸懵懂的模样，轩辕尔桀顿失底气，不禁叹息道："实在不行，之后的烂摊子，只能由朕代为收拾了。"

皇上即将要废后的消息眨眼间被传得沸沸扬扬，几乎所有在宫中当差的人都听到了这个传言，雪月宫如果再次闹鬼，皇后在宫中的地位将会不保。

第七十四章 雪月殿鬼影森森

月蓉和月眉两个婢女急得嘴边起了几个大疱，生怕后宫中的这些腌臜事情，真的跟自家郡主扯上关系。

倒是洛千凰不以为意，反倒笑着劝慰两个婢女："皇后只是一个虚名而已，废与不废，并不会改变我在皇上心中的地位。你二人也别为我着急上火，万一雪月宫根本没鬼，皇上的圣旨便成了一句空谈。且放宽心吧，没事的！"

月蓉和月眉欲言又止，见洛千凰信心满满，二人也只能咽下心中的不满，由着主子接受即将到来的叵测命运。

凌晨时分，整个皇宫笼罩在一片伸手不见五指的漆黑之中。

自从雪月宫闹鬼的消息传出来后，宫中所有的内侍，没人敢再接近雪月宫一步。

夜风瑟瑟，刺骨的凉意拂过心头。

一道诡异的、泛着幽蓝色光芒的身影像幽灵一般悄无声息地出现在雪月宫周围。

这道鬼气森森的身影大摇大摆地在宫中横冲直撞，以此来彰显"它"的嚣张气焰。

随着一记清脆的哨声在耳边响起，隐藏在树林中的飞禽如同等待主人召唤的神兽，在如墨的夜色中展开翅膀，飞也似的向那道蓝色的身影袭击过去。

突来的变故，让蓝影大为吃惊，"它"飞身欲躲，奈何已经来不及了。黑压压的飞禽笼罩在夜空之中，挡住蓝影离开的脚步。

与此同时，雪月宫四周火光乍现，在无数火把的照耀下，蓝光骤失，出现在众人眼前的哪里是什么鬼，分明就是一个面色惊惶、被吓得瑟瑟发抖的小宫女。

小宫女在各类飞禽的袭击下瘫倒在地，从她脸上震惊的表情中不难看出，今天这场变故，完全在她的意料之外。

此时，洛千凰从人群中走了出来，吹了一记响亮的口哨，那些被她召唤出来的飞禽张着翅膀，依次飞走。

除了事先隐没在暗处的侍卫之外，雪月宫附近，只剩下那个被抓了个现行的小宫女惊恐无比地望着众人。

洛千凰慢慢走近那个小宫女，垂头问道："装神弄鬼，很有趣吗？"

总算从震惊中回过神的小宫女见此情形，在地上打了一个滚，飞身就要逃离。

宫中的侍卫们迅疾行动，在小宫女欲转身逃离的第一时间，上前扭住小宫女的手臂，将她按倒在地。

洛千凰冷声道："带到皇上面前，由皇上亲自发落！"

第七十五章 破悬案疑窦丛生

谁都没想到，闹得雪月宫鸡犬不宁的所谓鬼怪，真正的面目，居然只是深宫中一个不起眼的小宫女。

这个宫女名叫七喜，是宫中浣洗房专门清洗各宫杂物的。此时，装神弄鬼的七喜被侍卫带到皇帝面前，脸上无惊无惧，一副任由旁人发落的模样，显然已经将生死置之度外。

洛千凰将之前从教主口中扯出来的那片碎布拎到七喜面前，沉声问道："认得这片衣料吗？"

跪在地上的七喜面无表情地看了那片碎布一眼，片刻，她别过视线，摆出一副事不关己的姿态。

洛千凰却不容她回避，一把捏住她的下巴，强迫她看着自己手中的东西："敢做就要敢当，你不如说说，用这种可笑的方式来装神弄鬼，最终的目的，是不是想要败坏我的名声，利用雪月宫不太平一事让我在宫中失去立足之地？"

轩辕尔桀出声问道："洛洛，你手中拿的那个东西究竟是什么？"

洛千凰见七喜始终不肯正视自己的问题，于是转过身，将碎布呈现在众人眼前，郑重其事道："这块碎布，是我第一次去雪月宫遭人袭击，被教主挺身相救时，从教主口中发现的证物。你们可以仔细观察一下，这块布料本身并没有特别之处，宫中不少宫女穿的衣裳都是用这种布料裁制而成的。拿到这块布料的时候我就在想，这么普通的东西，怎么会跟雪月宫里的那个鬼扯上关系？直到我在这块布料上发现了端倪……"

说到这里，洛千凰对侍卫吩咐："将屋子里所有的灯笼全部熄灭。"

此时天色还没有大亮，偌大的宫殿，全靠左右两排灯笼照明。

侍卫们齐齐看向轩辕尔桀，轩辕尔桀心领神会，冲侍卫们点了点头，示意他们按皇后的要求去做。

第七十五章 破悬案疑窦丛生

当所有的灯笼全部熄灭，宫殿陷入一片黑暗，只有伏跪在地上的七喜，周身散发出一道阴森诡异的蓝色光芒。

饶是轩辕尔桀见多识广，也被大殿正中那一抹幽蓝色的身影惊得说不出话来。

洛千凰这时下令："好了，可以将油灯重新点燃了。"

待周围光线重现，七喜又恢复了普通宫女的模样。

洛千凰为众人解惑："这宫女的衣裳经过特殊药物的泡制，在黑暗中，会发出蓝色的荧光。不少目睹到这幅画面的宫女太监之所以会声称他们看到的怪物是飘着行走的，那是因为裤腿以下的部位没有经过药物泡制，这个宫女只将药物用于局部，所以在夜半之时现身，才会出现鬼影飘动的效果。当然……"

洛千凰又深深地看了那个默不作声的七喜一眼，"虽然只是一个宫女，轻功练得倒是不错。否则，也不可能躲开教主的袭击，我也不会为了将她抓个现行，召来一群飞禽截住她的去路。"

洛千凰之所以敢让轩辕尔桀放出废后的消息，正是因为她无意间从那块碎布料上发现了这个秘密，才设计了今天这场抓"鬼"大戏，让这个闹得宫里人心惶惶的罪魁祸首浮出水面。

直到这时，深受"鬼怪"困扰的众人才算从惊恐中回过神来。

尤其是轩辕尔桀，亲眼证实宫中闹鬼一事并非由洛洛引起，他深感庆幸的同时，也对她能够在短时间内将这起宫廷阴谋调查得水落石出而赞叹不已。

至于那个自始至终都不肯开口交代真相的七喜，为何要装神弄鬼搞出这起事端，自有刑部的狱卒会设法让她开口。

思及此，轩辕尔桀对侍卫下令："将这个宫女押送刑部严加审问！"

被侍卫从地上拎起的时候，七喜向洛千凰投去恶毒的目光，随后，她极力挣脱侍卫的控制，"砰"的一声，重重撞向殿中的石柱，当场便头破血流，没了声息。

洛千凰大惊失色，忙不迭地走到七喜身边，伸出手指，在她鼻息间探了一下，没想到前一刻还倔强地跪在地上不肯交代事实的大活人，眨眼间竟将自己送上了黄泉路。

洛千凰感叹不已，七喜一死，等于所有的线索到这里便全部断掉了。

这个突如其来的变故，让本欲从她口中问明背后主使究竟是谁的轩辕尔桀陷入沉思。

从七喜这极端的行为不难看出，她想要将这个秘密永久埋藏。

而那个真正在背后为七喜出谋划策，利用七喜扮鬼一事来破坏洛千凰皇后形象的罪魁祸首，却因为七喜的死，而再一次隐没在人群之中，使得他们无法揭开此人神秘的面纱。

无论如何，日子还得继续往下过。

朝中不少大臣还等着皇上给出一个交代，眼下事情已经水落石出，洛千凰用实际行动向众人证明，雪月宫根本没鬼，所谓的闹鬼，不过是一个试图破坏宫廷和谐的不法分子故意在制造恐慌而已。

第二天早朝，轩辕尔桀破天荒地将洛千凰带到了议政殿。

荣祯帝当年因宣布只娶凤九卿一人、永不纳妃的誓言而闻名于天下，黑阙皇朝的议政殿，便经常可以看到名震天下的凤太后的身影出没于此。

轩辕容锦从不避讳女人参政，凤九卿当上皇后期间，大大小小的朝政参与过无数次，由她出谋划策得以解决的问题也数不胜数。

有凤太后打破女人不参政的先例，当荣德帝轩辕尔桀带着洛千凰出现在议政殿时，朝中诸位大臣的反应，便没有前朝官员那么激烈了。

轩辕尔桀之所以要将洛洛带来议政殿，就是想要用这种正大光明的方式，来证明洛千凰与宫廷阴谋毫无关系。

早朝的第一件事，他便将浣洗阁宫女七喜装神弄鬼的事公之于众。

"虽然那个叫七喜的婢女已经自尽，但当日发生在雪月宫的事情许多宫人侍卫皆有目共睹。朕也亲眼所见，七喜身上穿的那件衣服在黑暗中散发出来的光芒如同鬼影。皇后略懂医术药理，已经查明那宫女所穿之物被做了手脚。至于她装神弄鬼的真正目的……"

说到这里，轩辕尔桀冰冷的视线在众位臣子的脸上环视一圈，继续说道："必是对朕在立后当日宣布今后不再纳妃心生不满，故而设计这样一场装神弄鬼的事件来抹黑皇后的名声。事实证明，朝中果然有一部分大臣被蒙蔽蛊惑，将区区一个小宫女的阴谋奉若神明。现在真相已然大白于天下，朕倒想问问之前对皇后声望有所怀疑的爱卿，你们还认为此事与皇后有关吗？"

之前振振有词的那些大臣被问得面色狼狈，无言以对。

那些大臣本以为借后宫闹鬼一事能够为自己的家族争取到一点儿利益，结果万万想不到事情的真相居然会荒谬到这种地步。

装神弄鬼？那个宫女难道疯了不成？折腾了这么一通，最后竟以撞柱自尽收场，她这么做，到底是为了什么？

就在大臣们心中各有所想时，钦天监的负责人从臣子的行列中走了出来，恭恭敬敬道："回皇上，臣派人去江州城调查娘娘当年的经历，得知娘娘心地善良，经常出手扶弱济贫，当地百姓都对娘娘赞誉有加，依臣之见，这样德才兼修的女子足以成为我黑阙的国母。"

钦天监这边结论一出，一些还想搞小动作的大臣们全都噤若寒蝉。

真不知道这洛千凰到底走了什么大运，当年只是江州城里的一个无依无靠的小孤女，机缘巧合下不但被途经江州的皇上一眼相中，在她没认回亲生父母之前，便被皇上带进京城，指天对地地发誓要将这么一个籍籍无名的女人立为皇后。

早前大臣们还可以拿洛千凰卑微的身世来打马虎眼，结果眨眼之间，名不见经传的小孤女就摇身变成了千凰郡主。

身世有了提高也就罢了，连钦天监的人都对这小孤女赞誉极佳，这世上还有比洛千凰更幸运的姑娘吗？

当然，并非所有的人都对洛千凰这个皇后心存不满。

那些真正为朝廷利益着想的，对新上任的这位皇后娘娘却是十分满意。

之前她凭一己之力对抗北漠，替黑阙百姓换来了太平安乐；嫁进皇家之后的第一晚，又在凤鸾宫内发现密室，不但给朝廷国库添了一大笔金银珠宝，那些武器图的出现，还为黑阙的军事力量添砖加瓦。

一桩桩一件件的功劳加在一起，这样的女子凭什么不可以站在高位受人膜拜。

事情发展到了这个地步，雪月宫闹不闹鬼，已经变得无足轻重。

钦天监的话，并没有让轩辕尔桀平息怒气："装鬼宫女虽然死了，朕却不会放弃对此事的后续调查。这次的事情只是一个教训，从今以后，朕不希望再有类似的事情继续发生。"

大臣们挨了训斥，一个个诚惶诚恐地检讨自己的错误。

一直与皇上比邻而坐的洛千凰突然从座位上起身，居高临下地看着议政殿中的文武百官。

今天的洛千凰，身穿艳粉色凤袍，广袖翩翩，裙尾拖地，头上戴着只有当朝皇后才有资格佩戴的凤冠。

明媚的五官，清丽的气质，眉宇间不经意间流露出来的风华气度，让所有看到这一幕的大臣不由得眼前一亮。

洛千凰突如其来的举动，令轩辕尔桀有些措手不及，洛洛到底要做什么？

带她来议政殿是他临时起意，他不希望外界对洛洛有任何误会，因此想要在一个公开的场合还洛洛一个清白。

一开始，洛千凰对于与他一同面见大臣的提议是十分抗拒的。

既然雪月宫的事情已经调查清楚，有关她的谣言当然不攻自破，只要轩辕尔桀在众人面前解释清楚，便可以还她清白。

她可没勇气以国母的身份，随自家的皇帝夫君共同议政。

可是现在，她忽然冒出一股冲动，众目睽睽之下，从位置上站起来，居高临下地看向众人："我知道各位大人对我这个新上任的皇后心存诸多不满，与那些从小便接受正规礼仪教导的名媛相比，我学识不高，也无才艺，甚至连一首完整的诗词都作不出来。这样的皇后，自是无法担负得起众位大人心中尊贵无比的国母之位。"

如此妄自菲薄的一番话，令轩辕尔桀听得极不顺耳。

在他眼中，洛洛的优点无人可比，她怎能在众人面前这般贬低自己？他刚要起身开口制止，接下来的话，却听得轩辕尔桀瞠目结舌。

只听洛千凰继续说道："可不管你们接受与否，都改变不了我现在已经成为黑阙皇后的事实。当然，我知道在场有许多大人对皇上只娶一人永不纳妃这件事颇有微词。后宫佳丽三千，是历代君王承袭的传统。而这个传统之所以会代代相传，是因为古往今来，当权者都喜欢用联姻的方式来巩固领土稳定。不过黑阙皇朝发展至今，权霸一方，连以兵马夺天下的北漠现在都对黑阙皇朝俯首称臣，诸位大人还有什么好顾忌的？"

不给众人应声的机会，洛千凰的语气再次冷肃了几分："既然我朝已经强大到不需要用联姻的方式扩张领土，皇上只娶一人为妻，或是坐拥佳丽无数，于眼前的现状又有何妨碍？假如有那么一天，朝廷面临战争威胁，我洛千凰可以号令百兽，携数百万黑阙大军共同对敌。所以……"

话说到这里，洛千凰的神情忽然变得无比霸气："我并非一无所有，而我所拥有的，别人穷其一生却求之不来。我想要的也非常简单，不过是一屋两人，三餐四季，一生足矣！"

最后这句话，她说得情真意切。

不但所有的大臣都被皇后这番话震在当场，就连轩辕尔桀也没想到印象中胆小怕事、单纯柔弱的洛洛，有朝一日竟会当着文武百官的面说出这样一番振聋发聩之言。

原来，他的洛洛并非他想象中那般软弱可欺。

为了坚守住两人之间的爱情，她可以勇敢地迈出这一步，用自己的方式，来维护他们的婚姻。

轩辕尔桀感动之余，内心深处激动万分。他的洛洛不但成熟了，长大了，还懂得用她孱弱的肩膀来扛起他们之间爱情的桥梁。

洛千凰也用她特有的方式，给那些对她心存不满的大臣，上了颇有针对性的一课。

至此，新任国母在朝中大臣们心中的形象陡然变得无比高大。

他们谁都没有忽略洛千凰的那句话，她所拥有的天赋，是别人穷其一生都追寻不到的。

这样的奇女子，哪家千金可以比拟？既然无人可敌，拥有号令天下百兽天赋的洛千凰，凭什么不能成为万凰之王？

早朝结束后，轩辕尔桀拉着洛千凰的手，当着众臣子的面离开了议政殿。

回到龙御宫，轩辕尔桀按捺不住内心的欣喜，笑着夸赞洛千凰："洛洛，你今天在议政殿当着众人说出来的那番话，让朕倍感欣慰。朕一直以为你胆小害羞，不敢在外人面前承认对朕的感情。是朕错了，你不仅十分勇敢，还是一个气度非凡的女霸王。"

"扑哧！"洛千凰被"女霸王"这三个字逗笑了，忍不住解释，"其实我在议政殿说出那些话的时候，心里不知道有多紧张。我很害怕受到别人的嘲笑，也担心有人会斥责我不自量力。但后来我想清楚了，既然现在我已经成为黑阙的皇后，凭什么还要唯唯诺诺地看别人的脸色行事？我越是胆小怕事，他们便越是瞧不起我。与其让别人踩在我的头上撒野，我必须树立自己的威信，让那些瞧不起我的人看清楚，我洛千凰并非一无是处。即便曾经是草莽出身，只要给我站上朝堂的机会，我便有能力独当一面，让天下人对我刮目相看。"

"啪啪啪"！

一阵拍巴掌的声音忽然从门外响起，循声望去，居然是不知何时来到龙御宫的轩辕容锦夫妇。

而拍巴掌叫好的，正是凤九卿，一进房门，她便对洛千凰赞道："说得好，我们皇家的儿媳妇，就该有这样的霸气和担当。小千，你果然没给你爹娘丢脸，即使没有他们的保护和庇佑，依旧活得如此精彩。你爹娘若看到你今日在议政殿勇于挑战群臣的一面，定会以你为荣，感念他们生了一个好女儿。"

轩辕容锦虽然没有妻子反应那么强烈，却也对儿媳妇能有这样的担当深感欣慰。

不愧是被他儿子誓死也要娶进家门的女子，儿子的眼光确实不错，难怪当年素有京城才女之称的云家大小姐都不被他看在眼中，对方虚华的外表并不能掩饰阴险狡诈的内心，云锦瑟没能在众臣的呼声下成为黑阙国母，是儿子这辈子做得最正确的一个决定。

遥想当年，他还跟九卿谈论过膝下的几个小辈。

尔桀、连城、灵儿，以及云家的两位小姐，都是从小一起长到大的玩伴。

那时，凤九卿就对温柔婉约的云家大小姐云锦瑟极不看好，总说这个姑娘虽然外表才华各方面样样突出，唯独品性不好，不适合做皇家的媳妇。

轩辕容锦对儿子的婚姻倒是没有插手的想法，总认为儿孙自有儿孙福，如果儿子真喜欢云锦瑟，他不会制止儿子将那个姑娘娶进家门。

谁能想到事情会发生戏剧化的逆转，云锦瑟果然如九卿所说，因为心术不正，最终将自己送上了断头台。

说到底，在看人方面，他还是略逊自己妻子一筹。

容锦夫妇的到来，让洛千凰稍微有些紧张。

凤九卿刚刚夸赞她的那番话，也让洛千凰红了脸，这种话在朝阳哥哥面前说说也就罢了，被公婆听到，真是尴尬透顶，太丢人了。

像是看出她眼中的窘迫，凤九卿笑道："小千，你不用不好意思。雪月宫闹鬼这件事情你处理得很好，凭你的能力和手段，日后管理宫中政务，也应该能游刃有余。"

说罢，冲轩辕容锦使了个眼色："逍遥和红鸾的这个闺女，还不错吧？"

轩辕容锦对洛千凰这个儿媳妇自是无可挑剔，点头道："很好！"

轩辕尔桀见父母不请自来，忍不住询问："父皇母后怎么来了？"

凤九卿笑道："小千在短时间内破了雪月宫闹鬼的悬案，这么值得赞赏的事情，我和你父皇当然要过来探望一二。这后宫从今以后有小千掌管，我和你父皇离开之后也能放心了。"

听到这话，轩辕尔桀和洛千凰齐齐震惊，两人异口同声道："发生了何事？"

第七十五章 破悬案疑窦丛生

凤九卿一改之前脸上的笑容，无奈地对儿子说道："昨天晚上我收到太华山送来的书信，信是我师父玄乐道长写的，他说，你外公近日身体不好，频频咯血，应该是病得不轻。这些年我和你父皇一直周游天下，极少去太华山探望两位老人。眼下父亲病了，我心中难安，所以决定近日启程，去太华山看看情况。"

轩辕尔桀与外公凤莫千虽然相处甚少，童年的记忆里，却记得外公偶尔会不远千里，从太华山赶赴京城来探望自己。

时光飞逝，一眨眼他都已经成家立业，外公却因为年事过高不适合长途跋涉，连他的婚宴都未能参加。

此时听母后说到外公病了，轩辕尔桀心中也颇为难过，忙问："外公的病情严重吗？"

凤九卿轻叹一声："具体情况，待到了太华山之后才能得知。"

洛千凰自告奋勇："母后，您带上我吧，我懂医术，可以随您一起去太华山帮外公治病。"

凤九卿忍不住笑了："你和尔桀才刚刚成亲，我哪能拉着你去太华山那么远的地方？放心，你们七皇叔这次会随我一同前往，他的医术还是值得信任的。"

轩辕尔桀虽然担心外公的安危，但让他和刚成亲的妻子分开那么久，他心底终究是舍不得。

凤九卿当然能看出儿子眼中的忧虑，拍了拍儿子的肩膀："除了你七皇叔，连城的父母也会一同前往。放心吧，有了消息，我会写信告诉你们。我和你父皇不在的这段时间，你要好好对待小千，切不可因为鸡毛蒜皮的小事便欺负人家。如今你的逍遥叔叔已经成了你的岳丈，若让他知道你欺负小千了，他第一个饶不了你。"

在凤九卿的打趣之下，凝重的气氛略微好转。

原来容锦夫妇此番前来，是专程向儿子和儿媳告别的。

凤九卿原本不希望轩辕容锦陪自己去太华山，儿子刚刚成亲，她希望容锦可以帮儿子分担一些政务，给儿子和媳妇多创造一些相处的机会。

可轩辕容锦就是一个宠妻狂魔，无论凤九卿走到哪里，他都必须尾随其后。

迫于无奈，凤九卿只能将所有的重担全部移交到儿子和儿媳妇身上。

两天之后，容锦夫妇带着根本在京城待不住的七王夫妇，以及明睿夫妇，一同踏上了前往太华山的路程。

长辈们的离去，让洛千凰心底变得空落落的。

从现在开始，她不可以再像从前那般天真无邪、随心所欲地过日子。嫁作人妇的她，身上肩负着一国之母的严峻使命，而身处高位，稍有不甚便会摔得粉身碎骨。

雪月宫闹鬼这件事只是她成为后宫之主所经历的一个开端，她知道，类似这样的阴谋诡计，将会在后宫不断地上演。而属于她洛千凰的人生篇章，也从这一刻起，被正式书写。

雪月宫闹鬼一事，表面看来，因为七喜的死而终结，得知事情始末的轩辕灵儿在长辈们纷纷离京后来到皇宫，向洛千凰透露了一个她最新掌握的消息。

"你说什么，七喜是徐紫月的人？"

两人目前所处的地方是皇宫御花园的八角凉亭。

今日天气晴朗，阳光明媚，御花园内百花齐放，假山附近发出轻柔悦耳的水流声，时不时有鸟儿在枝头飞过，发出清脆的鸣叫。

洛千凰和轩辕灵儿坐在凉亭内喝茶赏花，聊着聊着，便将话题聊到了徐紫月身上。

不怪洛千凰会发出这样的惊叹，实在是徐紫月这号人物，已经在她的记忆深处被彻底抹除。

徐紫月，光禄侯之女。

当日洛千凰遭萧倾尘设计，被迫变成了宫女玲珑的模样，最后还被萧倾尘拐去北漠，从此与父母家人分隔两地。

徐紫月便在那期间伪装成自己的模样，差点儿骗得轩辕尔桀与她成亲。

事后，轩辕尔桀查明一切，不但剥夺了光禄侯的权力，还将酿制这场祸事的徐紫月绳之以法。

关于徐紫月的下场，洛千凰了解得并不清楚。

她相信朝阳哥哥处事公正，绝对不会让坏人得到好报。

此时听灵儿提起徐紫月这个名字，洛千凰瞬间忆起了诸多不好的回忆。

轩辕灵儿的神色十分凝重："雪月宫闹鬼的事情被传得沸沸扬扬时，我就觉得这件事背后肯定藏着不为人知的秘密。我反正不相信这世上有鬼，当连城告诉我，在背后搞鬼的人居然是宫中的一个小宫女，这个宫女的名字还叫作七喜的时候，我忽然想起，之前你被萧倾尘那个坏蛋骗去北漠，徐紫月不是冒充你的身份在皇宫生活了一段时日吗？"

第七十五章

洛千凰急忙问道:"那段时间发生了什么?"

说起来,她对自己离开黑阙的那段时间,宫中究竟发生了什么变化,并不清楚。

轩辕灵儿的神色甚是激动:"那个叫七喜的宫女以前根本不是在浣洗阁当差,我隐约记得,在你被替换的那段时间,我曾经进宫找过你。当然,那个时候的你,已经被徐紫月取代。当时在徐紫月身边伺候的几个宫女,就有七喜这号人物。"

洛千凰微微一惊:"你是说,七喜是徐紫月的心腹之一?"

轩辕灵儿点头道:"七喜是不是徐紫月的心腹我不清楚,但那段时间我进宫找徐紫月那个冒牌货玩的时候,不止一次看到七喜的身影。她似乎深得徐紫月的信任,徐紫月经常将一些很重要的事情交给这个宫女来做。我会记得七喜的名字,是因为我府上有一个婢女也叫七喜。当时我还问过你,哦不,是问过徐紫月,她身边的七喜,和我府上的七喜是不是沾亲带故,有什么关系?后来查实,两个七喜只是同名罢了,彼此之间并无关系。最后被查证徐紫月只是一个替身,她身边伺候的那些宫女也被发落到了别的地方,不知所终。直到连城跟我提起在雪月宫装神弄鬼的人居然叫七喜,我才琢磨着,这件事是不是跟徐紫月有什么联系?"

洛千凰忙问:"徐紫月后来的下场是什么?"

轩辕灵儿哼笑:"徐紫月当初的行为罪该万死。不过皇兄为了削去光禄侯手中的权力,和光禄侯做了一个交易,他愿意将手中的军权上缴朝廷,但皇兄必须答应他一个条件,就是放徐紫月一条生路,还她人身自由。"

洛千凰仔细回想了一下,在她和朝阳哥哥成亲之前,朝阳哥哥好像在她面前提及过此事。

她当时初回京城,正处于与父母亲人团聚的喜悦当中,对徐紫月的下落便没做过多的询问。

此时听轩辕灵儿将旧事重提,才恍然明白,原来徐紫月是被光禄侯用手中的兵权换回去的。

思及此,她忍不住说道:"即便七喜当初受徐紫月重用,现如今徐紫月大势已去,七喜应该没必要为了前主子,故意装神弄鬼,搞得后宫鸡犬不宁吧?而且她被抓捕归案的时候,还选择用自尽的方式逃避刑部的严刑逼供。依我推断,假如当日她因为徐紫月在宫中得势,却因为我的回归被发配到浣洗阁成为一个洗衣宫女,由此导致她对我心生怨怼,所以在我嫁进皇宫之后,故意搞出这样一场事端来败坏我的名声。"

说到这里，洛千凰对七喜为何要装神弄鬼终于有了初步的了解。

轩辕灵儿却没有洛千凰这么乐观："小千，你事后调查过七喜的背景吗？"

洛千凰没有否认："自是调查过。这个七喜是七年前被选进皇宫当差的，我让小福子查过她入宫前的个人情况，父母双亡，六亲远离，因为样貌生得还不错，且在刺绣方面有独特的天赋，当日是以绣女的身份被选入皇宫。唯一让我好奇的就是，这个七喜，轻功居然很厉害。调查之后才得知，她以前认过一个在市井以杂耍为生的师父，小时候学了一些基本功，所以扮起鬼来才出神入化，闹得宫廷上下人心不安。"

轩辕灵儿冷笑接口："正因为这个七喜无父无母，无牵无挂，所以才敢肆无忌惮地在宫中闹出这样的举动。"

洛千凰皱起眉头："你怀疑七喜是受人指使，而那个指使她的人便是徐紫月？"

轩辕灵儿哼道："是不是徐紫月我现在还不敢确定，只要徐紫月还活在人世，很难保证她不会继续危害别人。"

见洛千凰陷入纠结之中，轩辕灵儿一改之前凝重的神色，拉着她的手，露出笑容："好啦，这些事情自有皇兄他们派人调查。我之所以和你说这个，也是给你提个醒，让你有个心理准备，切莫着了小人的道。小千，你能在变故之下让自己牢牢地立足于后宫之中，简直不输皇伯母当年在朝中的威望。"

洛千凰忙自谦道："我初踏宫闱，怎敢与母后相提并论？"

轩辕灵儿笑道："总之我相信你一定会成为一个合格的皇后。哦，对了，我今天进宫，还有一件事想告诉你，海帝王端木辰，不日将会抵达京城。"

洛千凰对海帝王这号人物完全没有概念，不由得生出几分好奇："海帝王是谁？"

轩辕灵儿瞪圆双眼："你不会连海帝王的大名都不曾听说过吧？"

洛千凰的脸上尽是无辜的神色，她又不是江湖通，不认识海帝王，也在情理之中吧。

轩辕灵儿也没再继续卖关子，简单解释道："这个海帝王可是一位非常了不得的人物，关于他的事迹，三天三夜也说不完。他叫端木辰，掌管着所有与海上有关的领域。此人富可敌国，权倾天下，是各国君主都不敢轻易得罪的风云人物……"

就在轩辕灵儿针对海王这个人物夸夸其谈时，一阵脚步声传来，打断了灵儿的声音。

循声望去，在几个宫中内侍的簇拥下，轩辕尔桀与贺连城不知何时来到此处。

洛千凰忙起身迎接："朝阳哥哥，今天政务这么早就忙完啦？"

说着，又满面笑容地看向贺连城："贺公子也来了。"

贺连城冲洛千凰微微颔首，施礼道："微臣见过皇后娘娘。"

洛千凰"扑哧"笑了一声："大家都是老朋友，你在我面前自称微臣，害我怪不好意思的。以后可别再这么见外了，像从前一样相处就好。"

贺连城也跟着笑起来："宫中人多眼杂，有些规矩还是要讲的，也免得被有心之人挑了错处，给自己找一些不必要的麻烦。"

洛千凰也知道今时不比往日，便也没再开口继续强求。

轩辕尔桀瞪了总是不请自来的堂妹一眼："你怎么又来了？"

轩辕灵儿对皇兄不待见自己的态度已经习以为常，她厚着脸皮道："皇伯父和皇伯母离京之前郑重交代过我，让我无事的时候进宫陪小千聊天解闷。皇兄若对我进宫的行为表示不满，可以写信给皇伯父和皇伯母告状，我无所谓的。"

轩辕尔桀拿这个厚脸皮的妹妹实在没招，只能将警告的目光投向贺连城，让他好好管教管教这个不知天高地厚的小丫头。

贺连城无奈一笑，对轩辕灵儿道："午时就快到了，我在望江楼订了桌位，一会儿我带你去吃你最爱吃的虾饺好不好？"

一听说有好吃的，轩辕灵儿的眼神顿时闪闪发亮，忙不迭地点头道："好啊好啊，我们带着小千一起去。"

"这……"

贺连城有些为难。洛千凰的身份已经今非昔比，堂堂皇后之尊，怎能像寻常百姓般说出宫就出宫？

轩辕尔桀又瞪了妹妹一眼："宫中的御厨难道还比不得望江楼的厨子吗？"

轩辕灵儿呛声："皇兄，既然大家都是姓轩辕的，你事事针对于我，不会觉得过分吗？之前你颁下旨意宣布废后的时候，我可是很给面子地没有进宫找你麻烦。我不过是请小千去望江楼吃顿饭，瞧你那小气样……"

话还没说完，轩辕尔桀就硬生生被她气乐了："你明知道废后的旨意只是朕当时的权宜之计，找朕来闹，你好意思吗？另外，朕可没有事事针对你，洛洛现在已经是朕的皇后，不能再像从前那般随意出宫，免得引起不必要的恐慌。"

轩辕灵儿也意识到再找小千出去吃饭有些不太现实，于是只能嘟起嘴巴，心不甘情不愿道："就算废后的旨意是权宜之计，我听说的时候还是被气了个半死。皇兄，你说实话，假如外界关于小千不实的传闻真的给朝廷带来影响，你会不会假戏真做，剥夺小千的皇后之尊？"

这句话刚问出口，贺连城便轻轻瞪了轩辕灵儿一眼，未等轩辕尔桀做出反应，便拉起灵儿的手臂，低声道："时候不早了，咱们快些出宫吧。"

轩辕灵儿还欲再开口说些什么，贺连城已经将她强行拉走了。

夜晚临睡之前，轩辕尔桀忽然很郑重地在洛千凰耳边说了一句话："不管你是不是灾星体质，都不会影响你在朕心中的地位。"

"啊？"

洛千凰不明所以，实在搞不清楚轩辕尔桀为何会突然说出这么一句话。

轩辕尔桀十分认真地解释："今天晌午，灵儿在御花园问朕的那个问题，朕当时没来得及给她答案，却不想让你心生误会。洛洛，虽然灵儿这丫头经常口无遮拦，但她质问朕的这个问题，却并非无心之言。假如雪月宫的事情没有那么顺利地得到解决，你与朕要面临的问题将会非常严峻。到那时，必会有人以此来兴风作浪，朕仔细想过，假如事情演变到如此严重的地步，朕不会为任何人改变自己的选择。你现在是朕的皇后，往后这一辈子都会是朕的皇后，谁都无法改变这个事实。"

洛千凰这才恍然回神，忍不住笑道："朝阳哥哥你可真逗，灵儿晌午问的问题，你居然能憋到现在。你不提这茬儿，我都快要忘了这件事。好啦，别人不信你，我难道还不信你吗？更何况是不是皇后并不重要，只要咱们能够在一起，我就已经非常开心了。"

轩辕尔桀见她笑得没心没肺，心里忽然发堵。他本想给她铸造一个坚固的城堡，将她守护在羽翼之下无忧无虑过一辈子。结果两个人刚成亲一个多月，就发生这么多扰人的事情。

见他依旧面色凝重，洛千凰笑着扯开话题："听灵儿说，不久之后，有一位大人物将来咱们黑阙做客。朝阳哥哥，这个大人物真如灵儿说的那般很有来头吗？"

听她问及所谓的大人物，轩辕尔桀也就不再纠结于之前的话题。

他点了点头，说道："端木辰，海上帝王，声名显赫，能力卓绝。他此番进京的目的只有一个，前来祝贺你我二人的新婚之喜。"

洛千凰瞪圆双眼："咱俩都成亲一个多月了，他这个时候来庆祝咱们的新婚之喜，不觉得有些为时已晚吗？"

见小妻子眼中眸光闪亮，轩辕尔桀忍不住笑了。

他顺势将她揽进怀中，在她光洁的额头上亲了一下，语带宠溺道："你管他来得是早是晚，既然是来庆祝咱们的新婚之喜，少不得会送些昂贵的礼物来讨彩头。到时候，你尽管心安理得地收礼便是。"

第七十六章 海帝王初访黑阙

荣德五年十月二十八,久负盛名的海上帝王端木辰,带着麾下一行人马,浩浩荡荡地踏进了繁华富饶的黑阙皇城。

　　轩辕尔桀身为黑阙皇朝的东道主,在海帝王大驾光临的这一天,率领数千名皇城御林军,亲自来到城门口迎接端木辰。

　　经历了一番隆重而又热闹的迎接仪式,宫中举办盛大宴席迎接海帝王这位远道而来的贵客。

　　这也是洛千凰成为黑阙皇后之后,第一次以一国之母的身份参加这种大型宴会。

　　本以为被传得神乎其神的海帝王应该是一位年过半百的威严老者,当洛千凰看清海帝王的真颜时才意外发现,对方非但不老,反而还年轻得不像话。原来这个名震天下的大人物只虚长轩辕尔桀三岁而已。

　　此人不但年轻有为、权霸一方,而且五官样貌还生得俊美逼人,如同从书画中走出来的翩翩贵公子,一出场便用他身上独特的魅力,吸引众人对他纷纷注目。

　　洛千凰也算见识过不少青年才俊,端木辰和她认识的那些风云人物相比,居然毫不逊色。

　　早在端木辰进京之前,洛千凰便从轩辕尔桀的讲述中对此人略有几分了解。之所以会被称为海上帝王,是因为这个端木辰出生于一个古老而又神秘的庞大家族,这个家族究竟有多古老,连轩辕尔桀也无从得知。

　　外界传闻,端木家族的祖先是海神和人类生出来的半人半神,从小便被赋予神奇的能力,可以驾驭海中所有的鱼类和生物,甚至掌控着海上的风云变幻。

　　虽然这个传说是真是假无从考证,但有着几百年悠久历史的端木家族,势力已经庞大到任何一个国家的国君都不敢轻易招惹。

　　说得直白一些,所有跟海域有关的生意,几乎都要跟端木家族的人打交道。

第七十六章 海帝王初访黑阙

一旦与端木家族的人交恶，就等于切断了与海域有关的所有财路。

之所以会这么说，自然是有迹可循。

当年有不少不知死活又不自量力的小国，为了获取更多的利益，不愿向权霸一方的端木家族妥协，于是在私下里搞小动作，甚至不惜与端木家族的人为敌。

这些小国的下场都很凄惨，要么钱财尽失，一败涂地；要么国家衰败，走向灭亡。

曾几何时，也有几大强国想要强强联手，共同对付端木家族。

也不知这端木家族是不是得到了上天的庇佑，非但没有遭到强国的毁灭，反而让那些挑起战争的国君遭到颠覆性的报应。

接二连三的变故，终于让各个国家向势力庞大的端木家族做出妥协。

久而久之，端木家族在大陆板块上的地位无人再敢小觑。

虽然没有占领封地称王称霸，海上帝王这个称呼却被一代一代地流传下来。最重要的是，端木家族自成一系，并不隶属于任何国家。

从古至今，这个庞大的家族不会主动亲近哪个强国，也不会随便动手欺负哪个弱国，更不会参与各国之间的领土之争。

他们的立场非常坚定，人不犯我，我不犯人，人若犯我，我必不饶人！

黑阙皇朝固然可以称之为一大强国，在各方面利益驱使下，也不愿与端木家族的人交恶。

所以，当端木辰以海帝王的身份踏进黑阙皇城之时，上至帝王，下至朝臣，皆对这位传说中的人物奉上十二分的热情迎接款待。

此次端木辰带着厚礼来到黑阙，是为了庆祝黑阙帝王大婚之喜。

当一件又一件稀世珍宝被抬到奉天殿，摆放在众人面前时，在场围观的大臣无不露出惊叹之色。

不愧是富甲一方的海上帝王，送出来的礼物，简直可以用大手笔来形容。

像夜明珠这种在外人看来价值不菲的物品，对端木辰来说就是送给小孩子玩的小物件。

稀有的珊瑚、少见的玉石，以及只有传说中才听说过的各种名贵之物，接二连三被呈现在众人眼前。

虽然早在端木辰进京之前，洛千凰就被告知，只要是海帝王送来的东西，她收着就好，不必客气。

此时看到这么多名贵之物，她还是有些心惊胆战。

正所谓无功不受禄，端木辰出手如此大方，洛千凰很担心这样的厚礼有朝一日他们会无法偿还。

当数不清第几件宝贝被宫人端着玉盘捧到众人面前时，洛千凰偷偷扯了扯坐在自己身边的轩辕尔桀，压低声音问道："这位端木公子究竟何意？咱们与他素不相识，他突然打着祝贺咱们新婚之喜的名号来到黑阙，一出手就送了这么多价值连城的礼物。万一接下来他提出什么过分的请求作为交换，咱们若换不起，可就下不来台了。"

轩辕尔桀被妻子担心的话语逗笑了，压低声音在她耳边调侃："不愧是朕的皇后，居然担心朕会在外人面前吃亏上当。你放心吧，这里是咱们黑阙的地界，端木家族的势力再如何强大，也不会轻易挑起两方的争端，咱们黑阙可没那么容易被欺负。至于那些厚礼，对端木家族来说如同九牛一毛。他喜欢送，咱们安心收着便是，无须有任何心理负担。"

两人交头接耳的工夫，一件又一件礼物已经被展示完毕。

一直闭口不言的端木辰忽然冲身边的心腹打了一下响指，心腹心领神会，双手捧着一只红色的锦盒走到大殿正中。

端木辰突如其来的行为，令众人感到十分不解。

那个走到奉天殿正中的心腹这时打开红色锦盒的盒盖，只见铺着绒布的盒子里面，放着一颗婴儿拳头大小的黑珍珠。

在五光十色、耀眼夺目的众多珠宝之中，这颗黑珍珠非但没有被其他美丽的饰品掩去光彩，反而在红色锦盒中显露出它独特而又醒目的一面。

端木辰低沉好听的声音忽然在大殿中悠悠响起："之前送出去的那些薄礼只是我们端木家族对帝后大婚的一点儿心意，而这颗黑珍珠，是我以私人名义送给皇上和皇后的新婚之礼。不知帝后可曾听说，黑珍珠是海中最优雅的精灵，印着深海的色彩，看似波涛暗涌，却又不失矜持稳重的外表。黑珍珠高贵神秘，乃是人间至宝，偶得一颗，便幸运之至，能给拥有者带来福禄。这颗黑珍珠是我们端木家族的祖传之物，流传至今已有百年历史，还望帝后莫要嫌弃。"

端木辰这番话，在众人之间引起了一阵不小的骚动。

珍珠虽然不是名贵之物，黑色的珍珠却世间稀有。

很多人都听说过关于黑珍珠的传说，黑珍珠不但是富贵和吉祥的象征，拥有它的人,还能一生顺遂,好运连连。

端木辰果然没有夸大其词,之前送出去的那些礼物虽然昂贵,加在一起,也不敌这一颗黑珍珠意义重大。

更何况这颗黑珍珠还拥有百年历史,端木辰肯将家传之物拿来相赠,这份诚意连轩辕尔桀都为之动容。

洛千凰在看到那颗黑珍珠时,猛然想起,大婚当晚,她误打误撞闯进凤鸾宫的密室之中,在众多财物之中,同样也发现了一颗世间罕见的黑珍珠。

只是和眼前这颗婴儿拳头大小的珍珠相比,她所得到的那一颗,略小了几分而已。

说起来,那颗黑珍珠让她放到什么地方了?

洛千凰对身外之物向来不怎么在意,那晚之后,她好像将意外得来的那颗珍珠,顺手塞到了妆奁之中。

洛千凰思忖的工夫,小太监已经珍而重之地将盛放在锦盒之中的黑珍珠送到帝后面前。

轩辕尔桀虽然诧异端木辰肯将祖传之物予以相赠,却并没有对这颗传说中可以给人带来好运的东西产生觊觎之心。

说到底,不过就是一颗珍珠而已,他向来对珠宝之物兴趣缺缺,不过表面功夫他做得却十分到位,客气地回道:"海王出手如此大方,着实令朕万分感动。只是这颗珍珠若是端木家族的祖传之物,相赠于朕,会不会有什么不妥之处?"

端木辰勾唇笑道:"这是我对帝后大婚送上的一份祝福,皇上喜欢,便是对我最好的回赠。"

轩辕尔桀点头回道:"既如此,朕便笑纳了。"

说罢,他从太监手中接过锦盒,诚心诚意夸赞了几句,便将锦盒转递到洛千凰手中。

洛千凰接过这枚硕大的黑珍珠,双眼盯着它光滑美丽的珠身,那一眼看不穿的迷茫黑暗,竟让她不自觉地沉醉其中。

送礼的仪式终于结束。接下来,接风宴正式开始。

从端木辰像神明一般闯进众人的视线,便有不少参加海王接风宴的官家小姐,对这位权势滔天、仪表堂堂、身姿挺拔的海上帝王生出了爱慕之心。

人性都是贪婪的。

像端木辰这样出众的男子，世上有几个女人能够把持得住，对这样的男人视而不见？

她们年轻俊美的皇帝陛下固然优秀，但轩辕尔桀承袭了他父皇荣祯皇帝的优良传统，在感情上专一痴情，除了正妻之外，并没有再立妃嫔的想法。

做不成皇帝的嫔妃，便要与其他大臣家的儿子谈婚论嫁。

可是放眼望去，除了贺连城这个从小与皇上一同长大的挚交好友之外，真正能被这些眼高于顶的官家小姐看得上眼的如意郎君，要么已经成亲生子，要么还没到适婚年纪。

当然，不久之前，被不少名媛闺秀偷偷爱慕的贺连城也娶了灵儿郡主，过上了幸福美满的小日子。

名媛们从小就领教过脾气火暴的灵儿郡主的厉害，有她这座大山压着，众人全都偃旗息鼓，对贺连城彻底歇了心思。

如今京城突然来了一位各方面都极为出挑的海帝王，已经到了适婚年纪的千金小姐们，就像看到了可口的肥肉，一个个如狼似虎地将目标投放到端木辰身上。

有人骚首弄姿，故意做出夸张的举动，试图吸引端木辰的注意。也有人含羞带怯，时不时扯出娇憨的笑容，冲端木辰暗送秋波。

偌大的奉天殿，除了被黑珍珠吸引去注意力的洛千凰之外，恐怕只剩下没心没肺的轩辕灵儿对端木辰没有觊觎之心。

当然，像轩辕灵儿这种看到新奇人物总要跟人家打招呼问候几句的姑娘，自是少不得要对端木辰询问几句。

比如，端木家族的祖先是否真的是神人之后？端木家族的主事者是否真的有能力操控海中的一切？

一连串的问题问下来，端木辰始终笑而不语，仿佛轩辕灵儿在他眼中，只是一个天真好奇的小孩子，无论问出口的话有多么无礼，他也不会将其放在心上。

轩辕尔桀被堂妹的口无遮拦气得直冒冷汗，这丫头真是欠管教，也不看看来者是谁，便肆无忌惮地当众询问人家的隐私。

眼看轩辕灵儿还要无休无止地追问下去，轩辕尔桀厉声打断她的话，训斥道："真是半点儿姑娘家该有的样子都没有，端木公子是我们黑阙的贵客，你怎能如此无礼？"

训完，又对端木辰露出几分诚挚的歉意："朕这个堂妹从小被宠得无法无天，若哪句话冲撞了端木公子，还请你不要放在心上，别跟她一般计较。"

轩辕灵儿当众被训，气得嘟起嘴巴，满脸不高兴。

她只是问了大多数人都很好奇的问题，皇兄怎么能在大庭广众之下这般训斥自己？

贺连城见妻子眼神哀怨，冲她露出一个安抚的笑容，还体贴地在桌子底下拉了拉她的小手，劝她少安毋躁，别跟皇上斗气。有了贺连城的安慰，轩辕灵儿的心里才稍稍找到一些平衡。

端木辰笑容不改，并没有因为轩辕灵儿的唐突之言面露不悦。

众目睽睽之下，端木辰低沉好听的嗓音在殿内响起："按照端木家族的族谱记载，先祖是否是神人之后这个传闻倒并没有明确的描述。毕竟端木家族在世上已经存在了几百年，历代祖先见证了无数朝代变迁，发展到今日，曾经的过往，皆属于历史。而很多历史在记录者添油加醋的描绘之下变得颇富传奇色彩，这些传奇是不是真的发生过，作为后辈实在难以定论。至于端木家族的人能否操控海中一切……"

端木辰淡然一笑："说能的话，未免夸大其词；若不能的话，日后又难以服众。灵儿郡主只要记得一件事就好，我端木家族几百年来只有一条祖训，不与人为敌，不与人交恶，不与人纷争，不与人称臣。"

轩辕灵儿没想到自己之前的问题居然得到了回应。

不过这个端木辰着实厉害，虽然颇有耐性地向众人解释了端木家族的历史，却并没有给出任何实际的答案。

按照端木辰的逻辑，他们端木家族权大势大，能力非凡，你们信也好，不信也罢，都改变不了他们家族横行于世的资格。

当然，他们不会主动挑衅别人，但想让他们对皇权贵胄俯首称臣，亦是绝无可能的。

众人纷纷无语，同时也对这个如笑面虎一般的海上帝王生出了几分敬畏之心。

朝中倒是有几位大臣对端木辰的私人生活颇为好奇，尤其是任职于礼部的尚书刘大人，他家里六个女儿，个个才貌双全，惹人怜爱。

长女次女以及三女全都到了适婚年龄，偏偏这几个闺女眼光极高，凡夫俗子，根本入不了她们的眼。

眼看着女儿们的年龄越来越大，还没替她们找到合适婆家的刘大人，不由得心急得嘴角直冒大疱。

此时看到随他一起进宫饮宴的三个女儿像花痴一样傻傻盯着坐在不远处的端木辰，刘大人心中顿时了然。

看来他的女儿们对这位名震天下的海帝王已经一见倾心，不管哪个女儿能够得到海帝王的赏识，只要能与端木家族的人搭上关系，都可以借着姻亲给他们刘家带来无限荣耀。

这么一想，刘大人便起了贪念，看向端木辰的眼神之中，也流露出些许觊觎之意："像端木公子这般年轻有为的青年才俊，家中想必是妻妾无数，早已儿女成群了吧？"

以端木辰现在的年纪，娶妻生子再正常不过，刘大人可不敢奢望自己的女儿嫁过去之后会成为海帝王的正妻。

是不是正妻无所谓，只要女儿能在海王身边找到一个安身之所，便可以让他刘家光耀门楣。

这个问题一经问出，不少膝下有女儿还未出嫁的大臣们眼神全都亮了。

像端木辰这样优秀的男人，天底下没有几个女人能够抵挡得住他的诱惑，天底下也没有几个老丈人不稀罕这样财大势大的女婿。

本以为刘大人的猜测会得到端木辰的认同，结果端木辰却笑着回道："家主之职任重劳冗，娶妻一事只能延后。"

短短一句话，瞬间点燃在场无数恨嫁女心中的希望。

没想到像端木辰这般优秀的男子，居然尚未娶妻，这对她们来说，无疑是值得庆幸的一件事。

尤其是刘大人家里的那三个待嫁姑娘，看端木辰的眼神变得更加炙热了。

很快便有大臣急不可奈地询问："是不是端木公子眼光太高，所以直到现在还没找到符合心意的姑娘？"

端木辰淡淡一笑："婚姻和感情讲究的是缘分，而我对婚姻的要求极其简单，一屋两人，三餐四季，一生足矣！"

此言一出，众人皆惊。

因为不久之前，国母洛千凰曾在议政殿当着众臣子的面，说出和端木辰一模一样的一番话。

原本并没有将端木辰的婚姻放在心中的轩辕尔桀听到这几个字，神色陡然一变，下意识地将目光移到洛千凰脸上。

让他气绝的是,洛千凰就像个得到新玩具的小孩子,一直把玩着手中的黑珍珠,对现场发生的事情置若罔闻。

不明所以的轩辕灵儿并没有看出其他人的不对劲,听到一屋两人、三餐四季、一生足矣这几句话,她拍手笑道:"端木公子果然与那些凡夫俗子不同,对待感情竟然这般深情执着。将来有幸嫁给你的那位姑娘,定是世间最幸福的姑娘。"

轩辕灵儿是真心欣赏端木辰这样的男子,才在大庭广众之下说出这番称赞之言。而那些待嫁的姑娘亲耳听到端木辰这番话,也不由得一阵欢欣雀跃。

真看不出来,端木辰还是一位长情的男子。可接下来的一句话,却给所有姑娘的头上浇了一盆凉水。

只听端木辰悠悠说道:"说来惭愧,虽然我直到现在仍未娶妻,心中却早已经有了喜欢的姑娘。只是那个姑娘脾气倔强,直到现在也不肯答应嫁给我。"

说完,他幽深的目光有意无意地在洛千凰脸上扫了一眼。虽只是极不在意的一眼,却被轩辕尔桀捕个正着。而此时,洛千凰已经完全沉浸在那颗黑珍珠的美丽中,仿佛对周遭的一切全不在意。

轩辕尔桀的脸色微微沉了一下。再看向端木辰时,对方已经收回视线,端起酒杯,慢慢啜饮起了杯中的美酒。

接风宴结束在一群待嫁姑娘的悲伤中。

不管这些姑娘的心碎裂成什么样子,对端木辰都不会造成任何影响。

接风宴结束之后,整场都不在状态的洛千凰,捧着端木辰送给她的那颗黑珍珠回到龙御宫,翻箱倒柜,总算从犄角旮旯里,将她在凤鸾宫密室寻到的那颗黑珍珠翻找出来。

两颗黑珍珠放在一起对比了一下,她所拥有的那颗黑珍珠比端木辰送的黑珍珠小了将近一半。

不过,当这两颗珍珠并排摆放在一起时,一抹耀眼的光芒在珠身上一闪而过。

洛千凰用力揉了揉眼睛,再睁眼时,那抹光芒已经消失无踪。咦?难道是她眼花看错了?

就在这时,身后传来轩辕尔桀的声音:"洛洛,你在做什么?"

为了给端木辰准备接风宴,身为东道主的轩辕尔桀这几天忙得脚打后脑勺儿,好不容易才忙完回宫休息，而外面的天色已经黑到伸手不见五指的地步。

踏进宫门，就见洛千凰缩在床尾，鬼鬼祟祟的不知在忙些什么。

洛千凰在他的呼唤声中回过神，她跪坐在床尾，捧着两颗大小不一的黑珍珠对轩辕尔桀道："朝阳哥哥你看，这两颗黑珍珠除了大小不太一样，色泽和外观是不是颇为相似？"

见吸引住洛洛视线的居然是端木辰送给她的黑珍珠，轩辕尔桀的脸色瞬间沉了下来，声音也不受控制地冰冷了几分："端木辰送的东西就让你喜欢到这种地步？"

洛千凰不明所以地"啊"了一声，一时之间没明白他话中的含义。

轩辕尔桀也意识到自己的语气颇为生硬，而且这脾气发得连他自己都觉得莫名其妙。

好端端的，他怎么会对端木辰的敌意深到这种地步？

见洛洛露出一副受到惊吓的模样，他走到床边坐下来，并放柔语气说道："黑珍珠虽然是世间的稀罕之物，想要寻上几颗却并非什么难事。你若喜欢，朕可以派人多搜集几颗供你赏玩。"

洛千凰小声解释："你误会了，我只是觉得这两颗黑珍珠外观极为相似，一时之间有些好奇罢了。哦，对了，我忘了告诉你，这颗小一些的珍珠，是我从凤鸾宫的那间密室中发现的。本来该像其他物品一样收归国库，是我一时忘了此事，才将它揣进衣兜，无意中带了回来。"

轩辕尔桀闻言一笑，语气中多了一丝宠溺："一颗珍珠而已，你喜欢就留着吧。况且那间密室中的宝藏本来就是洛洛发现的，洛洛从中挑些稀罕的玩意尽收囊中，没人会对此有任何意见。"

夫妻俩闲聊了一阵，轩辕尔桀忽然问出心底的疑问："洛洛，你对端木辰这个人印象如何？"

正来来回回把玩着两颗珍珠的洛千凰听到此言，不甚在意地回道："挺好的！"

轩辕尔桀挑了挑眉头，笑问："如何好法？"

洛千凰并不觉得这个问题有什么奇怪，于是顺口回道："这位端木公子年轻有为、谈吐不俗。虽然被喻为海上帝王，待人接物方面却亲和有礼，极为友善。相处下来，不会让人从他身上感觉到丝毫不适，所以总体来看，是个值得一交的人物。"

虽然她句句说得都十分在理，轩辕尔桀却听得极为刺耳。

洛千凰看出他眼底的阴郁,忍不住问:"我说的难道不对吗?"

轩辕尔桀深深地凝望了她一眼,说道:"你对他在接风宴上说的那番话有何感想?"

这可真把洛千凰给问住了:"他在接风宴上都说了什么?"

轩辕尔桀好笑又好气,忍不住在她脸颊上轻轻掐了一把:"他在宴席上说了那么多惊世骇俗之言,你不会一句都没听进去吧?"

洛千凰满脸好奇:"有多惊世骇俗?"

轩辕尔桀一字一顿地回道:"他说,他直至今日仍未娶妻,并非眼光挑剔,而是他喜欢的那位姑娘脾气倔强,直至现在都不肯点头答应做他的妻子。他还说,他对婚姻的要求极其简单,一屋两人,三餐四季,一生足矣。"

洛千凰吃了一惊:"端木公子居然还未娶妻?"

轩辕尔桀忍不住瞪了她一眼:"看来宴席上,你走神走得果然厉害。他娶不娶妻对朕来说无关紧要,重点是,他居然当着众人的面,说出一番和你当日在议政殿说得一模一样的话。"

洛千凰不甚在意道:"那句话是我在一本书里无意中翻看到的,并非我的原创,端木公子能在众目睽睽之下说出一样的话,这应该不算什么稀奇的事情吧?"

轩辕尔桀若有所思地问道:"你在哪本书中看到的这句话?"

"这个嘛……"洛千凰抓了抓耳朵,有些不好意思,"看过之后我就忘了,你也知道我这个人一向不爱读书,能够记住这句话,对我来说已经是很难得了。说起来,那本书还是我被易容成玲珑的时候,在藏书阁中无意间翻看到的。藏书阁中有上万卷的书册,现在让我去找,肯定是找不到了。"

轩辕尔桀为之气结,不过转念一想,既然那句话是洛洛在书中翻看得来的,说不定端木辰也看过那本书。

那么,他在大庭广众之下能够说出那样一番话,确实算不上什么惊奇的事情,自己没必要在意。

这样一想,轩辕尔桀的心情终于好转了几分。

看来是他对洛洛有所误解,才在冲动下做出了不切实际的设想。

况且洛洛和端木辰是八竿子打不着关系的两个人,怎么可能会有什么不为人知的联系?

小福子的声音忽然在门口响起:"皇上,贺大人、刘大人、许大人在殿外有事求见。"

轩辕尔桀这才想起,他还有一些政务没有忙完。

于是对洛千凰道:"朕还有一些事情要与朝中几位大臣商讨,你若累了便先歇下。"

洛千凰当然不是拖自家夫君后腿的女人,得知轩辕尔桀有事要忙,便亲自将他送到宫门口,还殷切地嘱咐他若忙得太晚,一定要吃些夜宵填填肚子。

直到亲眼看着轩辕尔桀的背影在眼前渐渐消失,洛千凰才回到房间,在婢女的服侍下更衣洗漱,收拾妥当后,便躺在床上开始不厌其烦地把玩着端木辰送给她的黑珍珠。

这只珍珠仿佛有一种无形的魔力,只要看一眼,就会对其爱不释手。

渐渐地,困意袭来,洛千凰的意识开始变得模糊起来。

耳边传来野兽的嘶吼声,那声音凄厉刺耳,夺人心魄。

洛千凰睁开双眼时,就看到地上躺了无数的尸体,鲜血肆意流淌,染红了她的视线。

她迎风站在高高的山顶,遥望眼前的千军万马,在凶残野兽的撕咬下变得面目全非。

"小千,不要啊……"

发出这道哭喊的,竟然是她的娘亲墨红鸾。

只见娘亲倒在血泊中,无力地伸出手臂向她呼救。而身处巅峰之处的洛千凰,像看蝼蚁一般漠然看着眼前这幅惨绝人寰的画面,对娘亲的求救,却一脸漠然,没有丝毫反应。

与此同时,她看到轩辕尔桀满身是血地率领身后的兵马恶狠狠地瞪着自己。

那眼神之中,充满愤恨和怨怒。然后,她又看到父亲骆逍遥断了一条手臂,正满脸绝望地瘫坐在地上看着这一切,眼中既有悔恨,又有无奈。

数不清的野兽与朝廷的千军万马厮杀在一起。不断有人死在野兽的血盆大口之下,这些惨死的人,居然有贺连城、轩辕灵儿,还有一直在哭喊着呼唤她名字的娘亲墨红鸾。

轩辕尔桀如同一个败北的战士,无力地以剑拄地,与她分庭对抗。

此时,一只杀红眼的猛虎跃起庞大的身躯,飞也似的扑向轩辕尔桀,在他无比惊愕的目光中,他成了虎口下的牺牲品。

第七十六章 海帝王初访黑阙

看到这一幕，洛千凰终于抑制不住心底的躁动，破口喊道："不要啊……"

呼喊声冲破喉咙的那一刻，她猛地从床上坐了起来。

"洛洛，你怎么了？"

耳边传来熟悉的声音，她好半天才回过神，发现与自己讲话的，竟是睡在她身旁的夫君轩辕尔桀。

洛千凰直挺挺地坐在床上，借着摆放在床头处的夜明珠发出来的微弱光芒，她才看清自己身处的地方，哪里是什么山顶，分明就是她每晚安寝的龙御宫。

轩辕尔桀点燃床边的油灯，昏暗的房间瞬间有了光亮。

这时，他才发现洛千凰脸色苍白，满头是汗，眼神惶恐无助，像是受到了某种惊吓。

他取过丝帕替她擦了擦额头的汗水，轻声问道："是不是做噩梦了？"

思绪仍沉浸在那恐怖画面中的洛千凰茫然无措地点了点头，梦境太过真实，真实到让她难以抽离那种绝望的氛围。

幸亏之前所看到的一切只是一场噩梦，她心有余悸地接过丝帕，将额角的汗水擦去，又喝了一杯轩辕尔桀倒给她的温水，心情才慢慢地平复下来。

轩辕尔桀有些担心，问道："究竟梦到了什么？怎么吓成这个样子？"

洛千凰刚要开口，想到梦中惨烈的画面，她实在不愿再多做回想，便摇头道："也没什么，醒来之后就全部忘掉了。"

轩辕尔桀见她不愿多说，倒也没有追问的想法。谁都难免有做噩梦的时候，并非什么值得大惊小怪的事情，只要人没事就好。

他好言好语安慰了一通，洛千凰的脸色终于有所好转。

此时刚过三更天，距轩辕尔桀上早朝还有挺长一段时间，他吹熄油灯，将她扶回被子里重新入睡。

被一场噩梦吓到的洛千凰此时却没了睡意，躺回床上，瞪着双眼，心有余悸地回味着梦中的画面。

她怎么会做这么奇怪恐怖的梦，居然残忍无情到连自己的亲生爹娘都忍心伤害？

被子里，轩辕尔桀轻轻拉住她的手，紧紧地捏了一下，安慰道："别怕，有朕在你身边，没人可以伤害你。"

黑暗中，洛千凰下意识地向身边的男人靠近了几分，仿佛只有这样，才能驱赶噩梦给她带来的恐惧。

好在这个噩梦来得快去得也快，没一会儿，睡意袭来，她便再一次沉入梦乡。

接下来的几天倒是相安无事，洛千凰也就慢慢将那晚的噩梦抛到脑后。

沁竹苑是朝廷专门用来接待远方贵客的府邸，坐落在皇宫附近，偌大的庭院被修葺得精美雅致，富丽堂皇，内部环境与皇宫相比毫不逊色。

端木辰作为朝廷的贵客，他麾下的人马全部被安置进了沁竹苑。

为了表示朝廷的诚意，轩辕尔桀下令，给予端木辰一行人马最高级别的待遇，并安排大量人手，随时随地供端木辰差遣。

端木辰此番进京，除了以海上帝王的身份祝贺黑阙帝后新婚之喜，还有另外一个目的，便是与黑阙朝的君主洽谈新的合作方案。

端木家族统治着所有与海域有关的生意，隶属黑阙境内的港口不计其数，黑阙又是大陆板块上占地最广的强势大国。

所以对端木家族来说，黑阙可谓是他们最大的客户之一。

历代以来，黑阙与端木家族一直和平相处，每隔十年，双方代表都会聚在一起正式签署一份合作协议。

十年的时间眨眼即逝，不但黑阙国君从荣祯皇帝易主为荣德皇帝，端木辰也是端木家族在四年前被选定的新任家主。

双方代表正式会面，自然要针对接下来的合作事宜进行新一轮的探讨。

洽谈的过程十分顺利，仅用三天时间，双方便谈妥所有的合约细则，并正式签署了最新的合作协议。

"不愧是端木家族这一代最优秀的家主人选，端木公子果然豪爽大气，令朕万分钦佩。"

合作事宜谈妥之后，轩辕尔桀对端木辰在合作细则上做出最大的让步表示欣赏和赞叹。

此番谈判，端木家族在利益上给予了黑阙最高的优惠，按照这个优惠额度，黑阙朝廷每年在海域方面的收益较之过去可以提升三到四成。

黑阙的财力虽然雄厚，但朝廷每年要从户部拨款五百万到八百万两的白银供养军队，仅这一项花销，就占了全民总税收的三成。

端木家族肯在海域收益方面做出让步，等于给朝廷减轻了最大的负担。作为君主，轩辕尔桀自然很是欣悦。

此时，两人坐在御书房专门用来招待客人的偏殿饮茶，听到皇帝的赞赏，端木辰不改优雅淡然的翩翩气度，笑着对轩辕尔桀回道："黑阙是我端木家族多年以来最大的客户之一，这些年一直在合作方面恪守信誉，从未亏欠过我端木家族一两银子。本着礼尚往来的原则，我端木家族也要表达出自己的诚意，尽可能让彼此的合作延续下去。至于优惠出来的额度，就算我送给皇上和皇后的另一份新婚之礼吧。"

端木辰出手如此慷慨，倒让轩辕尔桀十分敬佩。

他笑着回道："待端木公子大婚之日，朕必会率领文武官员，亲临现场前去祝贺。"

端木辰微微勾唇："皇上有这番心意，我很感激。"

两人又你来我往客套了一番，轩辕尔桀问道："端木公子在沁竹苑住得可还习惯？"

端木辰浅浅啜了一口茶水，点头说道："感谢皇上的盛情款待，这几日被招待得非常周道。不愧是赫赫有名的黑阙大国，闲暇之时去城中游玩，倒让我见识到不少有趣的风土人情。假以时日，我相信在皇上英明的统治之下，黑阙皇朝会发展得越来越好。"

"承你吉言！"

好话人人爱听，轩辕尔桀自然也不例外。

看着坐在自己对面的端木辰，轩辕尔桀忍不住询问："端木公子各方面的条件都极其优秀，按理说，爱慕你的姑娘应该不在少数。既如此，端木公子至今仍未娶妻，真的是因为心中早有人选，而对方却固执地不肯嫁给你吗？"

轩辕尔桀觉得端木辰之前在接风宴上所说的那番话略有水分，毕竟天底下没有哪个女人能够抗拒得了端木辰的魅力。

这个男人年轻英俊，权倾一方，谈吐风度样样优秀，那个被他喜欢的姑娘真是不识好歹，不然怎么会放着这么一个好男人于不顾，死活不肯嫁给他？

端木辰似乎没想到轩辕尔桀会问及这个问题，他挑高眉头，若有所思地看了对方一眼："我以为在感情方面，皇上应该是过来人。"

轩辕尔桀面色一怔，脑海中下意识地浮现出洛洛的笑靥。

端木辰的声音继续在耳边响起："我自身条件再如何优秀，若被我看上的姑娘瞧不上我，到头来也是竹篮打水一场空。"

轩辕尔桀不禁笑了："没想到端木公子在感情方面竟如此妄自菲薄。"

端木辰笑而不语，垂头轻啜了一口杯中的茶水。

就在轩辕尔桀以为他不会继续这个话题的时候，端木辰忽然说道："皇上运气不错，年纪轻轻，便娶到了自己所爱之人。有关于明孝皇后的传闻现如今已经被传得天下皆知，外表看似是柔弱少女，实则却拥有驾驭百兽的惊人能力。这样的奇女子世间少有，皇上应该好好珍惜才是。"

轩辕尔桀与有荣焉道："朕喜欢洛洛，并非因为她拥有驾驭百兽之能。而是被她的单纯善良所吸引，与世俗女子相比，她的身上多了一份不染世俗的纯净。朕生于皇宫，长于皇宫，从小接触的人要么重权，要么重利。那些对朕心存觊觎的姑娘亲近于朕，无非是为了替自己的家族谋一份福利。假如朕失去皇帝的身份光环，能够真心陪伴在朕身边的姑娘又有几人？唯有洛洛是对我无欲无求，只看重我这个人而已。"

端木辰颇为感慨地点了点头："如此说来，皇上与皇后之间的爱情倒不失为一段传奇佳话。"

两个人说话的工夫，小福子匆匆从外面走了进来，恭恭敬敬地递过来一份折子。

轩辕尔桀翻开折子看了一眼，神色有些诧异："祭海的日子又到了吗？"

坐在他对面的端木辰不由得露出些许好奇的神色："祭海？"

轩辕尔桀倒也没有隐瞒的意思，他合上奏折，对端木辰说道："每年十一月中旬，朝廷都要举办一场盛大的祭海仪式。端木公子自幼出身于海神世家，不知对星海的传说是否有所耳闻？"

端木辰若有所思，随后问道："皇上所说的星海，是位于京城以北，连接京城与陈州的那片海域吗？"

轩辕尔桀点头："没错，就是那里。"

端木辰面上流露出些许不解："这片海域南邻京城，北邻陈州，几年前才建立了运输港口。我只听过其名，倒是对那里的传说未有所闻。"

轩辕尔桀笑道："既然是传说，是否具有真实性，朕也无从考察。据史料上记载，数百年前有一位伟大的人物，为了拯救天下苍生不被海水淹没，与上天做了交易，最后葬身于星海，换得了天下人求生的机会。当时的君主为了纪念这位大人物的功绩，特意颁下旨意，封此人为海神。每年十一月中旬，在星海搭建祭台，亲自率领文武官员，为海神举办祭拜仪式。数百年来，这个仪式之所以从未被取缔，是因为缺少了祭拜，当地便会无故发大水。久而久之，历任君主都延续了这项祭拜仪式，流传至今。"

端木辰恍然大悟："皇上要亲自率领文武官员，去星海举办祭拜仪式？"

轩辕尔桀点头："这是自然！"

端木辰犹豫片刻，问道："既然这个仪式与海域有关，不知皇上可否带我一同前行？"

第七七章 顺国运星海祭天

"祭海仪式我也要去参加？"

当轩辕尔桀将近日会启程去星海举行祭拜仪式的事情转告给洛千凰时，洛千凰脸上写满不情愿。

她不是不想参加祭海仪式，而是这种大规模的活动会给她带来心理压力。

坐上皇后之位，她才发现国母之职并非人人都能负担得起。

各种繁文缛节都要在不同的情况下展现得面面俱到，稍有不慎，便可能会给皇家带来负面影响。

洛千凰初为人妻，很多事情都还在学习之中，生怕哪个地方做得不好，会给自家夫君的脸上抹黑。

所以，当轩辕尔桀提出她也要随同朝廷大军前去星海祭拜时，才会表现出这么强烈的抗拒。

轩辕尔桀岂会看不出她心底的担忧？他笑着说道："傻洛洛，你现在已经是朕的皇后，有朕出现的地方，自然少不了你的身影。不然，外人还以为咱们夫妻不合，感情出现裂痕了呢。且放宽心吧，祭海仪式没有你想象的那么复杂。你需要做的就是陪在朕身边，该上香的时候上香，该跪拜的时候跪拜，祭文会由礼部大臣全权负责，整个仪式从开始到结束大概需要一个时辰。哦，对了，灵儿此次也会随朕一同前往，你若担心路上无趣，可以找灵儿陪你。"

听说灵儿也会去，洛千凰的紧张心情总算松缓下来。

星海的祭台设立在京城以北一百多里的地方，除了帝后之外，朝中不少颇具分量的文武官员也要随皇上一起参加祭拜仪式。

此次出行至少要花费三天时间，洛千凰听说要在外面待上好几天，忙不迭指挥着身边的婢女开始打包行李，为即将到来的出行做准备。

月蓉和月眉两个婢女被支使得团团转。除了必要换洗的衣裳细软之外，她们还将一些常用的贴身之物一并打包带走。

　　轩辕尔桀看到她口中所谓的贴身之物，哭笑不得道："洛洛，咱们这次出宫只有三天时间，你不用将枕头、被子这种东西也一并带上吧？"

　　洛千凰一边指挥着月蓉和月眉进行打包，一边振振有词道："不管是三天还是三年，只要出门在外，就不可避免地留宿在陌生的地方。这个枕头是我娘在我成亲之前亲手做给我的，我每晚枕着它才能安眠。万一换了其他枕头，无法保证我的睡眠质量怎么办？还有这床被子，这可是用上好的锦缎裁制而成，贴身舒服，透气性好，当然也要一并带上。还有还有……"

　　洛千凰招呼月蓉："将我放在柜子里的那盒药材也装起来，万一路上有个头疼脑热，也好有个应对措施才行。"

　　自顾自地说完这番话，洛千凰又开始在屋子里四处寻找，这个也要拿，那个也要带。

　　眼看自己的小妻子大有一种要将整个房间全部搬空的架势，轩辕尔桀赶紧将她拉到身边，顺便冲月蓉和月眉两个婢女挥了挥手："你们暂且退下，未经朕的允许，暂时不要让其他人前来打扰。"

　　两个婢女不敢违逆皇上的命令，只得暂时放下手中的活计，恭恭敬敬地退出屋子。

　　洛千凰不满地嚷嚷："包裹还没打点完，你怎么就把她们赶走了？"

　　轩辕尔桀满脸无奈："洛洛，咱们只出门三天，三天的时间而已，用不着将整间屋子搬空。"

　　洛千凰丝毫不觉得自己的行为有什么不妥，既然打包的婢女被打发出去，她索性自己动手收拾东西。

　　她一边收拾一边说道："出门之前打包行李这种事情，我敢称天下之二，没人敢称天下第一。这事表面看似简单，里面的门道可多了。你以为好多不起眼的小东西带在身边便是累赘，那可就大错特错了。就拿针线这种小物件来说，关键时刻绝对能起到大作用。想当年我为了顺利从江州城假死脱身，离开之前，可是将我家中所有有用的东西搬了个空。俗话说得好，天有不测风云，人有旦夕祸福。万一途中出现什么变故，带在身边的东西越多，活下来的概率也就越大……"

　　就在洛千凰口无遮拦、自顾自说着的时候，耳朵忽然被人拎了起来，她疼得龇牙咧嘴，嚷道："朝阳哥哥你这是干吗？好端端凭什么揪人家的耳朵，快放手，痛痛痛！"

　　轩辕尔桀不解恨地在她脸颊上又掐了一把，斥道："你想想你自己刚刚都说了哪些不该说的话？"

洛千凰揉着被揪痛的耳朵想了半晌，才恍然大悟道："该死该死，这马上就要出门了，我怎么能说这么不吉利的话？什么天有不测风云，什么人有旦夕祸福。是我口无遮拦，胡说八道。放心吧，咱们此次星海之行一定会一路顺风、大吉大利的。"

轩辕尔桀脸色凝重："朕说的不是这件事。"

洛千凰表情茫然："不是这件事？那还有哪件事？"

轩辕尔桀语气阴森道："朕今天才知道，你当日为了从朕身边假死离开，居然提前做了那么多准备。好你个洛千凰，你这小算盘打得可真响啊！"

每次想到自己因为洛千凰"惨死"而伤心欲绝，可这个罪魁祸首偏偏在他悲伤难过之时居然还在外面过得如鱼得水，轩辕尔桀就恨得牙根直发痒。

后知后觉的洛千凰这才明白轩辕尔桀为何生气，想到当日自己为了逃离江州的所作所为，她也觉得那个时候的自己，并没有站在别人的角度去考虑问题。

难怪轩辕尔桀会气得想揍人，她的行为确实该打。

不过，洛千凰又忍不住要为自己辩解："这件事情已经过去那么久了，再翻出来算旧账就没意思了。你是个做大事的男人，怎么能将这种小事放在心上？好啦，咱们不提这个，后天就要出发了，我得提前将东西准备出来才行……"

她试图转移轩辕尔桀的注意力，结果对方根本不接招。

轩辕尔桀霸道地拉住她的手臂，顺势把她按坐在床边，笑得有些不怀好意，冷声道："朕觉得你有必要将当年的事情详详细细再说一遍，毕竟有一些细节对朕来说很是模糊。比如你究竟在什么情况下将你家里的那些破烂搬至一空？为何朕日日与你在一起，居然没发现你私底下搞出来的这些小动作？"

洛千凰笑着打太极："这种小事，就没必要向皇上汇报了吧？"

轩辕尔桀语气强硬："你若不说，朕便治你一个欺君之罪。"

"欺君之罪"四个字，吓得洛千凰打了个哆嗦。

她小心翼翼地回道："当初之所以能神不知鬼不觉地将我家里的东西搬空，当然有我那些动物朋友的一份功劳。大家互利互爱，互相帮助嘛……"

轩辕尔桀心底一凉，转而又问："你的那些动物朋友，已经厉害到可以帮你搬家的地步？"

洛千凰笑着解释："搬家倒不至于，我只拜托它们帮我搬运一些有用的药材。我的那些药材都是宝贝，随便拿到市面上卖，都可以卖一大笔银子。"

第七十七章 顺国远星海祭天

见他脸色依旧难看，洛千凰有气无力道："朝阳哥哥，你到底在气什么？既然你我已经结为夫妻，你有什么不满直接说出来就好，一直黑着脸，多吓人哪！"

轩辕尔桀面沉似水："朕在气什么，你心里难道不清楚？"

洛千凰丈二和尚摸不着头脑，只能小声辩解："我承认当年不告而别是我不对，可是这件事我当初已经向你道过歉了……"

"朕在意的不是你当日的不告而别，而是你日后会不会因为在宫中受了委屈，再做出相同的事情，利用你的那些动物朋友，从此远离朕的世界。"

洛千凰不由得张口结舌："怎么可能？咱们已经结为夫妻，除非你不要我，不然我怎么可能会离开你？"

说到这里，洛千凰一把揪住他的衣襟，柳眉倒竖地问："你不会这么快就喜欢上别的姑娘了吧？"

轩辕尔桀被她突如其来的质问给气乐了："朕还没有追究你的错处，你倒是先来责问朕的不是。洛千凰，你胆子变大了啊！"

洛千凰据理力争："我这个人对婚姻绝对忠诚，不会因为鸡毛蒜皮的小事轻易放弃这段感情。假如真有那么一天，必然是你做了让我伤心欲绝的事情，才会导致彼此分道扬镳。"

轩辕尔桀笑问："什么事情会让你伤心欲绝？"

洛千凰很是认真地想了想："你喜欢上别的姑娘，我就不跟你在一起了。"

虽然这个答案在轩辕尔桀听来十分幼稚，他却可以从洛千凰那毫不掩饰的率真中看出她内心深处的想法。

她不但做人纯粹，对待感情也极为纯粹。

轩辕尔桀在情感方面遗传了他父皇的精髓，一旦喜欢上哪个姑娘，就会变得非常死心眼，心底也再没有其他姑娘的生存之地。

所以，当洛千凰提出她的条件时，他信誓旦旦地保证："朕永远也不会喜欢上别的姑娘。"

洛千凰露出满意的笑容："只要你不喜欢上别的姑娘，我就会一辈子留在你身边。相爱无悔、不离不弃！"

说完这句话，她脑海中猛然浮现出之前做的那个噩梦。

梦中，她众叛亲离，亲手将身边所有的亲朋好友送上黄泉路。

思及此，她打了个冷战，忽然间就对相爱无悔、不离不弃这八个字生出质疑。

很快，她便将那个荒谬的梦境甩到脑后，轩辕尔桀也因为从她口中得到令他感动的答案，而露出满意至极的笑容。

两天后，轩辕尔桀率领朝中文武官员、暗卫十八人、明卫二十人，贴身侍卫周离与苏湛、御林军三千，以及皇后洛千凰，外加自荐前行的端木辰一行人马，浩浩荡荡地向星海的方向启程。

星海与京城之间有一百多里的路程，快马加鞭需要四到五个时辰，轩辕尔桀率领这么多人前行，速度自然要减慢许多。

临近晌午时分才出京城，最快也要隔日清晨才能抵达。

第一次以皇后的身份出远门的洛千凰，对这种隆重的大型活动充满好奇。

踏出皇宫大门的时候她才得知，端木辰居然也在此次出行的队列之中。

宽敞豪华的龙辇之上，洛千凰东瞧一下，西望一眼，就像一个调皮的好奇宝宝，既带着对未知的渴望，又小心翼翼地不敢越雷池一步。

与她并肩而坐的轩辕尔桀不禁笑着调侃："看你那一脸没出息的样子，哪里像个高高在上的皇后娘娘？这龙辇四周只隔了一层薄薄的轻纱，你的一举一动，可都在别人的注视之下。"

经轩辕尔桀这么一提醒，洛千凰才猛然意识到，她和夫君共同乘坐的这辆龙辇，虽然舒适豪华，却并不避风。

龙辇周围罩着白色的薄纱，不管是从里面看外面，还是从外面看里面，皆是一目了然，毫无隐私。

出城之前乘坐龙辇以供百姓观瞻跪拜，这是黑阙朝史上传下来的规矩。

两人目前正处于初婚状态，身为皇后，洛千凰必须以国母的姿态与皇帝夫君在公众场合抛头露面，以示对朝廷、对天下、对百姓的尊重。

所以从皇宫到城门口这段距离，她不能躲在轿子里避不露面。

好在街道两旁围观的老百姓在皇城军的维护下并没有引起巨大的骚动，帝后出行，百官尾随，数千御林军保驾护航，这样浩大的阵仗，自然会引来无数百姓的围观。

众目睽睽之下，洛千凰不得不有所收敛，她装出一副高冷的姿态，绷着俏脸，尽量不让自己表现得像一个从乡下来的小土包。

她越是正襟危坐，轩辕尔桀越是想笑："好啦，朕只是同你开个玩笑，你表现出一副如临大敌的模样，不知情的人还以为朝廷要变天了。放轻松一些，不用在意别人的看法，不管他们喜欢你还是讨厌你，都改变不了你已经是一国之母的事实。朕可不希望皇后这个身份给你带来任何束缚。"

正式与洛洛成亲之前，骆逍遥曾单独约见轩辕尔桀一面，以未来岳父的身份，与他进行了一番长谈。

话里话外，骆逍遥的意思很明白，他不希望自己的宝贝女儿嫁进皇宫之后，受到过多的约束。

洛千凰生于民间，长于民间，从小到大随意惯了，好不容易认回亲生父母，过上幸福快乐的生活，他可不想在外受尽苦难的女儿，嫁进皇宫之后接着受苦，宛如关在笼子里的鸟儿一般，束手束脚。

轩辕尔桀在这方面所持的观点与骆逍遥完全相同，他不愿意看到单纯善良的洛洛在深宫之中泯灭本性，变得和那些世家名媛一般，言行举止处处透着模式化的礼仪教条。

他会喜欢洛千凰，正是因为她身上那份浑然天成的率真和纯粹。这种纯粹一旦被打破，洛洛的人生将会发生翻天覆地的变化。

所以，轩辕尔桀愿意宠着她、惯着她，尽自己所能，为她撑起一片自由的天空。

正绷着面孔正襟危坐的洛千凰忍不住瞪他一眼，小声抱怨："你不早说。"

轩辕尔桀被她那哀怨的小眼神瞪得心尖发痒，若非周围布满人群，他真的很想将身边这个撩人的小女人拥入怀中。

渐渐放松下来的洛千凰，忍不住回头看了一眼紧紧尾随在龙辇后面的端木辰。

对她来说这只是不经意的一眼，没想到正好与骑在马背上的端木辰的视线撞到一起。

年轻俊美的端木辰，一改之前浮华的装扮，此时他身穿一袭浅紫色的锦袍，袍摆处用金丝线绣着精致的图案，头上戴了一顶紫金盘龙冠，衬得他面白如玉，英气逼人。

尤其是他那深邃的双眼，就如同他送给自己的那颗黑珍珠，四目相对的那一刻，端木辰冲她露出一抹玩味的笑容。

这个男人可真称得上是世间极品，相貌气质样样出众，那一抹笑，如同春风拂面，竟使得洛千凰心头不受控制地狂跳几分。

她就像个做错事的小孩子，忙不迭收回视线转过身，小声问身边的轩辕尔桀："咱们黑阙朝的祭海仪式，与端木公子有什么关系？他为何也会随行？"

轩辕尔桀并没有发现其中端倪，不甚在意地回道："他听说朕要率领文武官员前去祭海，对这个仪式颇感兴趣，便问朕能不能一同前行，去星海那边看看热闹。"

洛千凰小声咕哝道："我还以为祭海仪式的过程中，需要他这位海上帝王的协助和加持呢。"

轩辕尔桀笑出声来："说你笨，你还真不是一般的笨。朝廷每年都要去星海举行祭海仪式，假如次次都要海王出面，你觉得他能忙得过来吗？"

话至此，轩辕尔桀不禁深深看了她一眼："洛洛，你似乎对这位端木公子十分好奇。"

洛千凰倒是大大方方地点头承认："连灵儿都听说过海帝王的大名，我却对此人一无所知，足以证明我有多么孤陋寡闻，平日里极少去了解世间这些赫赫有名的大人物。既然我已经嫁给你，成为黑阙的皇后，就不能再像以前一样，两耳不闻窗外事了。这个端木辰，便是我要了解的第一个男人。"

她那一脸奋发图强的样子，气得轩辕尔桀直想骂人。

他趁人不备捏了捏她的手指，咬牙切齿地在她耳边警告："你只要了解朕这一个男人便足够了，至于其他人，不需要你多费心思。尤其是这个端木辰，此人背景不凡、城府极深，是一个令朕无法在短时间内看透本性的怪人。你别看他表面给人的印象谦和有礼，谁知道背地里窝藏着什么心思？"

洛千凰不禁皱起眉头，嘟着嘴道："好歹人家也送了咱们那么多新婚礼物，用这种臆想出来的猜测评判人家，未免有失公道吧？"

轩辕尔桀哼道："区区几箱礼物就把你收买了？朕送了你半壁江山，怎么不见你对朕感激涕零？"

轩辕尔桀可不像洛千凰那么单纯好骗，从他与端木辰第一次接触，就发现这个男人远不是他所表现出来的那么简单。

端木家族可是百年大族，所拥有的历史比黑阙皇朝还要久远。

端木辰能在这样的百年大族里脱颖而出，并顺利成为掌控家族命运的一代家主，足以证明此人的城府绝对深不可测。

这样的人，就算不能成为朋友，也绝对不能与之为敌。正因为轩辕尔桀不想轻易得罪端木辰，才不希望洛洛与端木辰之间走得太近。

他总有一种奇怪的感觉，端木辰此番前来，像是带着某种不为人知的秘密。或许是他多虑了，总之这种让人一眼看不透的人，他绝不会轻易招惹。

早就见识过他在感情上有多小气的洛千凰，并没有将轩辕尔桀的挤对放在心上。

因为她此时的目光，已被不远处的一幕吸引过去，就见一头被拴在木桩上的大公牛，像是受到了某种刺激，它拼命挣脱身上的绳索，口中还发出粗哑的嚎叫。

第七十七章　顺国运星海祭天

公牛旁边有几个四五岁大的小孩子在嬉笑打闹，那几个孩子与公牛之间只有咫尺之遥。

作为兽医出身的洛千凰，隐约从那头牛的叫声之中觉出异常，它好像正在承受某种巨大的痛苦，任凭脖子上的绳索险些勒断它的脖子，它仍旧义无反顾地嘶吼低鸣，试图摆脱绳索的束缚。

周围的人群都在忙着观瞻帝后尊容，并没有人将一头牛的变化放在眼中。

洛千凰从小就与各种动物之间有着难以言喻的心灵契合，一眼就看出那头牛的不对劲。只听"咔嚓"一声，看似牢固的木桩子，终于在公牛的挣脱之下折成两截。

事情发生得过于突然，以至于附近的老百姓还没搞清楚发生了何事，那头牛便像疯了似的蹿进人群，冲着那几个正在玩耍的小孩子飞奔过去。

人群中发出刺耳的惊呼，眼看几个小孩子就要被疯牛撞飞，坐在龙辇上的洛千凰出于本能，下意识施展轻功踏出龙辇，在人们不可思议的惊叫声中，飞也似的朝着疯牛的方向奔了过去。

所有的事情都发生在眨眼之间，洛千凰足尖轻点，三下两下，便跳到疯牛背上，在它身上稳稳地坐了下来。

随着一道划破天际的哨声响起，情绪发狂的疯牛，忽然间停止了向人群冲撞的行为。

几个下一刻便有可能被撞飞的小孩子反应过来，吓得一屁股坐在地上哇哇大哭，他们的父母也从惊愕中迅速回神，忙不迭地将自家孩子抱进怀中，躲进一个相对安全的避身之地。

牛主人是一个五十岁上下的男人，看着自己的牛发疯发狂，甚至差点儿酿出人命，他吓得脸色惨白，双膝一软，便跪在洛千凰的脚边。

这个容貌清丽、身手利落的姑娘可是新上任不久的黑阙国母。男人穷其一生，恐怕也没机会与这样的大人物有半分交集。

可倘若刚才没有皇后娘娘挺身而出，发生在京城一角的这场变故，将会给他带来灭顶之灾。

男人吓得跪在地上不住地瑟瑟发抖，他已经丧失语言功能，哆哆嗦嗦地等待命运对他的裁决。

洛千凰并没有理会被吓惨的牛主人，虽然她利用哨声暂时降服了这头疯牛，可饱受折磨的大公牛却像在忍受着某种未知的痛苦，浑身上下不停地发抖。

凭借兽医的本能，洛千凰迅速在公牛身上发现了端倪，原来牛耳附近插着一只亮闪闪的钢针，针入皮肤，渗出一层殷红的血渍，血的颜色与牛毛的颜色相差不多，所以这牛的异常，外人仅从外形上很难在第一时间及时发现。

洛千凰小心翼翼地将钢针从牛耳处拔了下来。

牛痛得呻吟一声，她急忙从袖袋中掏出止血药粉，轻轻撒在伤口处。

没有了钢针的折磨，大公牛的情绪总算放松下来。

洛千凰轻轻拍了拍公头的大头，柔声哄道："没事了没事了，好在伤口不深，并没有危及你的性命。"

说着，她回头看了那个跪在地上不住发抖的牛主人一眼，问道："你这牛是怎么养的？居然用这么粗的钢针扎在它的耳朵上。就算它只是一头牛，你也不该用这么恶毒的手段来对付它，它会痛的好不好？"

牛主人总算从巨大的惊吓中回过神，他先是不住地给洛千凰磕头，又哭丧着脸解释："冤枉啊，这头牛是小老儿家中唯一值钱的东西，小老儿怎么会用这么残忍的方式对待它？定是小老儿那不懂事的孙子调皮捣蛋，在小老儿没注意的情况下做了这等错事。皇后娘娘大人大量，待小老儿回去之后，定会好好教训教训那个小坏蛋。"

牛主人此时真是哭死的心情都有了，今天可是帝后出行的大日子，作为一个路边看客，为了瞻仰帝后尊容，他特意将自己的牛拴在木桩子上，打算瞧完热闹再牵走。

谁能想到，就是这一错眼的工夫，竟险些酿下滔天大祸。

其实他早上牵着牛出门的时候就发现这头牛有些不对劲，只是他一贯粗心大意，天真地以为这头养了多年的牛在同他闹脾气，所以并没有太往心里去。

想必出门之前，那根钢针便被调皮捣蛋的小孙子给扎了进去，随着钢针渐渐刺入骨内，牛的忍耐能力也被逼到极致，才发生刚刚那场惊心动魄的事件。

这时，御林军团团围了上来，护卫皇后娘娘的安全。轩辕尔桀也在几个侍卫的簇拥下走到洛千凰身边，拉住她的手，将她上下审视一番后护在身侧。

皇上皇后都步下龙辇，这让周围的老百姓可以更清楚地看到帝后的长相。

人群中传出一阵阵惊呼之声，不愧是黑阙皇朝的一代帝王，很多第一次得见圣颜的老百姓，没想到当今皇帝不但年轻有为，而且容貌生得这般俊美。

高大的身材，不凡的气度，虽然没有龙袍加身，那不怒自威的威仪却让周遭的众人望而生畏。

围观百姓中有不少待嫁少女看到这样优秀的男子，不免怦然心动，脸红心跳。

难怪人人都想嫁进皇宫，自己的夫君若是这般出色的人物，即便为妾，恨嫁的姑娘们也心甘情愿。

这一刻，好多姑娘都对不久前刚刚被皇上立为皇后的准国母生出了几分嫉妒之心。

新皇后上辈子到底积了多大的福德，居然能得到当今天子的独宠和垂爱？

当众人再看向被帝王呵护在身侧的洛千凰时，终于自惭形秽地垂下眼帘。

难怪皇后能被俊美出色的帝王如此厚待，洛千凰的年龄虽然不大，眉宇间甚至流露出些许少女气息，可她容貌秀丽，神态端庄，笑容亲切、和善。

这就是他们的国母吗？不但在关键时刻挺身而出，曾几何时，还为黑阙立下了无数功劳。

听说她以前只是江州城的一个小孤女，经历坎坷、命运多舛，好多人都在私下里盛传，当今皇帝新娶的皇后，是一位货真价实的平民皇后。

没想到这位平民皇后非但没有在飞黄腾达之后盛气凌人，反而做出这样亲民的举动，一时之间赢得人们不少好感。

尤其是那几个被救孩子的父母，更是对皇后娘娘挺身而出的行为感激涕零。

轩辕尔桀倒是没想到眨眼的工夫，事情会发生这样的逆转。

他虽然懊恼自己的妻子在没有经过他同意的情况下舍身救人，可看到洛千凰被周围百姓连连称赞，他这个当夫君的自然是与有荣焉。

轩辕尔桀冲那几个不住磕头道谢的老百姓道："各位平安无事，朕便放心了。"

说着，又对身边的下属交代了几句，便在百姓的感谢声中拉着洛千凰重新踏回了龙辇。

自始至终，端木辰一直坐在马背上若有所思地看着之前发生的一切。轩辕尔桀坐进龙辇的前一刻，不经意扫到端木辰的视线，偏巧捕捉到对方的目光，正紧紧锁在洛千凰身上。

他心下一沉，忽然对端木辰生出了几分质疑。

这位海上帝王此番来黑阙的目的，真的只是促进双方友好，专程来庆祝他的大婚之喜吗？

发生在京城巷口的这段小插曲很快就被众人抛诸脑后。由于出宫的时候临近晌午，当轩辕尔桀率领众人出了城门，一路向北前行了大概七十里路，天色也渐渐暗沉下来。

距星海拜祭的黄道吉日还有两天时间，轩辕尔桀并不着急赶路，于是在夜幕降临之前,他吩咐随行队伍在原地安营扎寨,等隔日天亮之后继续赶路。

这些随行的御林军都是从军营中精挑细选出来的精英,手脚麻利,不待天色彻底黑下来,一顶顶帐篷便在空旷无人之地驻扎起来。

从中午折腾到傍晚,随行的队伍已经精疲力尽,非常劳累。

尤其这些随行人员里,还有朝中一些上了年纪的臣子,他们的体力无法与年轻人相比,随便吃了些干粮果腹,便躲进帐篷里宽衣休息。

而和年迈的大臣们相比,年轻人的精力却极为旺盛。

尤其是很少出门的轩辕灵儿,一路蹦蹦跳跳、叽叽喳喳,随时随地都能捕捉到她的身影。

随着天色彻底黑下来,帐篷四周生起了篝火,给这片荒郊野岭带来一片如同白昼的光明。

熬到这个时辰,大多数人的肚子都已经饿得咕咕直叫。

将士们井然有序地吃着伙头兵为他们提供的晚饭,轩辕尔桀身为皇帝,饮食方面自然比普通将士的待遇要好上许多。

不过真正令人大快朵颐的,居然是洛千凰亲手熬制的一锅蔬菜汤。

蔬菜汤虽然称不上美味佳肴,能在荒郊野外喝到这么美味的汤汁,着实令众人觉得味蕾得到了巨大的满足。

此时,围坐在篝火周围的除了轩辕尔桀夫妇之外,还有贺连城夫妇以及海王端木辰。

作为朝廷的座上宾,端木辰的待遇几乎与轩辕尔桀相差无几,即使轩辕尔桀对此人已经生出些许忌惮之意,不过表面上的关系仍维持得极为到位。

一连喝了两大碗蔬菜汤的轩辕灵儿毫无形象地打了个饱嗝,随后,她冲洛千凰竖起一根大拇指,毫不吝啬地夸赞道:"小千,你好厉害,这么一锅看似寻常的蔬菜汤,居然能被你熬得如同世间美味。"

她拍了拍自己的小腹,满脸惋惜道:"要不是我的胃实在太胀,没有多余的空隙了,我还能再喝五大碗。"

一直以翩翩贵公子形象示人的端木辰,也看得出很是偏爱洛千凰熬制的蔬菜汤。

只见他不紧不慢地喝下碗中最后一滴汤汁,动作优雅地用丝帕擦了擦嘴边的水渍,笑着说道:"皇后娘娘在厨艺方面的天赋的确令人赞赏,这锅汤被熬得不浓不稠,鲜香入口,那些普通的食材,仿佛也被灌入无穷的魔力。菜叶熬得入口即化,令人有一种说不出来的满足感。这厨艺跟皇宫的御厨相比,也是毫不逊色。"

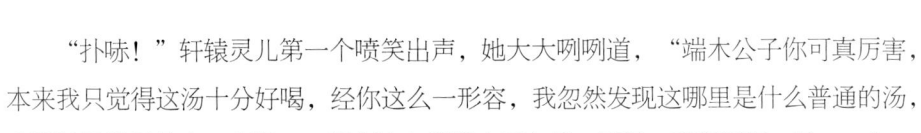

第七十七章 顺国远星海祭天

"扑哧！"轩辕灵儿第一个喷笑出声，她大大咧咧道，"端木公子你可真厉害，本来我只觉得这汤十分好喝，经你这么一形容，我忽然发现这哪里是什么普通的汤，分明就是世间美味，少喝一口都会让人觉得吃了大亏。不行，我得再喝一碗……"

说罢，拎起汤勺，准备再给自己盛上一碗，却被身边的贺连城拦下来，并低声在她耳边警告："晚上吃太多对胃不好，也不利于消化，你已经很撑了，别逞强了。"

轩辕灵儿噘嘴哼道："可是这汤真的很好喝啊！"

轩辕尔桀忍住翻她白眼的冲动："朕今天才知道你居然还是一个没羞没臊的吃货。"

被皇兄骂成吃货的轩辕灵儿气得嘟起嘴："皇兄，你说我是个吃货，你自己还不是一连喝了三大碗？小千的厨艺这么精湛，回京之后，我决定天天进宫找小千去混吃混喝。"

轩辕尔桀瞪她："洛洛现在已经是朕的皇后，你别再一口一个小千地称呼她。眼下没什么外人，朕便不同你多做计较，下次记得称洛洛一声皇嫂，不准再这样没大没小，乱了规矩。"

说罢，冲旁边看热闹的端木辰投去一抹淡淡的笑容："朕的这个堂妹从小被叔父叔母娇宠坏了，让端木公子见笑了。"

端木辰微微勾唇，客气有礼地回道："灵儿郡主能够保持这份真性情，才真是称得上难能可贵。"

轩辕灵儿冲皇兄做了个鬼脸："连端木公子都站在我这边，皇兄以后可别再说我不懂规矩了。"

洛千凰被几个人的对话逗得忍俊不禁，笑着说道："出门在外，咱们不讲那些俗礼。再说大家都是自己人，礼数太多，显得多见外呀！至于这锅汤味道这么好，倒并非我厨艺精湛，而是汤中放了许多秘制调味料，提高了汤汁的鲜度，所以才会促进大家的口腹之欲。"

说完，她看向轩辕尔桀，语气中流露出些许嗔意："出门之前还怪我带的行李过多，现在终于知道多带些东西在身边的好处了吧？这可都是我这么多年总结出来的经验。"

未等轩辕尔桀做出反应，端木辰的声音忽然响起："没想到皇后娘娘年龄不大，人生经历倒是不少。"

洛千凰笑着摆手："哪里称得上是什么人生经历，不过就是幼时与父母失散，出门在外讨生活，不得不想些谋生的小技巧罢了。"

洛千凰从不觉得自己曾经的遭遇有多难以启齿，那是属于她人生的过往，即使在这个过程中她曾经历许多磨难，甚至在幼年时期被当成小乞丐肆意欺负，她都不曾生出自卑的想法，只想靠自己的努力认认真真地活下去。

好在上天厚道，不但让她认回了父母，还遇到良人，嫁给一个她真心喜欢和爱慕的男子。

端木辰眼中尽是对她的欣赏之意，说话的语气也不自觉地放柔了几分："能够在逆境中不为生存所累，过得如鱼得水，皇后倒也称得上是一位世间不可多得的奇女子。"

洛千凰忙客气地回道："端木公子过誉了。"

两个人你来我往，聊得热火朝天，看在轩辕尔桀眼中，只觉得极为刺目。

这个端木辰，真是越来越让人看不透了。

表面看去，他好似谦逊有礼，对任何人都淡漠如水，不轻易得罪谁，也不会主动亲近谁。

相处下来之后他渐渐发现，端木辰对洛千凰似乎很感兴趣，总会在不经意间流露出对她的亲昵，这让轩辕尔桀颇为吃味，看向端木辰的眼神，也多了几分审视的目光。

这时，轩辕尔桀的贴身侍卫周离匆匆忙忙从不远处赶过来，他手里拿着一封信件，脸色凝重地递交到轩辕尔桀手中，压低声音道："星海那边刚刚派人传来消息，说近日海中有海怪横行，已经有不少在海边为生的渔民在捕鱼时被海怪所伤。这件事，在当地引起不小的恐慌。驻守官员担心海怪的出没会危害到皇上的安全，特意送来书信提醒，让皇上一定要多加小心。"

"海怪"两个字，引起在场众人的关注。

轩辕灵儿大惊小怪道："什么海怪？莫不是吃人的鲨鱼吧？"

轩辕尔桀迅速接过信件翻看着，脸色凝重道："据目击者描述，伤人的并不是鲨鱼，而是半人半鱼的东西，牙齿锋利，十分凶残。"

洛千凰疑惑地接口："难道是传说中的美人鱼？"

轩辕灵儿双眼发亮："这世上真的有美人鱼？"

洛千凰一本正经道："美人鱼只活在传说中，是否真有其物，我也从未见过。"

贺连城轻咳一声，提醒二人："既然这个海怪牙齿锋利，十分凶残，还伤害到渔民，说明它和美人应该扯不上关系。"

轩辕尔桀不由得将目光移向端木辰："端木公子既然有海上帝王的称号，对大海的了解应该比咱们寻常人更多一些。这海中伤人的怪物，你估摸得出是什么来头吗？"

端木辰面露难色："海中生物不计其数，仅是我所知道的鱼类就有上万种之多，至于信中所描述的半人半鱼的怪物究竟是什么东西，未见实物之前，不好妄下定论。"

轩辕尔桀点了点头，倒是没再揪住端木辰详问下去。

忽然出现这样的变故，令众人心头都蒙上一层阴霾。吃饱喝足之后，便回到各自的帐篷休息，准备隔日早上天色一亮便启程。

回到休息的地方，轩辕尔桀见洛千凰一直愁眉不展，闷闷不乐，忍不住问道："洛洛，你不舒服吗？"

正在想事情的洛千凰抬头看了他一眼，语气蔫蔫道："雪月宫闹鬼的事情刚过去没多久，星海一带便出现海怪伤人事件。我就奇怪，为什么隔三岔五，身边总有诡异的事情如影随形？"

轩辕尔桀瞬间明白她话中的含义，忙问："你不会以为这件事情是针对你而来的吧？"

洛千凰垂头耷脑，声音发闷："朝廷每年都会祭海，之前都没发生过任何变故，为何你我成亲之后，便接二连三闹出事端？"

轩辕尔桀戳了戳她的额头，笑骂："这世上每天都会发生伤亡事件，你难道也要将那些不幸归罪到自己的头上？好了洛洛，别被一些不存在的事情扰了心绪。雪月宫闹鬼的阴谋已经被拆穿披露，假如有人利用海怪的出现在你身上做文章，朕自有说法反驳回去。你放宽心，有朕在你身边保驾护航，没人有机会再伤你分毫。"

第七十八章 捕海怪平定民心

第二天一早天色刚亮，众人便朝着星海祭台的方向赶了过去。

为了方便皇上以及朝中大臣每年十一月份来星海祭拜，朝廷在祭拜地附近修建了一座专门供皇上及各位大臣居住的行宫。

经过一个晚上的休整，绝大多数人都已经恢复了体力，所以行进速度比前一天快了很多。

临近晌午时分，一行人陆陆续续抵达星海境内。

星海是一片占地面积较大的海域，由于地势极为偏僻，且四面临海，交通不便，所以生活在这一带的老百姓只能靠出海捕鱼为生。

值得庆幸的是，这里水产丰富，每到捕鱼季节，当地渔民都能从中获得巨大收益，算得上是一个比较富饶的地方。

关于这一带有海怪出没伤及渔民的事情，轩辕尔桀只简单与朝中几位颇具分量的臣子提了几句。

大臣们对此并不在意，认为皇上所提到的海怪，十之八九是海中某种大型鱼类，趁渔民出海的时候发出攻击，所以才引得当地百姓人心惶惶，在不明所以的情况下将其称之为所谓的海怪。

直到众人亲眼看到一具被海怪撕咬得面目全非的渔民尸体，以极其狼狈的姿态被海水冲到海边，才对那个传说中的海怪生出几分忌惮。

此次随皇上一同来到星海的大臣之中，有几位是太医院的老御医。

几位医术高明的老爷子还是第一次看到这样惨烈的画面，死者的身体被锋利的牙齿撕咬得血肉模糊，经过海水的冲刷和浸泡，已经看不出本来的模样。

洛千凰和轩辕灵儿对医术都略有了解，看到尸体的模样时，也被眼前的画面震慑住了。

从尸体的情况来看，渔民死前定是经历了非常可怕的事情，才会双眼暴突，露出一副惊恐的表情。

轩辕尔桀也带着一众臣子前来现场观察情况，见灵儿和洛洛两个娇弱的小女人非但没有被面目狰狞的尸体吓得花容失色，反而还你一言我一语地分析起尸体的情况，他哭笑不得的同时，也对洛洛那一脸认真的模样生出几分赞赏。

一直不声不响的端木辰对那具尸体并没有什么兴趣，他的目光由始至终落在洛千凰脸上，趁众人忙碌的时候，他对轩辕尔桀说道："皇后能在这种情况下表现得如此淡定从容，倒真是令人对她刮目相看。"

他一次又一次将注意力放在洛洛身上的行为，终于令轩辕尔桀流露出不快之意。

他皮笑肉不笑地反问："端木公子似乎对朕的皇后颇有兴趣。"

端木辰笑容不改："用兴趣两个字来形容我对皇后的观感实为不妥，皇上这句话若是被有心人听了去，恐怕会引起他人不必要的误会。"

轩辕尔桀反唇相讥："端木公子不做引起别人误会的事情，又怎会造成别人的误解？"

端木辰戏谑地看了轩辕尔桀一眼："皇上此言可真是诛心，说得我好像对皇后有什么非分之想。她是你心爱的女人，我怎么可能会做出夺人所爱之事？"

轩辕尔桀冷冷一笑："希望一切只是朕单方面的误解。"

端木辰的笑容之中多了些许自负："有朝一日，皇上定会明白一切的。"

还没等轩辕尔桀从这句话中领悟到背后所隐藏的深意，驻守在当地的官员在得到皇上已经御驾亲临的消息后，带着一行侍卫匆匆忙忙赶来接驾。

这个官员并不是第一次与轩辕尔桀打交道，每年十一月中旬，轩辕尔桀都会率领朝臣来此举行祭海仪式，当地的官员自然要在皇上驾临之时接待。

这个父母官姓赵，官居六品，为官十载，虽无功德，也无过错，至少表面功夫做得十分周道，让人挑不出半点儿错处。

之前快马加鞭送到轩辕尔桀手中的那封关于海怪的信件，也是这位赵大人亲笔所写。

当赵大人赶到事发现场，看到又有一个渔民被海怪咬死，他满脸无奈道："这已经是这个月发生的第三起惨案了。"

赵大人的到来，让轩辕尔桀暂时放下对端木辰的成见，转而将注意力集中到被海怪咬死的渔民身上。

经过众人的一番探讨，暂时将渔民的尸体运到义庄停放起来，待渔民家属认尸之后再做下一步商议。

此地与行宫近在咫尺，在轩辕尔桀的带领下，天色刚亮便忙着赶路的众人，终于能够停歇下来。

众人抵达行宫，针对海怪伤人事件迅速展开新一轮探讨。

从赵大人口中得知，这个海怪是三个月前才出来做怪的。一开始，不知情的渔民也以为它是海中比较凶猛的鱼类，心想，只要在捕鱼的时候躲着它点儿，便不会危及自己的性命。

第一起命案发生得令人措手不及，被咬死的渔民是个三十岁出头的汉子，捕鱼技巧极为高超，是当地的捕鱼大户。

他出事的时候，身边还有其他渔民，亲眼看到一个浑身长满鳞片的怪物猛地从海中蹿到渔船上，趁中年汉子猝不及防之际，咬断他的喉咙，那一刻，其他渔民吓得赶紧逃命。

回到家后，目睹中年汉子被海怪咬死的见证者，将海中有怪物出没的事情传得尽人皆知。

渔民们合力想要将那个害人的海怪抓捕出来，没想到那海怪仿佛成了精，任凭渔民们想尽办法，也没能在茫茫大海中捕捉到它的身影。

日子还得继续过下去，渔民靠海为生，一旦停止下海，便会陷入无米下锅的境地。

因此，为了生存，渔民们不得不冒着生命危险开船下海，从而导致一起又一起海怪伤人事件发生。

时间久了，许多怕死的渔民只能暂时放弃下海的打算，导致星海一带海产量严重下降，当地百姓的生活也受到了巨大的影响。

听完赵大人的讲述，轩辕尔桀蹙眉问道："此处发生这么严重的事件，为何没有及时汇报朝廷？"

他一边震怒于怪事的发生，一边又暗自庆幸这次海怪伤人事件发生在三个月前。

三个月前，他和洛洛还没有成亲，那些想在洛洛身上做文章的人如果想利用这件事来诋毁洛洛，他也有借口为洛洛辩解一二。

但星海作为朝廷每年都要拜祭的一片海域，忽然发生这种事情，他这个当皇帝的还真是头痛万分。

赵大人满脸冤屈："臣至少写了五道折子派人送往京城汇报此事，每次送去之后都如同石沉大海，没有下文。"

第七十八章 捕海怪平定民心

"什么？"

轩辕尔桀面色一变，冷厉的目光扫向近前几个低头不语的臣子。

一直默不作声的贺连城迎上轩辕尔桀的视线，沉声道："有些地方官员在位期间为了保住自己的官位，会极力制止一些影响其政绩的事件汇报到上头，以免被皇上责罚。"

经贺连城这么一提醒，轩辕尔桀很快便明白其中的门道。

这种行为在官场上并不少见，就算朝廷屡次制止，依旧有一些愚昧的官员为了名声和政绩，不惜牺牲百姓的利益，来换取他们的功名和厚禄。

思及此，轩辕尔桀气得用力一拍桌子，怒道："待朕回宫之后，定要好好处理这些不作为的官员。"

其他几个臣子见皇上发脾气，纷纷劝皇上息怒。

轩辕尔桀也知道和大臣们在这里发脾气毫无意义，于是又看向赵大人："当地百姓对此事有何看法？"

赵大人只是一个六品小官，自然不敢妄议官场之事。

面对皇上的询问，他忙不迭地回道："星海作为朝廷每年都要祭拜的重要场所，频频发生海怪伤人事件，老百姓难免会以为这是天降厄运，认为不久后会有灾祸出现。"

"荒谬！"轩辕尔桀冷笑一声，"不管那只海怪有多凶猛，它不过是海中的一个怪物，怎么能跟天降厄运这种事情联系到一起？"

赵大人点头应是："微臣也在极力辟谣，甚至张贴出告示安慰受到惊吓的百姓，等皇上举行完祭海仪式，所有的灾祸都会远离此地。"

轩辕尔桀颇为无语，因为潜意识里，他并不觉得祭海这种虚张声势的仪式，可以对海怪起到震慑作用。

想要除掉海怪，便要派出作战能力超群的海军对那个怪物进行斩杀，仅靠浮华的拜祭仪式，是没有任何实际意义的。

当然，这种话他没办法对众人说出口，只能下令调动海军，尽快铲除那个怪物。

轩辕尔桀率领众臣商讨如何对付海怪的同时，轩辕灵儿则带着第一次来这座行宫的洛千凰，来到行宫后花园的一角，特意向她展示眼前一片绿油油的草地。

说是草地，地里种的全都是昂贵的药材。

轩辕灵儿不无得意道："小千你看，我去年来此处时，在这里撒上一片药材的种子，一年过去，这些草药生得茂密繁盛，看来今年的收成很丰厚呀！"

看着自己亲手种出来的草药长势喜人，轩辕灵儿的语气中显露出满满的成就感。

洛千凰从小就对各种药材颇有研究，看到眼前这片药田内种植着各样药材，不禁惊叹道："灵儿，你可真聪明，居然知道这些药材种在这种气候潮湿的地方，比种在京城更具有药用价值。"

轩辕灵儿露出得意的神情，回应道："正因为此处的气候更适合这些药材的生长，每年祭海的时候，我才求皇兄带我前来。等我回头派人收割了这些药材，送一半给你做礼物如何？"

两个人都爱侍弄药草，平日里清闲下来，最喜欢做的事情就是将收集到的各种药草制成特效药丸。

轩辕灵儿之所以和洛千凰聊得这么投机，正是因为她们有共同的爱好，在一起时才会有总也聊不完的话题。

得知这片药田中有一半药材将会归自己所有，洛千凰喜不自禁，乐得眼睛都快眯成一条缝了。

"郡主，林御医刚刚派人过来传话，请您过去一趟，说是有很重要的事情与您商讨。"

轩辕灵儿的婢女从外面走过来，向她汇报林御医的请求。

这位林御医是太医院的院长，与七王轩辕赫玉是忘年交，轩辕灵儿的医术除了得到父亲的真传，从小看着她长大的林御医也教给她不少治病救人的小窍门。

因此，轩辕灵儿一直拿林御医当关系亲厚的长辈看待，此时从婢女口中得知林御医有事相商，她唯有不舍地对洛千凰道："你在这里稍等我片刻，我去去就来。"

对轩辕灵儿来说，就算洛千凰现在已经贵为皇后，在她眼中，洛千凰依旧是她的好姐妹小千，所以说话相处仍像以前一般随意，并不觉得将皇后扔在这里等待自己有什么不妥。

洛千凰当然不会因为这种小事跟灵儿计较，更何况眼前这片肥沃的药田已经成功引起她的兴趣，便挥了挥手，对灵儿说道："快去快回。"

轩辕灵儿带着婢女匆匆走远，洛千凰则满脸兴奋地闯进药田，东揪一下，西扯一把，没一会儿工夫，手中便摘满了散发着青草气息的新鲜草药。

一阵脚步声从耳边传来。

洛千凰抓着满手的药草笑着回头："灵儿，你看这几株药草，长得多好……"

第七十八章 捕海怪平定民心

回过头的时候才意识到，出现在自己身后的，并非轩辕灵儿，而是负着双手，不知何时出现的端木辰。

这个拥有海上帝王之称的男人，已经换下赶路时穿的那套浅紫色的锦袍。取而代之的，是一身雪白色的长衫。

很少有男人会将白色穿得这么好看，端木辰身材挺拔，气质出尘，一身如雪的白色，将他那张如精雕细琢出来的俊美面孔，衬托得如同画中之人，简直美好到令人移不开视线。

好半晌，洛千凰才从怔愣中醒过神。

她主动招呼道："端木公子怎么在此？"

端木辰缓步向这边走过来，见她手中抓着药草，用温润如水的嗓音问道："皇后似乎对这些药材很感兴趣？"

洛千凰也没隐瞒，如实说道："幼时我与娘亲学过医术，后来发生变故，为了讨生活，在江州城帮左邻右舍治疗家中患病的动物，因此对医术略有几分了解。咦，端木公子怎么知道我手里拿的这些都是药草？药草与普通的杂草外表相似，对药材不够了解的人，根本看不出它们的价值，没想到端木公子居然还是个行家。"

端木辰笑道："行家称不上，因为我母亲生前对医术颇为精通，自幼耳濡目染，便认出了这些药材的样子。"

涉及人家已经过世的母亲，洛千凰也不好过多询问。

好在端木辰并没有继续这个话题的意思，转而说道："自踏进行宫，皇上便召集众人商讨海怪伤人一事，不知皇后对这个频频伤人的海怪有何看法？"

想到那个在海边被发现的渔民尸体，洛千凰的脸色变得沉重了几分："我相信皇上会想出解决办法。"

端木辰随手从旁边的树枝上摘下一片泛黄的树叶，一边把玩，一边不甚在意地说道："朝廷既然将星海作为祭拜的地点，忽然发生这种变故，传到民间恐怕会造成不良的影响。"

洛千凰神色一凝，忙问："端木公子是不是知道什么？"

端木辰淡淡笑开："皇后以为我知道什么？"

洛千凰被问得一时失语。

端木辰笑着解释："听说皇后大婚之初便有人在后宫装神弄鬼，试图破坏你的名声。出于道义上的提醒，莫让人利用海怪一事继续在皇后头上做文章才是。"

洛千凰恍然大悟，总算明白他话中的含义。

端木辰忽然问道："之前我送给皇后的那颗黑珍珠，还令皇后满意吧？"

想到那颗个头饱满、光泽莹润的黑珍珠，洛千凰总算又露出欢喜的笑容："多谢端木公子慷慨相赠，那颗珍珠，我很喜欢！"

端木辰勾唇一笑："皇后喜欢，我便满意了。"

荣德五年十一月十五，荣德帝轩辕尔桀率领文武官员，在星海祭台举行一年一度的祭海仪式。

这天风和日丽、晴空万里，一望无际的湛蓝海面上泛起一层耀眼夺目的波光，空气中散发着海水特有的咸腥味道，时不时有海鸥从海面飞过，留下一道道清脆悦耳的鸣叫声。

祭台设立在星海东岸，偌大的祭台被修建得颇具气势，配备的设施应有尽有，一只巨大的香炉被置放在祭台正中，香炉是由红铜打造，炉身四周雕刻着栩栩如生的九龙戏珠，正中间的那颗珠子，是用货真价实的夜明珠镶嵌而成。

祭台的台面上刻着阴阳八卦阵，经过岁月的洗礼，八卦阵的图案变得有些模糊不清。

饶是如此，当众人来到这个拥有上百年历史的祭台时，不由自主地对这里生出无限敬畏。

轩辕尔桀身穿龙袍，头戴龙冠，挺拔的身高，傲人的气势，瞬间便成为人群中备受瞩目的焦点。

与他同行的洛千凰也在这个重要场合换上了只有皇后才有资格穿的粉红色凤袍，袍摆拖地，在祭台上显得端庄大气。

她头上戴着华丽而又沉重的凤冠，漂亮的脸上化着浓妆，眉心一点处勾勒出一个红色的凤凰形的图案，目光灼灼、朱唇轻启，倒是展现出一国之母该有的绝代风华。

就连平日里与她以好姐妹相称的轩辕灵儿，看到这样的洛千凰，都忍不住发出惊叹，这还是她记忆里那个见人就会露出腼腆笑容的小千吗？

一部分对洛千凰略有几分瞧不起的大臣，此时心中也是各种感慨。不愧是逍遥王和皇家圣女的亲生女儿，即使在民间流落数年，骨子里的骄傲和尊贵，却能在一夕之间迸发出来。

不管旁人心中做何感想，随着吉时的到来，祭海仪式正式开始。

第七十八章 捕海怪平定民心

虽然祭海的祭台在御林军的把守下被围得密不透风，仍然阻挡不了当地百姓对这场仪式的围观和期待。

生活在这里的老百姓绝大多数都靠出海捕鱼为生，现在星海一带出现了海怪，扰得当地渔民无法生存。

好不容易盼到当今天子前来祭海，他们只求海神开恩，尽早铲除海怪，恢复从前的安宁。

带着被当地百姓寄予厚望的神圣使命，轩辕尔桀一边按流程进行着祭海仪式，一边派人调动海军，速速抵达这里，消灭为害四方的海怪。

每年祭海的形式都大同小异。由礼部大臣在祭台上朗读祭文，再由皇上点燃第一支高香插入香炉。

最后一步，皇上率领文武官员，朝着大海的方向磕头行礼。

一切进展得都很顺利，海面平静得如同一个巨大的镜面，除了偶尔泛起一丝小小的涟漪，几乎会让人误以为这只是一片受到诅咒的死海。

就在所有人都以为这场仪式会顺利结束时，忽然，原本晴朗的天空被黑压压的乌云笼罩。

一滴又一滴细小的雨珠从天而降，洒在平静的海面上，发出滴滴答答的声响。

渐渐地，海风袭来，卷起一层又一层的巨大浪花，将守在岸边的围观百姓冲撞得连连后退。

此时正值晌午时分，随着雨势越来越大，天空黑黢黢的，如同即将迎来夜幕的傍晚，骤变的天气，给现场带来一丝阴霾又诡异的气氛。

很快便有侍卫将事先准备好的油纸伞遮挡在皇上和皇后头上，饶是如此，豆大的雨点还是将轩辕尔桀一行人浇得狼狈至极。

围观百姓无不瞠目结舌，这种祭海流程被迫打断的先例往年从来不曾出现。既然钦天监将黄道吉日选在今天，便意味着，在这个重要的日子里，不该出现任何变故。

至少往年祭海的时候，从开始到结束，从未发生如此诡异的情况。

不明状况的官员们被这场突如其来的天气灾害砸了个措手不及，围观百姓一边躲避着大雨的袭击，一边议论着这奇怪的天气现象。

不知是谁在人群中发出一声尖叫，扯着喉咙大喊："你们快看，那个杀人的海怪又出现了……"

在这道声音的提醒下，众人齐齐将目光移向海面。

就见泛着波涛的海面浮现出一道黑影，因为天色较暗，加上不断飘落的雨水，一时之间，人们并没有看清那黑影的真正模样。

黑影的动作十分敏捷，先是在海中蛰伏不动，随着一条鲨鱼从海面上探出脑袋，下一刻，那道黑影忽然从海中一跃而起，在众人极度震惊的目光下，一口将那条鲨鱼咬成两截。

这时，离得近一些的众人才看清那黑影的长相。

外表看去，它的身材就如同一个九尺来高的成年男子，头上有一只锋利的犄角，浑身上下长满黑色的鳞片。

它不但长了两条和人类极其相似的大长腿，屁股后面还长了一条颇为粗壮的、类似龙尾的大尾巴。

尾巴上倒刺横生，甚是尖利，即使这个怪物和人群隔着很长一段距离，这般可怖的模样，还是将那些胆小的百姓吓得连连惊叫。

很快便有人大声说道："海怪！这就是那个一连杀了数条人命的海怪。我记得十分清楚，就是它当初趁我们出海捕鱼的时候，一口咬死了邻村的老吴。"

在这个人的提醒下，其他目击者也相继认出海怪的模样，并在人群中诉说着自己当日从海怪口中逃生的经历。

轩辕尔桀总算看到海怪的真实模样，这个在星海一带作怪长达三个月的家伙，居然在祭海仪式当天闹出这么大的动静。

这究竟是它故意为之，还是巧合？

海怪有多凶残，现场围观的人总算是亲眼看到。体型如此庞大的一条大鲨鱼，眨眼间就被那怪物撕咬得残缺不全。

事已至此，今年的拜祭仪式注定要以失败告终。

现场陷入一阵恐慌，要不是尽职尽责的御林军极力维持着现场秩序，恐怕围观的人群早已乱成一团。

从未见过这种画面的大臣们不知该如何应对这样的场面，倒是贺连城与朝中几个年纪稍轻一些的大臣劝轩辕尔桀暂回行宫，以免有人趁机作乱，造成不必要的伤害。

"现场发生这种事情，朕岂能说走就走？"

轩辕尔桀的头发已经被雨水淋透，好在他的龙袍是纯粹的黑色，即便沾上雨水，也不至于让他的形象过于狼狈。

在大雨降下来的第一时间，轩辕尔桀便让侍卫将所有的油纸伞全部遮在洛洛的头上。

第七十八章 捕海怪平定民心

女子的体质比男子娇弱，他可不想因为这起突发性事件，让洛洛被大雨浇成重度风寒。

眼看雨势越来越大，轩辕尔桀对左右两旁侍卫下令："立刻护送皇后回行宫。"

不知这场大雨会下到何时，他可不想让洛洛留在这里陪自己受苦。

正观察海面动向的洛千凰听闻此言，对轩辕尔桀道："我不回去。"

轩辕尔桀岂能由着她的性子？他厉声说道："这里不是你一个女人家能待的地方，立刻回去，这是命令！"

洛千凰脸色凝重道："祭海仪式被迫中止，作为皇后，我若贸然离开，围观的百姓当如何看我？"

说着，她从其中一个侍卫手中接过油纸伞，在轩辕尔桀惊讶的目光中向海边走去。

轩辕尔桀忙上前拉住她的手臂，疾言厉色道："你要做什么？"

洛千凰轻轻甩开他的牵制，径自走向海边，紧接着，一道穿破天际的哨声响起，只见原本波涛汹涌的海面，逐渐有各种鱼类从海面上蹦跳出来。

这离奇的画面让原本陷入恐慌的围观者瞬间安静下来。

随着在海面上跳动的鱼儿越来越多，洛千凰的脸色也变得越来越难看。

轩辕尔桀紧随其后，不明所以地问道："洛洛，你是不是想用驭兽的本事去驾驭那个伤人的海怪？"

洛千凰无视海面上频繁飞跃的大小鱼类，转而对轩辕尔桀道："那海怪，并非兽类。"

她的话顿时让在场的人大惊失色，很多人都曾亲眼见识过洛千凰在驭兽方面的非凡能力，就像海中那些像是得到某种召唤的鱼类，仅仅因为一记口哨，便争先恐后地在洛千凰这个兽王面前展示自己。

这说明，鱼类和森林中那些猛兽一样，都是可以被洛千凰的哨声所控制的。

洛千凰刚刚却对众人说，海怪并非兽类。不是兽类，难道它还是人类不成？

人类怎么可能长犄角长尾巴？又怎么可能会在海中生存那么久？

这时，一直在人群中默不作声的端木辰在几个随从的陪同下走过来。

不愧是拥有百年历史的端木家族的家主，即使海风狂啸，大雨骤下，端木辰依然保持着风度翩翩的姿态，丝毫没有被恶劣的天气影响。

他身边几个随从撑着一只可以同时遮挡两人的大伞，将他们的主子护在伞下，尽可能不受到雨水的冲击。

走到帝后面前，端木辰说道："这海怪来势凶猛，即便我们端木家族与海中生物打了数年交道，也不曾见过这样的怪物。若皇上不弃，我可以派身边几个水性好的随从下海一探。他们从小在海边长大，不但可以在水中闭气良久，还能在水中进行较长时间的搏斗。"

对很多人来说，端木辰的这个提议，无疑是雪中送炭，就连轩辕尔桀也颇为动心，想要利用端木辰的人来除掉海怪。

转念一想，轩辕尔桀又打消了这个念头。

此次随端木辰来黑阙的随从虽然不多，却都是家主身边的心腹型人物。

这些人能够除掉海怪再好不过，假如在搏斗的过程中出现意外，他不敢保证端木辰会不会趁机提出过分的条件。

就在轩辕尔桀心下犹豫的工夫，洛千凰的声音插进来："端木公子的好意我们心领了，从那海怪的凶残程度来看，就算你身边的随从水下本领高强，下海之后，恐怕也会受到不同程度的伤害。万一闹出人命，这个责任，朝廷恐怕担当不起……"

洛千凰单方面拒绝端木辰的行为，让在场不少想借他人之手来解决问题的大臣为之不满。

那可是拥有海帝王之称的传奇人物，人家肯借手下帮朝廷解决问题，你洛千凰区区一个小女子，凭什么要替众人拒绝这份好意？

万一海怪继续伤人，这个损失将由谁来承担？

端木辰微微一笑："莫非皇后有更好的解决办法？"

洛千凰没有理会那些心生不满的大臣，她转过身，面朝大海，习惯性地将手指放到唇边。

随着一道又一道哨声响起，惊人的一幕随之出现。只见一群群体型巨大的鲨鱼和鲸鱼在尖锐哨声的吸引下跃出海面，这些平日里极少会在浅海处出现的大型鱼类，忽然化身为充满战斗力的斗士，它们时而飞出，时而降落，井然有序地在海面上制造出令人瞠目结舌的场景。

很多围观者都是在海边生活数十年的老人，他们在海中捕了一辈子的鱼，却从未见识过这样奇异的画面。

随着越来越多的大型鱼类频繁出现，让人尖叫的画面也在这一刻闯进众人的视线。

那个将海边渔民吓得连觉都睡不踏实的海怪，在成百上千条大鱼的追捕下，居然被拱出海面。

第七十八章 捕海怪平定民心

这些鱼自发地排列成一个巨大的运输平台,那为非作歹的海怪显然没想到会出现这种变故。

它再怎么凶残,也只是一个比普通成年男子略大一些的怪物,哪里敌得过这么多大型鱼类的集体追击?

被拱出海面的海怪因为无法入水,只能浮在鱼身上被迫送到海边。

眼看海怪越来越接近,岸边围观的人群也在这时发出惊恐的叫声。洛千凰哨声不减,仿佛给那些鱼类传达着某种指令。

一个巨大的浪花拍打完毕,定睛再看,那海怪已经被甩出海面,搁浅在沙滩上。海怪似乎受到了巨大的惊吓,拼命摆着尾巴想要游回水中。

轩辕尔桀很快从震惊中回过神,对仍旧处于怔愣中的侍卫下令:"立刻抓捕,要活的!"

听到皇上的命令,侍卫们才猛然回神。

失去海水的庇佑,那个面貌丑陋的海怪就像一条待宰的大鱼,徒劳地摆动着尾巴垂死挣扎。

可它哪里敌得过数百名侍卫的合力围捕,眨眼间,那些孔武有力的侍卫便拿出绳索,将这个人人畏惧的怪物五花大绑。

而此时,雨势渐渐减小,原本笼罩在上空的乌云慢慢退去,重新露出耀眼的阳光。

狂风消失,波涛汹涌的海面又恢复了从前的宁静。

那些被洛千凰召唤出来的大小鱼类沉入水底,失去了踪影,就像从未出现在众人面前一样。

事情发生这样的逆转,不少目睹这一切的老百姓纷纷跪在地上,感谢上苍,感谢海神,感谢皇上,更感谢年轻皇后用她特有的方式,将人人畏惧的可怕海怪当场抓捕。

之前还对洛千凰心生不满的大臣们也在这时深感愧疚,原来皇后用心良苦,既保住了端木家族与朝廷的关系,又运用自己的天赋巧妙解决了海怪之患。

这样的皇后,才真正值得众人钦佩。

这已经是洛千凰不知第几次帮轩辕尔桀解决麻烦,看着自己的妻子如此耀眼夺目,他与有荣焉的同时,也开始担忧这样的瑰宝会不会被其他心术不正之人觊觎。

下意识地看向一直没有作声的端木辰,就见端木辰望着洛千凰的眼神无比炙热,他心中一沉,忽然有一种不妙的预感在心底油然而生。

这个端木辰,他到底在打什么主意?

就在轩辕尔桀满腹狐疑之际，那个被侍卫绑成肉粽的海怪忽然口齿不清地对着端木辰喊了一声："哥哥救我……"

谁都没想到，被当众抓捕的吃人海怪，居然和端木辰有着千丝万缕的联系。

由于事情发生得太过突然，就连沉稳淡定如端木辰，也对那个开口唤他哥哥的怪物露出了几分怀疑的神色。

祭海仪式结束后，众人带着抓到的海怪回到行宫。

端木辰经过仔细辨认，他试探着唤出一个名字："你是端木宇？"

此时，被五花大绑的海怪姿态狼狈地躺在地上，那条长长的尾巴拖在地上，一甩一甩，像是一条案板上待宰的大鱼。

它头上的犄角似乎受了伤，不停地流血，染红了地面。它浑身上下长满了黑色鳞片，散发出幽暗的光芒。

脸上除了一双眼睛和人类较为相似之外，鼻子嘴巴就像某种变异的怪物，突起得十分吓人，分明就是一个可怕的怪物。

端木辰唤出"端木宇"这三个字时，那怪物拼命点头，喉中还发出刺耳的号叫。

轩辕灵儿忍不住问道："端木公子，这个怪物，该不会真的是你弟弟吧？"

此时，轩辕灵儿看端木辰的眼神忽然变得怪异起来。

假如端木辰和怪物是兄弟，那是不是意味着，端木辰其实也是海中的一个怪物？

像是看出她心底的想法，端木辰沉声解释："端木家族嫡系旁系被分为几十支，如果他真的是端木宇，只能称得上是我的旁支兄弟。而我能认出他的身份，是因为旁支中有一系，从母族那边遗传了鲛人血统。这一系子嗣生下来便拥有海陆两栖生存的天赋，由于鲛人族人丁稀薄，发展到这一代，只剩下为数不多的几个人。端木宇便是这一代年纪最小的一个。原本我也不敢确定他的身份，毕竟端木家的鲛人一族，在外貌上和正常人类没什么两样，绝不可能像眼前这个怪物这般丑陋。倒是他的眼睛让我觉得有些熟悉，加上他之前唤出来的那声哥哥，与记忆中的端木宇唤法一致，才试探着确认他的身份。"

说到这里，端木辰再次将目光落在不住号叫的海怪身上："究竟发生了何事，你怎么会变成这副模样？"

被绑得严严实实的海怪支支吾吾，口齿不清地说着什么。

洛千凰实在看不下去，小声提议："既然这个怪……咳！"

怪物两个字被她硬生生咽了回去，又改口道："既然他与端木公子是同宗兄弟，还是解了他的绑，细问一下缘由才好。"

未等其他人发表意见，端木辰冷着脸道："他伤人在先，杀人在后，又破坏了朝廷的祭海仪式，接二连三犯下这么多罪行，没有资格享受特殊待遇。况且，他现在的模样和怪物无异，万一松开绳索，难保他不会再次伤人。"

众人没想到，一直温润如玉的端木辰，严厉起来，竟是如此冷厉绝情。

既然端木辰非要绑着这个怪物，其他人也不好再说什么。

看着地上的怪物似乎在承受着某种巨大的痛苦，洛千凰心里终有些不忍，从腰包里的小药瓶中取出一粒黑色的药丸，吩咐侍卫，给那怪物服用下去。

这颗药丸对缓解疼痛非常有效，这怪物身上到处都是被鲨鱼咬伤的伤口，就算周身上下长满鳞片，也遮掩不住从细小伤口处流出来的汩汩鲜血。

药丸入腹，嘶声号叫的怪物终于慢慢平复下来。他趴在地上喘息了好长一段时间，才口齿不清地讲述起自己的遭遇。

端木辰猜得果然没错，这个怪物正是他同族的堂弟端木宇。

端木宇今年只有十六岁，原本也是一个样貌俊美、面如冠玉的翩翩美少年。

由于他是家中独苗，从小集万千宠爱于一身，被父母长辈惯得无法无天，非常叛逆。

几个月前，他得罪了族中一位身份较高的叔伯，他父亲一怒之下，对端木宇这个不成器的孩子动用了家法。

挨了一顿胖揍的端木宇伤还没好，便气得离家出走，打算一个人去外面闯荡。

到了外面才知道，世间险恶，人心复杂，他无意中暴露出自己是鲛人后代，甚至为了突显自己的能为，当着很多人的面在水中大显神威，博得不少赞叹与喝彩。

一时间端木宇出尽风头，殊不知，他无意间的暴露已经令自己陷入了危险的境地。

当地某个大人物不知听谁说，收集鲛人的眼泪可以延年益寿，便使计将端木宇这个懵懂少年抓到府中，每天都会想尽办法逼他哭泣，哭得久了，他精神变得麻木不堪，流不出泪水，那位大人物便命人对他的身体百般摧残，利用疼痛逼他流泪。端木宇不堪忍受这样的屈辱，想尽一切办法，总算逃出恶人之手。就在他以为大难已经过去之时，对方竟派出大批人马对他展开追踪抓捕。

端木宇因此被逼进一处沼泽区，并不小心陷入沼泽之内。

这片沼泽地沼毒严重，当端木宇终于摆脱那些人的魔爪时，身中沼毒的他，一夜之间，竟然从正常人的模样，变成了一个样貌丑陋的怪物。

仅仅变成怪物也就算了，最让端木宇崩溃的是，每隔一段时间，身体里的沼毒就会发作，发作时，他会变得神志不清，嗜血残暴，根本没办法控制自己的所作所为。

潜意识里，他并不想伤害任何人，奈何行动不受控制，为了避免伤及无辜，他只能躲进大海深处苟延残喘。

没想到即便是这样，发狂的时候，还是会伤到渔民，所以才导致后来发生的那一起接一起的惨烈命案。

听完端木宇磕磕绊绊的讲述，众人总算听明白事情的来龙去脉。

端木辰并没有发表意见，只是用较为凝重的语气对轩辕尔桀说道："可不可以让我和他单独说两句？"

轩辕尔桀没有反对，冲身边众人使了个眼色，陆续离开。

过了大概半个时辰，端木辰主动找到轩辕尔桀，向他提出一个不情之请，他愿意出三千两黄金的赔偿金，对那些被端木宇伤害的人进行赔偿。

条件就是，他希望用三千两黄金，保住端木宇的性命。

三千两黄金，折合成白银就是整整三万两，这些银子对那些靠捕鱼为生的当地百姓来说，绝对是穷其一生也无法得到的巨大数额。

按照朝廷的律例，不管这个海怪有多冤屈，既然他做出伤人之事，便要为自己的所作所为付出代价。

可这个海怪是端木家族的一员，又是家主亲自开口力保的人物。

不管轩辕尔桀对端木辰有何看法，涉及黑阙与端木家族未来的合作关系，他也不能轻易破坏双方的友谊。

当然，此事涉及百姓的利益，他还得派人问过受害百姓的家庭之后方能定案。

老百姓听说事情的来龙去脉，又得知海王愿意拿三千两黄金作为赔偿款，赔付给各家各户。

这些赔偿款分发到受害人家属手中，至少可以保障他们后半辈子衣食无忧。

人死不能复生，他们对那个怪物再如何憎恨，也改变不了亲人去世的事实，活着的人还要继续活下去，有了这笔数额巨大的赔偿款，心里也能得到些许安慰。

况且，这祸害四方的海怪已经被当众抓捕，从今以后，他们又可以毫无顾忌地出海打鱼。

两全其美，何乐而不为？于是，受害的老百姓欣然同意了这种补偿方式。

说服了当地的百姓，轩辕尔桀也就顺坡下驴，卖了端木辰一个人情。经此一事，

第七十八章 捕海怪平定民心

洛千凰再次名声大噪，甚至被当地百姓称之为救苦救难的菩萨。

可不就是救苦救难吗？这一带海域连续发生诸多变故，当地官员几次行动，都没能帮老百姓解决问题。

皇上皇后初到星海，眨眼的工夫便将那祸患当场抓捕，受益的老百姓自是对当今天子国母更加敬重爱戴。

民间盛传帝后功德的同时，端木辰主动找到洛千凰，向她提了一个不情之请，他希望洛千凰出手，帮中了沼气之毒的端木宇治疗解毒。随后带着洛千凰，来到关押端木宇的地方查看症状。

自祭海仪式那天后，这还是洛千凰第一次看到端木宇被抓后的处境。

此时的端木宇，被关在一只仅能容纳一个人的木笼子里。

他双手双脚被绳索捆得结结实实，和原来相比，身上又多出大小不同的几道伤痕。

洛千凰透过木笼的缝隙朝龟缩在木笼一角的端木宇扫视了一眼，不解地问："他身上的伤势怎么又重了？"

负手而立的端木辰不紧不慢地解释："他昨天受了五十鞭刑，目前还在恢复之中。"

"啊？"

洛千凰不解地看向端木辰，一时之间对五十鞭刑失去了概念。

端木辰面不改色："他犯了族规，闯下滔天大祸，区区五十鞭，只是对他的薄惩。若他有命逃过此劫，回去之后，还要接受更重的刑罚。将他关在这里，是避免他旧疾复发，伤到别人。"

言下之意，端木宇挨的那五十鞭子，正是拜端木辰这个兄长所赐。

洛千凰不敢置信地张大嘴巴，实在不能理解温润如玉的端木辰，怎么会在堂弟受到如此磨难的时候，还对他施以如此残酷的鞭刑。

再看缩在木笼中的端木宇，大概是被修理得太惨，不敢直视端木辰的目光，哆哆嗦嗦躲在笼子里，大气都不敢出一声。

直到这一刻，洛千凰才意识到，表面看似纯良无害的端木辰，真正的身份是响誉天下的海上帝王。

这样的男人，怎么可能会是一个毫无伤害力的温柔贵公子？想通这一点，洛千凰也就不再纠结于端木辰的本性究竟是温柔还是残暴。

端木辰继续之前的话题："听说皇后在医术上的造诣颇高，所以想求皇后帮忙，尽力挽救他的性命。虽然他犯下滔天大罪,可到底是我们端木家族的血脉。身为家主兼兄长,我总不能眼睁睁看着他踏上不归路。"

洛千凰从思绪中回过神,脸色凝重道:"我是对医术略有了解,可是像端木宇这样的案例却未曾见过。"

端木辰的语气变得诚挚了几分:"只要皇后肯出手相帮,报酬什么的可以稍后商议。"

洛千凰笑道:"端木公子客气了,救人一命胜造七级浮屠,别说他与端木公子是堂兄弟,即便他只是一个陌生人,受到那样的迫害,我也会尽力相帮。何况黑阙与端木家族世代相交,如今出了这样的变故,朝廷自然不会袖手旁观,提报酬可就有些见外了。不过,端木宇这个症状对我来说是一个挑战。沼气之毒固然可怕,身中此毒之人会变成怪物,这应该是医学史上的一个先例。"

端木辰脸色凝重,过了半晌才出言解释:"他之所以会变成这个样子,应该与他的血统有很大关系。"

洛千凰抬眼看他:"你指的是鲛人之血?"

端木辰点头:"这只是我的初步判断。"

洛千凰叹了口气:"我只能暂时答应端木公子会尽力帮忙,最后能不能解掉他身上的沼毒,只能看他个人的造化。"

端木辰露出笑容:"如此,便多谢皇后了!"

傍晚,洛千凰将端木辰找自己帮忙的事情如实告诉自己的夫君。

得知端木辰竟然背着自己主动找洛洛见面,轩辕尔桀的脸色瞬间就沉了下来:"这是他们端木家族内部的事情,要解决,也该找端木家族的人出面解决。端木家族能人辈出,医术精湛之人不在少数。他却求助于你,你不觉得他此番作为,是另有所图?"

洛千凰有些无语,憋了半晌,才讷讷道:"可是我已经答应端木公子会帮他了。"

轩辕尔桀瞪她一眼:"真不知该说你傻还是说你笨,未经朕的同意,你怎么能随便与别人达成协议?"

洛千凰嘟了嘟嘴,小声抱怨:"我当时又没想那么多……再……再说,端木公子一直对咱们表现得都很友好,难得他有求于人,我若贸然拒绝,说不定会驳了人家的面子。"

轩辕尔桀冷笑:"表现友好,不代表他这个人没有问题。你可知,那个将端木宇害得人不像人鬼不像鬼的罪魁祸首是何下场？"

洛千凰好奇地抬头："那个人已经被抓住了吗？他的下场是什么？"

轩辕尔桀竖起三根手指："三个时辰！端木辰仅用三个时辰，便按照端木宇提供的线索将始作俑者揪了出来。一场大火，将此人的宅院给烧得精光，主子奴仆加在一起共二百零四条人命，一夜之间化为灰烬。你眼中的端木辰或许是个温润如玉的翩翩贵公子，他的本性却远比他表现出来的凶残许多。"

见洛千凰诧异地张大嘴巴，轩辕尔桀捏了捏她的脸，叹气道："端木辰是个很危险的存在，以后尽量不要招惹他。这次帮完他，最好敬而远之，不要再见面。"

想到端木宇身上的鞭痕，以及他像个困兽一般被端木辰关在木笼中的画面，洛千凰心有余悸的同时，用力点头："我知道了！"

第七十九章 帝与后初生嫌隙

不管怎么说，今年的祭海仪式算是圆满完成了。

仪式结束的第二天，轩辕尔桀便率领众臣及御林军返程回京，身为皇帝，朝廷有许多事情需要他亲自处理。

此次为了来星海祭海，他不得不延缓政务的处理，御案上的奏折估计早已堆成山了。

回程还算顺利，正式启程的第二天晌午，一行人便抵达京城，回到了皇宫。

连续在路上折腾了近两天，众人都有些乏累，就连精力旺盛的轩辕灵儿都一改往日的活泼，刚进城门，便嚷嚷着要回府补眠。

轩辕尔桀巴不得他这个调皮的妹妹不在跟前惹是生非，便委派了几个侍卫，将轩辕灵儿送回贺府。

端木辰及其随从带着被囚禁在木笼中仍是海怪模样的端木宇，也跟着轩辕尔桀的人马一同折返京城。

刚进京城，端木辰就以端木宇现在的样貌不便被人围观为由，直接回了沁竹苑。

本以为祭海仪式结束之后，短期内应该可以过一段太平日子，结果刚回皇宫，轩辕尔桀就接到一份特殊的奏折，看完里面所写的内容，他不由得大吃一惊。

光禄侯居然起兵造反了！

轩辕尔桀捏着手中的奏折，声色俱厉道："这个徐子荣究竟是什么意思？他女儿当初犯下滔天大罪，朕看在他的面子上饶其一命。他非但没有对朕感恩戴德，反而举兵造反，同朝廷作对，他难道疯了不成？"

徐子荣便是光禄侯的本名，他的女儿徐紫月当日为了嫁进皇宫，不惜使出恶毒手段，害得轩辕尔桀差点儿与洛千凰天人永隔。

每次想到这对徐家父女，轩辕尔桀都愤懑不已，若非顾及朝廷的名声，他早就将这父女二人送上黄泉路，哪里还能由着他们继续为非作歹？

此次随轩辕尔桀一同进宫的还有朝中几个地位极高的大臣，其中自然包括与轩辕尔桀关系密切的贺连城。

从他手中接过奏折迅速看了一眼，贺连城的眼底也流露出复杂的神色。

他轻轻合上奏折，语气沉重道："皇上当日一时疏忽，眼下恐怕已经给自己招来了麻烦。"

奏折是光禄侯亲笔所写，内容虽然不够详细，却将自己心中的不满以及率麾下将领欲与皇家为敌的意图说得清楚明白。而他写这封信的目的，是出于他不满皇上削其侯位的行为，欲与皇家再次进行谈判。

轩辕尔桀虽气愤难平，对光禄侯这个人却不敢小觑。

光禄侯仗着当年跟随荣祯帝上过战场立过功，便私自在封地建立了自己的小朝廷。所谓小朝廷，就是利用公职，网罗麾下人马组建了一股坚不可摧的势力。

不得不承认的是，光禄侯很会做人，当年他为朝廷立下汗马功劳，荣祯帝凯旋犒赏三军，徐子荣很幸运地被封为光禄侯，还被赐予了封地。

与此同时，他手中掌管着数万兵马的大权，在封地一带所形成的势力极为深远。

但凡归他管理的下属，每年都可以从他手中获得巨大的利益，这些得到利益的人，便会愈加死心塌地地效忠于光禄侯本人。

久而久之，这些得了光禄侯好处的将领慢慢脱离朝廷的管束，一心一意在封地拥护光禄侯。

早在很久以前，便有人向朝廷进谏，将光禄侯在封地的所作所为汇报到皇上面前。因为轩辕尔桀一直找不到光禄侯的把柄，只能眼不见为净，不理会此人的行为。

要不是徐紫月当初闯下大祸，轩辕尔桀也不会趁机收回光禄侯手中的兵权，顺便瓦解他在封地的势力。

前些日子，他一直忙着筹备婚礼，便将收回兵权这件事暂时压下。没想到光禄侯如此胆大包天，都已经将兵权上交，还敢煽动麾下人马，向朝廷举起反抗的旗帜。

一个稍稍上了些年纪的大臣忍不住说道："皇上或许不知，这光禄侯当年在军中颇有威望，地位丝毫不比墨青流墨老将军逊色。军队不比朝堂，在那些只流血不流泪的糙汉子眼中，朝廷律法形同虚设，他们只听令于自己的将领，甚至会为了义气两个字，不惜抛妻弃子，豁出性命。依臣之见，皇上先不要对此事大动干戈。按照奏折所写，光禄侯不堪忍受割权之辱，他会派人赶往京城，与皇上进行谈判。谈判的结果若皆大欢喜，他举兵造反一事便会被无限期搁浅。"

轩辕尔桀冷笑："朕堂堂天子，难道还要受制于一个叛臣？"

有生以来，轩辕尔桀从未像今天这般窝火。谁能想到，光禄侯竟如此大逆不道，连举兵造反这种事情都做得出来。

贺连城劝道："光禄侯所居住的封地虽非要塞，他麾下所掌控的兵马林林总总却超过十万。虽说这十万兵马想与朝廷抗衡无疑是以卵击石，但只要点燃战火，势必会殃及周边的无辜百姓。皇上与皇后刚刚大婚没多久，这个时候发动战争，难免会传出一些不利于皇后的谣言。"

说着，贺连城指了指奏折中的一段："皇上你看，这一段重点抨击皇上当日对光禄侯下旨夺权，其用意竟是冲冠一怒为红颜。在那些将士眼中，光禄侯并没有犯下大错，皇上贸然夺回兵权，将其贬为白丁，仅仅是因为皇后与光禄侯的女儿关系不睦，皇上为了替皇后打抱不平，才做出这等引起民愤之事。"

轩辕尔桀听得瞠目结舌："徐紫月害得洛洛身陷险境，甚至胆大包天地想要取而代之，此等恶行，朕莫非还罚错她了？"

贺连城苦笑："重点就在于，那时的皇后还不是皇后，就算徐紫月做了伤天害理的事情，只要明面上没有涉及皇家的利益，她都罪不至死。帝后大婚时间尚短，此时朝廷若发生内忧，难免会冒出一些有心之人，将这顶祸国殃民的帽子扣在皇后头上。"

贺连城虽然也不齿于光禄侯的做法，但站在旁观者的角度，却不能由着皇上的性子行事。

他劝轩辕尔桀三思而后行，也是不想给洛千凰招来恶名。

轩辕尔桀岂会不懂好友的一片苦心，只能暂时按捺住心底的怒火，平心静气地与身边几个心腹大臣商讨此事。

商讨出来的结果便是，他答应与光禄侯即将派来的使者进行谈判，尽量商议出一个大家都能接受的解决之道。

事情发生这样的逆转，作为夫君，轩辕尔桀也不好对洛千凰多加隐瞒。

毕竟徐紫月当初害过洛千凰，还差点儿将她置于死地。出于尊重，轩辕尔桀在获知这件事的第一时间，便将此事向洛千凰讲述了一遍。

这是洛千凰自成亲之后，第二次从别人口中听到徐紫月的名字。

第一次是雪月宫有人装神弄鬼，轩辕灵儿怀疑始作俑者很有可能是徐紫月。

虽然目前为止她无法证实这件事，但徐紫月这个曾经无数次害自己的女人，实在让洛千凰无法对她心生好感。

本以为这个女人从今以后不会再出现在她的生命中，没想到时隔数日，又有跟她相关的人事，来扰乱她平静的生活。

见洛千凰心事重重，脸色不好，轩辕尔桀担心勾起她心底的伤痕，小心翼翼地劝道："不管发生任何事，朕都不会让你受到半点儿委屈。洛洛，不要将光禄侯这件事放在心上，朕会尽快解决掉这个麻烦，让这些人从咱们的生活中彻底消失。"

洛千凰这时抬头看了他一眼，问道："当初我们一同从北漠回到京城，关于徐紫月的下场，我始终没有追问。假如徐紫月真的触犯王法，接受惩罚便在情理之中。我相信朝阳哥哥处事公道，不会谋害一个好人，也不会放过一个坏人。"

轩辕尔桀哑口无言。

当初为了从光禄侯手中拿回兵权，作为交换，他必须放徐紫月一条生路。

表面来看，徐紫月害得她父亲一无所有，已经受到了巨大的心理折磨，可对洛千凰来说，曾经用尽心机害过自己的女人非但没有受到律法的制裁，反而毫发无损地被她父亲带出京城。

此事涉及朝廷的利益，轩辕尔桀不知该如何向洛千凰解释其中盘根错节的内情。

最后，他只能哑着声音解释："失去权势，徐氏父女将会从原来的锦衣玉食、身居高位，变得一无所有。对于当权者来说，这样的下场，无疑是最残酷、最不能忍受的一种惩罚。"

洛千凰轻声道："假如真的一无所有，他们为何要举兵造反？"

轩辕尔桀被问得有些堵心："这也是朕没有预料到的一个意外。洛洛，你是不是对朕当日的决定难以认同？"

洛千凰勾唇笑了一下，否认道："为朝廷利益做出牺牲，这是每个当权者都不可避免的处世准则。我与徐紫月只是女人间的矛盾，况且造反闹事的是光禄侯，我不能将这个责任怪罪到你当日所下达的决定上面。"

言下之意，就算我对你的做法心生不满，也改变不了已经发生的事实。

轩辕尔桀岂会看不出她心中的想法？奈何这件事是自己欠考虑在先，纵然他有再多理由，也无法弥补当日的疏忽。

轩辕尔桀正要继续跟洛千凰深谈，御书房那边又有几个大臣有重要的事情奏请求见，他只得先行离去。

轩辕尔桀前脚刚走，洛千凰便陷入沉思。

本以为顺利完成祭海仪式，短时间内应该不会再有扰人的事情发生，没想到刚回皇宫，便传来光禄侯要举兵造反的消息。

她这条皇后之路,还真是充满荆棘和坎坷啊!

婢女们忙着收拾屋子,疲惫的洛千凰简单用了一些午膳,便和衣躺在床上,一边无意识地把玩着摆在床头的两只黑珍珠,一边静静思量着她成亲之后发生的种种诡异事件。

渐渐地,她眼皮发沉、意识飘远,不知不觉陷入沉沉的梦境。

映入眼前的是一片血海,到处都是被野兽撕咬至死的残缺尸体。这些尸体之中,有她的至亲好友,还有她挚爱的男人轩辕尔桀。

洛千凰依旧站在山岭之巅,面无表情地看着无数将士惨死。

不仅仅是人类,那些在她哨声的号召下陷入疯狂的野兽也是死伤无数。

这些野兽之中,有她认识和熟悉的,也有她从未见过的。这是一场人类和野兽厮杀的浩劫与灾难,当一只又一只动物死在将士们的刀下,当一个又一个将士死于野兽之口,洛千凰终于按捺不住心底的惊涛骇浪,发出一阵刺耳的尖叫。

猛然起身,才发现自己又做噩梦了。

她心有余悸地擦了擦额上的汗水,此时正值下午,外面阳光依旧明媚,没想到只是闭眼浅寐,竟目睹那样一个恐怖的梦境。

婢女们大概见她睡得熟了,全都退出屋内,留给她一个安静的休息空间。

轩辕尔桀应该还在御书房和大臣们商讨国是,直到现在也不见他的身影。

洛千凰一边擦拭额头的汗水,一边不受控制地回忆着梦中充满血腥的画面。

梦中的场景竟是如此熟悉,仔细一想,她猛然打了个冷战,不久前,她做了一个与之十分类似的噩梦,今天这场梦,好像延续了那个梦境,让她体会到了更真实的恐怖场景。

为什么她会有这样诡异的梦境?

难道说,这两场梦,是在暗示她有什么灾难即将发生吗?

三天后,光禄侯派来的谈判使者抵达京城,与轩辕尔桀正式见了一面。

见面的时候才发现,这个所谓的使者不是别人,居然是光禄侯的独生女徐紫月。

在这种情况下看到徐紫月,轩辕尔桀的脸色瞬间变得阴郁起来。

这个不知死活的女人用卑劣的手段差点儿害死洛洛,现在居然还敢摆出一副盛气凌人的姿态出现在自己面前,她这是活得不耐烦了吧!

像是看出他眼底的怒意,徐紫月一改从前的卑躬屈膝,笑着对轩辕尔桀道:"皇上，多日不见，您近来可好？"

轩辕尔桀与她冷冷地对视，毫不掩饰对她的讥讽和不屑。

徐紫月不甚在意地笑笑："听说皇上终于娶到了梦寐以求的千凰郡主，此番前来，倒真要好好恭喜皇上能够抱得美人归，祝您与皇后娘娘鹣鲽情深、百年好合……"

她还欲再往下说，轩辕尔桀不耐烦地打断她的话，厉声道："既然你作为使者来京城与朕谈判，废话不必多说，直接进入主题吧！"

徐紫月笑容微僵，片刻，又露出一副温柔婉约、礼数周道的模样，大方得体道："我知道当日的所作所为，令皇上对我心生厌恶。但说到底，我会做出那种极端的事情，也是出于对皇上的钦慕，才迫不及待地想要成为皇上身边备受重视的女子。年幼时皇上对我许下的诺言，直至今日，都让我无法忘怀。皇上身为男子，又岂会明白我们这些女子心中的真实感受？"

轩辕尔桀不禁冷笑："你父亲派你来京城与朕谈判，就谈这些毫无意义的事情？"

徐紫月的脸色变得稍稍难看了几分，屈辱地询问："我只是深深地喜欢着一个人，在皇上看来，便是罪不可恕吗？"

轩辕尔桀轻哼一声："你喜欢谁、讨厌谁，这都是你的自由，朕绝不会妄加干涉。可你为了得到某种利益而不惜伤害他人性命，便是触犯国法，天理不容。"

徐紫月拒理力争："我承认自己当初做了一些过分的事情，惹皇上心中不快。但我所做的一切，都是为了能够与皇上在一起……"

轩辕尔桀语带厌恶："你想与朕在一起，也要问问朕想不想与你在一起。天底下有那么多女子对朕心怀觊觎，难道朕要对她们一一负责？换句话说，如果朕的身份并非黑阙天子，你徐紫月会依然对朕痴恋不已吗？说到底，真正被你觊觎的不是朕本人，而是做朕的女人所能赋予你的权贵和虚荣。"

"不是的……"

徐紫月正欲为自己辩解，就被轩辕尔桀打断道："不必多言，直接说出你的条件。"

徐紫月眼含薄怒地咬了咬唇，这才不情不愿地开口说道："既然皇上不想与我多叙往事，我也就开门见山，直接道明来意了。我父亲戎马一生，为朝廷立下汗马功劳，甚至被当年在位的荣祯皇帝封为光禄侯，赐封地享受朝廷俸禄。多年以来，他在封地威望极高，甚得当地百姓拥护与爱戴。皇上忽然降旨夺其兵权，令父亲旗下的将领及当地百姓十分不满。因此，才派我前来，与皇上商讨出一个大家都能接受的解决对策。"

轩辕尔桀不由得对徐紫月这个女人有些刮目相看。一个人得厚颜无耻到什么地步，才能无视自己的错处，将话说得如此冠冕堂皇？

"徐紫月，你是不是忘了，被你处心积虑谋害的那个人，是朕的皇后。不管你当初的所作所为究竟出于何种原因，都得对自己做过的错事负责。按照朝廷律法，你本该遭到凌迟处死。是你爹主动求朕保你一命，朕才答应用他手中的兵权作为交换。"

徐紫月微微一笑："皇上不要忘了，那时的洛千凰并不是黑阙的国母，就算我对她做了不该做的事情，并没有造成任何后果。所以，按照朝廷律例，我最多挨几下板子，受几天牢狱之灾，并没有达到罪无可恕的地步。"

轩辕尔桀被她的话气乐了："若非朕以身涉险，亲赴北漠救洛洛脱离险境，事情又岂会有如此圆满的收场？你的行为，已经严重触犯到朕的底线，只是夺回兵权，并没有伤你们父女的性命，这已经是朕对你们最大的恩赐。"

徐紫月振振有词："在皇上看来，我或许罪无可恕，可在封地的那些将士眼中，我和我爹却不该受到如此苛待。既然皇上答应与我进行谈判，难道不是默认了我的这个结论？"

轩辕尔桀强忍怒气："朕答应与你谈判，是不想无辜百姓受到战争的摧残。"

徐紫月笑道："不管皇上是何初衷，既然我已经来了这里，咱们不如好好谈谈接下来的解决条件。"

轩辕尔桀冷冷看着她："那就说说你的条件。"

徐紫月也不客气，开口说道："我希望皇上下旨，恢复我父亲光禄侯的地位。"

轩辕尔桀就像听到了一个天大的笑话："你觉得这个提议现实吗？"

徐紫月毫不畏惧："我父亲在封地管辖多年，已经是他麾下将领心中的灵魂人物。若皇上执意夺回父亲的兵权，恐怕会引起他们对朝廷的不满，从而造成不必要的争端。"

"你在威胁朕？"

徐紫月摇头："皇上乃九五之尊，我怎么敢做出威胁皇上这种大逆不道之事？"

轩辕尔桀冷笑："连举兵造反这种事情都做得出来，还有什么事情是你们徐家父女不敢做的？"

徐紫月忙接口道："是封地那些将领以及百姓对皇上当日的处罚心存不满，我只是作为代表，向皇上讲述事实而已。"

"所以你便借着这些造反分子的势力，想要逃脱身上的罪责？"

"自然不会！"徐紫月摆出一人做事一人当的架势，"当日是我害人在先，我自然会为自己的过错做出补偿。不如这样，我代表我父亲向国库捐献二十万两白银作为军饷，而之前的事情，希望皇上大人大量，一笔勾销。"

轩辕尔桀眉头紧锁，语气变得阴森了几分："区区二十万两白银，你就想赎清自己身上的罪孽？"

徐紫月复又开口："若皇上嫌少，可以再加十万两。"

轩辕尔桀笑了一声，只是笑意并未达到眼底："徐紫月，你觉得我黑阙皇朝的国库缺你们徐家这几十万两银子？洛洛的性命在朕的心中是无价的，你居然想用黄白之物洗清罪名，这想法未免过于天真了。"

听他一口一个洛洛地唤着，又勾起徐紫月心底的痛楚。

曾几何时，她以洛千凰的身份依偎在眼前这个男人身边，便经常被对方亲昵地呼唤洛洛两个字。

那时的她，既享受着心爱男人的温情呵护，又对当时不知身在哪里的洛千凰恨之入骨。

凭什么她从小喜欢到大的男人，有朝一日，会对另一个姑娘爱得死心塌地？

每每回忆起这些往事，徐紫月心中都会生出无限怨恨。在这种怨恨的驱使下，她对轩辕尔桀也没了之前的卑微与顺从。

"既然事情已经发生，就算皇上杀了我，也改变不了什么。在这种情况下，皇上何妨考虑一下我的建议，收下三十万两白银的赔偿款，不再追究过往？"

轩辕尔桀语气阴狠："朕说了，洛洛之于朕是无价之宝，朕绝不会同意你提出的这个解决之道。既然犯了错，就要接受律法的制裁。朕的解决方式非常简单，要么维持原判，削夺光禄侯的兵权；要么你以死谢罪，偿还你当日对洛洛犯下的罪孽。二选其一，没得商量！"

徐紫月脸色大变，声音也不自觉地拔高几分："皇上就这么恨不得我马上去死？"

轩辕尔桀面色不改："王子犯法，与庶民同罪，你凭什么认为你是特殊的？如果所有的人都像你们徐家一样，仗着有军功在身，就可以横行无忌、为所欲为，这天下岂不是会乱成一团？"

徐紫月厉声接口："现在的问题不是我和父亲想要这个特权，而是当地百姓接受不了皇上冲冠一怒为红颜的行为，非要派我前来，与皇上计较个是非黑白。我的生死无关紧要，可万一当地民众对皇上的处决心存不满，朝廷岂不是又要面临一场灾难和浩劫？"

"所以你便有恃无恐，逼迫朕答应你提出的这个荒谬的条件？"

徐紫月故作谦卑，冲轩辕尔桀福了福身："无论如何，还请皇上在下达旨意之前，能够三思而后行！"

两人之间的第一次谈判，以失败告终。轩辕尔桀虽然愤恨，还不至于失去理智。

三十万两白银赔偿款的这个条件他断然不会同意，光禄侯的兵权他也不会归还。那么，想要解决眼前的麻烦，就要想出一个不伤筋动骨的对策。

他不怕发动战争，也有足够的信心在短时间内灭掉光禄侯那群叛军。之所以没有立刻下达作战旨意，是不想给刚当上皇后的洛洛招来麻烦。

这世上总有一些多嘴之人，在传播一些事情的时候喜欢添油加醋。万一洛洛被冠上一顶祸国殃民的帽子，日后她在国母的位置上将会面临更多的挑战。

于是，第一次谈判失败之后，他让人给徐紫月安排了一个暂时的住处，待想到更好的解决对策，再开展第二次谈判。

徐紫月刚走没多久，端木辰便主动进宫求见，来到御书房与轩辕尔桀会面。

"你近日要离开京城？"

当轩辕尔桀得知端木辰的来意，不由得露出诧异之色。还以为端木辰会留在京城掀起一阵巨大的风浪，没想到他这就要打道回府了。

端木辰笑道："此番进京，多谢皇上的盛情款待。端木家族事务繁忙，离开太久，难免会引起民心动荡。所以祝贺完皇上与皇后的新婚之喜，我也该起身告辞，回到属于自己的地方。"

端木辰肯在这个时候离开，倒让轩辕尔桀没来由地松了一口气。

像端木辰这种手段狠戾、城府极深的人，就算不能与之成为朋友，他也绝对不愿意和对方交恶。

可这个男人之前的种种表现，总是让他怀疑对方是不是对洛洛生出了什么非分之想。

如果端木辰在不伤害彼此和气的情况下肯主动离京，对朝廷来说是再好不过的事情。

这么想着，轩辕尔桀的语气也不由得轻快了几分："既如此，朕也不好将端木公子强留于此，定好回程之日，朕会为端木公子举办一场送行宴。"

端木辰摆手："不必麻烦。"

轩辕尔桀也不勉强："不知端木公子将回程之日定在哪天？"

端木辰模棱两可道："具体时间暂时未定，不过我想应该就在近期，待解决好手边的事情，便会拜别皇上，启程回府。"

轩辕尔桀诧异地问道:"端木公子要解决什么事情?"

端木辰也没隐瞒,直截了当道:"自然是我那个身中沼气之毒的堂弟端木宇。之前我请求皇后娘娘帮忙,她让我稍等几日,看能否寻到解毒的良药。若寻得到自然是皆大欢喜,寻不到,我会尽快带着端木宇离开京城另寻高人。"

轩辕尔桀点了点头:"治病要紧,这件事确实耽误不得!"

端木辰笑了笑:"时机到了,我自然会走。"

看似简单的一句话,听在轩辕尔桀耳中,却仿佛听出了另一番含义。

时机到了,自然会走!

时机?他口中所说的时机,真的只是字面上的意思?

徐紫月代表光禄侯进京与朝廷谈判这件事,还是洛千凰从大嘴巴的轩辕灵儿口中得知。

这让正忙着帮端木辰制作解药的洛千凰倍感诧异,不由得重复问了一句:"徐紫月居然来京城了?"

提到徐紫月,轩辕灵儿满脸愤恨,说话的语气也带着三分狠戾、七分尖锐,她没好气地大声嚷嚷:"真不知道皇兄到底在想些什么,当初不但放了徐紫月一条生路,现在还由着她作为谈判代表,到咱们眼皮子底下来耀武扬威。你被骗去北漠的那段时间,这个坏女人顶替你的模样和名字,不知占了皇兄多少便宜。换作我,早一顿鞭子好好伺候她了,再不济,也要送她两筐巴豆,拉得她后悔来这世上走一遭……"

拉拉杂杂骂了半晌,轩辕灵儿才发现洛千凰不知何时已经停止了磨药的动作,整个人像是陷入了某种沉思。

她忍不住伸出食指,在洛千凰面前晃了晃:"小千,你脸色如此苍白,是不是身体不舒服?来来来,我帮你把把脉,看看你患了什么病。"

说罢,就要去拉洛千凰的手,及时醒过神的洛千凰笑着躲开:"傻灵儿,难道你忘了,我自己也是个大夫,身体若真出什么毛病,岂会隐瞒不说?放心吧,我无碍的,就是这几日睡得有些不太踏实,总是会在夜里惊醒,所以脸色看起来才苍白了一些。等回头我给自己开几服助眠的方子,服用几天就好。"

说完,她继续低头,去摆弄手中正在磨制的草药。

洛千凰没有告诉轩辕灵儿,一连数日,她都会梦到同一个梦境。

梦里,她就像一个残忍的刽子手,召唤百兽,对世人展开无情的厮杀。

那些死于野兽之口的，竟也包括眼前这个一门心思担忧自己身体安危的轩辕灵儿。

看着替自己打抱不平、声讨徐紫月种种卑劣事迹的轩辕灵儿，不知为何，洛千凰的心底竟对她生出几分愧意。

虽然那只是一个梦境，可是在她的梦里，如此率真活泼的好友，竟然会死得那么凄惨。

思及此，她眼眶微湿，一滴泪水竟不受控制地落了下来。

这可把轩辕灵儿吓了一跳，手忙脚乱道："小千，你这是怎么啦？好端端的居然哭了，我也没说什么呀……"

洛千凰这才意识到自己的失态，忙用衣袖擦去眼角的泪痕，强颜欢笑道："没事，我不是因为你说了什么伤心难过，就是想到自己之前做的梦，心里有些发堵罢了。"

轩辕灵儿忙问："你究竟梦到了什么？"

"我……"

话到嘴边，洛千凰又不知道如何开口。难道她要告诉灵儿，在她梦境里，身边所有的亲戚朋友，全都被她所害？这种画面只要想想都会让她觉得可怕，她怎么可能会做出那么丧尽天良的事情？

这几天，她一直安慰自己那只是一个梦，梦中所有的一切都是反着来的。

可是每天晚上都会做这个梦，让洛千凰不禁怀疑，是不是真有什么不好的事情即将发生，每晚出现在她梦中的画面，是在提醒她未来可能会遭遇到的一切？

不不不！

她迅速打断自己这种荒谬的想法，自欺欺人地对眼巴巴看着自己等待答案的轩辕灵儿道："都是一些乱七八糟的画面，我就记得梦里遇到了可怕的事情，每天晚上都会被噩梦惊醒，记忆中的片段与身边的人有关，这些人中，当然也包括你。所以一时情恸，才无意中哭了出来。"

轩辕灵儿哈哈大笑两声，亲昵地拉住洛千凰的手，安慰道："我当是什么事，原来只是一场梦啊！没事没事，梦都是假的，你梦到的事情越可怕，那些可怕的事情便越是会远离你。不过你脸色差成这个样子，需要尽快调养一番，可千万别毁了自己的身体。至于徐紫月的事情，你不要担心，听连城说，皇兄对她的态度很强硬，她想在皇兄面前兴风作浪，可没那么容易。"

洛千凰这才将思绪转移到徐紫月身上，好奇地问："徐紫月怎么突然就成了使者，代表光禄侯来京城谈判了？"

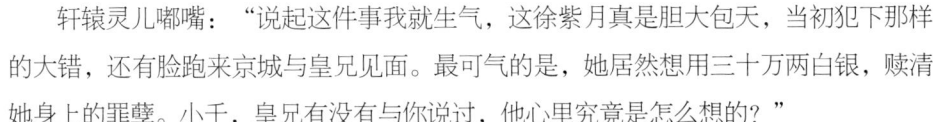

轩辕灵儿嘟嘴："说起这件事我就生气，这徐紫月真是胆大包天，当初犯下那样的大错，还有脸跑来京城与皇兄见面。最可气的是，她居然想用三十万两白银，赎清她身上的罪孽。小千，皇兄有没有与你说过，他心里究竟是怎么想的？"

洛千凰一脸茫然，低声道："若非你今日与我提及此事，我连徐紫月已经进京一事都不曾得知。"

此时的洛千凰，心底憋着一种说不出来的委屈。徐紫月进京这件事，她真的是毫不知情。

这些天，轩辕尔桀一直像没事人一般早起上朝，傍晚回来，两人见面时所说的话题也都是一些生活上的寻常琐事，关于徐紫月，他只字未提，身边的宫人也是守口如瓶，佯装不知。

这种全世界都知道真相，唯独她被蒙在鼓里的感觉，让洛千凰很有一种被深深欺骗的无助感。

轩辕灵儿吃了一惊，不敢置信道："徐紫月三天前就抵达京城与皇兄谈判，这么大的事情，皇兄怎么没与你说？"

洛千凰尴尬地笑了笑："我想，他近日可能政务太忙，没顾得上跟我提及此事吧。"

心里虽然不舒服，当着灵儿的面，却不好表现出来。

轩辕灵儿摆明不接受这个解释，高声嚷道："开什么玩笑？这么重要的事情，皇兄应该在第一时间便告知于你。他瞒了你整整三天，该不会是心里有鬼，不敢说吧？"

在感情方面，轩辕灵儿一直都是力挺洛千凰的。小千是她最好的朋友，就算轩辕尔桀是与她从小一起长大的兄长，可若是做了对不起小千的事情，她绝对会站在好友这边，替小千鸣不平。

身为女子，她对朝廷的事情不感兴趣。但眼下这件事涉及徐紫月，徐紫月当初又做过不少伤害小千的事情。要不是贺连城从中拦着，她早就冲到徐紫月面前，狠狠地将她收拾一番了。

见洛千凰一副被自己戳到痛处的模样，轩辕灵儿方才意识到自己多嘴说错话。

皇兄没打算将徐紫月进京的事情告知小千，定是有难言的苦衷。此时这件事被自己捅破，没准儿会因此破坏皇兄在小千心中的形象。

于是，轩辕灵儿赶紧为自己打圆场，安慰道："哎呀，小千，我这个人向来口无遮拦，喜欢胡说八道，皇兄一直没有将实情告知于你，说不定真如你所说，是因为政务繁忙。你且放宽心，不管徐紫月带着什么目的来到京城，她都不会在皇兄面前占半点儿便宜。"

劝了半响，为了避免皇兄回龙御宫将自己泄密的行为抓个正着，轩辕灵儿随便找了一个借口，便急匆匆地溜之大吉。

听连城说，皇兄最近心情很差，她可不想撞到皇兄气头上招惹对方不快。

轩辕灵儿一走，洛千凰的心情彻底跌至谷底。

她嘴上替轩辕尔桀找着借口，心底又怎会对徐紫月来访京城一事毫不在意？

每每想到徐紫月，都会勾起她被迫成为宫女玲珑时的那段记忆。

有口不能说，有苦无处诉，只能眼睁睁看着父母亲人将一个完全不是自己的替代品视为掌上明珠般宠爱。

她不是圣人，若说不恨那是自欺欺人。只要徐紫月识趣一些远离她的生活，她可以蒙蔽自己，当这个人完全不存在。

可是现在，曾经害得她生不如死的徐紫月，竟然明目张胆地来到京城，甚至耀武扬威地试图用三十万两白银来赎清她身上的罪过。

带着这种负面情绪，傍晚，当轩辕尔桀忙完公事回到龙御宫时，洛千凰一改往日的和颜悦色，直接问道："听说徐紫月来了？"

正在换衣裳的轩辕尔桀闻言一怔，见洛千凰脸色不郁，他瞬间看懂了她的心思。

他稍稍整理了一下新换的衣袍，走到洛千凰身边坐下，一只手臂轻轻搭在她的肩膀上，柔声问道："是不是灵儿那个丫头又在你面前多嘴了？"

洛千凰见他没有否认，声音有些拔高道："这么说，徐紫月真的来了？"

轩辕尔桀点头："朕之所以没有将此事告诉你，是不想破坏你的好心情。等朕想出一个最佳的解决对策，就赶她出京，不会再给她踏入京城的机会。"

在轩辕尔桀看来，解决掉徐紫月只是小菜一碟，他不希望因为这些不相干的人，给洛洛带来不好的影响。

所以，他最近一直在与朝中几个心腹商讨解决之道，只要双方谈妥条件，他就会立刻下旨，让徐紫月离开京城。

本以为简单解释几句，便会得到洛洛的认可，没想到洛千凰并不买他的账，冷声质问："任何人都可以作为使者进京谈判，为何要选徐紫月？"

轩辕尔桀满脸无辜："朕也是待她进京之后，才知道谈判使者居然是徐紫月。"

洛千凰步步紧逼："那你为何不在徐紫月来京的第一时间将此事告知于我？"

直到这时，轩辕尔桀才察觉出她语气中的不善，忍不住问道："洛洛，你是在生朕的气？"

洛千凰轻轻拨开他搭在自己肩膀上的手臂，一本正经道："其他事你可以对我有所隐瞒，涉及徐紫月，就不能这么蒙混过去。我与她之间的恩怨，不是区区三十万两白银便可以轻易解决的。她欠我的，是一条命！"

最后几个字，她说得极狠，语气中尽是对徐紫月的不满和怨怼。

轩辕尔桀也一改之前的心平气和，严厉道："朕不知你究竟从谁口中听到了这些是是非非，所谓三十万两的交换条件，在朕这里并未通过。"

"既如此，你又何必对我隐瞒？"

"朕隐瞒你，是不想让你多想。"

洛千凰冷笑："若真怕我多想，就该光明正大地将徐紫月的事情坦白地告知于我。"

轩辕尔桀气上心头："就因为这么一件小事，你便要对朕问责？"

洛千凰的火气比他还大："这是小事吗？对我来说，徐紫月就是与我不共戴天的仇人。若非为了皇家的利益，我恨不能手刃此人，以解心头之恨！"

此刻，洛千凰心中戾气极甚。这种戾气就像火焰，不断地在心底蔓延，灼烧着她的理智。

她很想控制自己的脾气，可冥冥之中就像有什么魔力在牵引着她的思绪，让她根本没办法冷静地思考问题。

轩辕尔桀并没有觉察到洛千凰极力抑制怒气的痛苦，他就像被人戳到了痛处，豁然起身，厉声道："说一千道一万，你就是对朕当日削夺光禄侯兵权来换取徐紫月性命一事感到不满。好，朕承认这件事是朕有欠考虑，有负于你，是朕的错。你且放心，朕会在短时间内将此事解决，圆了你泄愤之心，给你一个满意的交代。"

说完，他重哼一声，拂袖离去。

当两道房门在自己面前重重合上，洛千凰才从那震天响的摔门声中恢复理智。

她揉了揉酸痛的眉心，一边难过于轩辕尔桀对她的态度，一边又懊恼自己为什么会说出那种负气之言。

那些话，并非出自她的本心，可当时的情绪根本不受她的控制。

那种感觉……就像当年亲眼看到关幽幽惨遭毒手，内心深处所迸发出来的暴戾和残酷。难道她要旧疾复发了吗？

第八十章 大婚后宴会再生

虽然洛千凰因为徐紫月的到来而纠结万分，甚至为了这个不速之客与轩辕尔桀陷入一场莫名的冷战，却不曾忽略事先答应别人的事情。

经过她连日以来的翻阅查询，终于从皇家藏书阁内寻到了一本不知是哪个朝代的神医撰写的医书，里面居然记载着关于鲛人一族的详细资料。

原来端木宇之所以在中了沼毒之后变得人不像人、鬼不像鬼，是因为鲛人后代身体里流的血液与普通人略有差异，正因为这不寻常的血液，与沼毒相遇，才引发病变，使得端木宇变成目前这般可怕的模样。

书写这本医书的神医，当年遇到了一个与端木宇一模一样的病人，这位神医医术高超，脾气怪异，专门喜欢研究世间的疑难杂症。

因此，他花费了长达四年的时间，经过上千次试验，终于将当年那个身中沼毒变成怪物的鲛人成功治愈，并在医书里，将治疗所需要的药材以及熬制和使用方法，做了一番细致的讲解和说明。

看来端木宇命不该绝，在这本医书的提示之下，洛千凰很顺利地研制出治疗端木宇的解药。

当她将二十粒黑色药丸递交到端木辰手中时，还不忘殷切叮嘱："这二十粒药丸一共是十天的药量，每天早晚各一粒。服药之前，切记要空腹，药入口中一个时辰之后方可进食饮水。另外，服药期间，不可以吃生冷辛辣之物，否则会影响药效。二十粒药丸全部吃完之后，需食素一年以上，方可彻底痊愈。"

端木辰珍而重之地将一只装满二十粒药丸的黑色锦盒接到手中，打开盒盖一看，里面工工整整摆放着二十粒色泽光鲜、如同拇指大小的黑色药丸。

盒盖开启的那一刻，一股沁人的药香扑鼻而来。

端木辰仔细端详了一段时间，便盖好盒盖，对洛千凰笑道："皇后娘娘能在这么短的时间内研制出解毒的药丸，倒真是帮了我们端木家族一个大忙。假以时日，端木宇病情痊愈，我定让他亲自来京城，跪谢娘娘的救命之恩。"

洛千凰连忙摆手，客气道："不必如此，能够帮人渡过生死大劫，这是每个医者的愿望。况且端木公子此番来京，送了那么多昂贵的礼物，真要说谢，也是我们夫妻谢端木公子才是。"

此时两人所处的地方，是皇宫中专门接见贵客的昭阳殿。

端木辰进宫的时候，身边并没有随从。洛千凰倒是将月蓉和月眉两个婢女带在身边，以免有心之人得知她和端木辰单独见面，会说闲话。

轩辕尔桀曾数次警告她，在没有必要的情况下，不要和端木辰有任何接触。

洛千凰好不容易将解药研制出来，本可以派人将药丸转交端木辰，又担心代交的人说不明白这二十粒药丸的使用方法，这才亲自出面，详细地将药丸的成分，以及服用方法，当着端木辰本人的面告知于他。

当端木辰从她叙述的药名中听到有几味药材竟然是无价之宝，他诧异道："据医书记载，仙灵草、七日霜这两味草药应该早在数年前就已经消失于世间。像这种有价无市的稀世珍宝，皇后是怎么取得的？"

洛千凰没想到他对药材竟有这样的研究，笑着回道："仙灵草、七日霜这两味药并非消失，而是生长在一些极险之地难以采摘。所以日子久了，才会被人误以为在世间消失。当年我还未嫁进皇宫之前，曾在百草村生活了一段时间。百草村的气候和土壤，非常适合各种名贵药材的生长。住在百草村的那段时间，我收集了不少稀有药材，这里面正好有仙灵草和七日霜。药虽珍贵，真正用得上的机会却并不多。因为这两味药药性太猛，若药量掌握不好，反而会适得其反。"

说到这里，洛千凰忍不住好奇："端木公子似乎对药材颇为了解。"

端木辰动作优雅地啜了口浓茶，不疾不徐地回道："了解倒是谈不上，只是略懂皮毛，听说过一些较为珍贵的药名罢了。毕竟家母当年出身医道，自幼从她那里学了一些简单的医术。无奈家母红颜薄命，在我十岁的时候便香消玉殒。"

提到自己过世的母亲，端木辰的眼底闪过一抹不易察觉的悲伤。

洛千凰连忙劝道："生死有命，富贵在天，端木公子也不要为此太过难过。"

很快便恢复过来的端木辰淡淡一笑："事情过去那么久，我已经没事了。人生在世，要活在当下，无止境地记怀过去，只会让自己活得更加辛苦。"

洛千凰颇为认同地点了点头："端木公子能看开一切，倒不失为一个率性之人。"

端木辰未再应声，而是端着描金的青瓷茶杯，有一口没一口地喝着杯中的茶水。

昭阳殿的气氛一时间冷却下来，就在洛千凰试着找借口结束此番会谈时，端木辰忽然抬头看了她一眼："皇后近日气色不好，是不是身体不适，患了隐疾？"

洛千凰下意识地摸了摸自己的脸颊，最近已经有好几个人看出她脸色不好，看来连日来做的那几场噩梦，确实给她的身体带来了负面影响。

她僵硬地笑了笑，胡乱地解释："大概是最近事情太多，每天忙忙碌碌，夜里休息得不好，才会影响到身体吧。倒也无碍，回头熬些助眠的汤药，服用几服，便可见效。"

端木辰了然地点了点头，复又说道："我一直忘了提醒皇后，之前送给你的那颗黑珍珠之所以被我们端木家族视为传族之宝，不仅仅是因为那么大颗的黑珍珠乃世间少有，还因为它有一个特殊的功效，一旦认主，便会在某种特定的情况下，给拥有它的主人带来提醒和警示。"

洛千凰闻言一惊，忙道："端木公子此言何意？"

端木辰也没隐瞒，耐心解释："据说那颗黑珍珠是我们端木家一位先祖从一位隐世高人手中得到的宝物，这个宝物经过炼化，拥有一种神奇的能力，便是能通过梦境提醒它的主人，将来可能会发生的变故和灾难。端木家族能够存世百年，这颗黑珍珠绝对功不可没。"

洛千凰一边震惊于他的回答，一边又忍不住问道："既……既然这枚珍珠拥有这般神奇的能力，端木公子贸然将它赠送于我，会不会影响端木家族？"

端木辰笑着摇头："那倒不会。端木家拥有的至宝不计其数，这颗黑珍珠只是这些宝物中的一件。之前一直没有提及此事，着实是疏忽大意，忘了而已。希望现在才将真相告知皇后，还为时不晚。"

洛千凰的心中此时已经百感交集。

假如她之前的梦境真的是那颗黑珍珠给她的预示，那是不是意味着，梦中的画面，在不久的将来会真实地发生在她身上？想到那充满血腥与暴力的场面，洛千凰胆寒的同时，也对自己的未来充满迷茫。

端木辰不禁询问："娘娘近日是不是梦到了什么不好的事情？"

洛千凰猛然回神，看着端木辰关切的目光，她下意识地摇了摇头，否认道："没有。"

第八十章 大婚后误会再生

端木辰也没再追问,微笑道:"没有便好,皇后这样帮我,我自然是希望皇后与皇上能够长长久久,百年好合。今日能拿到皇后亲自赠送的解药,我也该就此告辞,启程出京了。"

洛千凰这才从思绪中回过神:"你要离开?"

端木辰点头:"已经在此叨扰多日,也是时候离开这里,回到属于自己的领地。皇上那边我已经提前告知,待我定好启程之日,便会正式向皇上皇后辞行。"

这一刻,洛千凰忽然有很多问题想要询问。

她想问,近日来连续骚扰她的梦境,真的是那颗黑珍珠给予她的某种提示?抑或是,预知到了未来可能会发生的不幸,那能不能找到方法予以解决?

此时洛千凰的心中乱作一团,既想问,又不敢问,这种纠结又躁郁的心情,让她一时之间对自己的前程充满迷惘。

端木辰像是没察觉出她的异样,忽然说了一个在洛千凰听来很奇怪的话题:"你身上有很多特点,与她十分相似。当然,有一样的地方,自然就有不一样的地方。假如她也像你这般善解人意,我与她之间也不会闹到今天这步田地。"

洛千凰一脸茫然:"端木公子口中所说的她,是谁啊?"

端木辰目光专注地看着她,良久,才悠悠说道:"她是我这一生唯一放不下、离不开、舍不得、弃不掉的稀世珍宝。"

这一刻,洛千凰从端木辰的脸上看到了一抹执着与深情。

她忽然想起,当日在接风宴上,端木辰好像亲口说过,他有一个喜欢的姑娘,却因为一些误会与矛盾,对方始终不肯嫁给他。

像端木辰这样完美无缺的男子,如此深爱着一个姑娘,竟被对方嫌弃远离,要么是端木辰对人家做了无法饶恕的事,要么就是那个姑娘根本不喜欢端木辰,对他毫无感觉。

不管是哪种,一旦被端木辰这样城府极深的男人缠上,她几乎可以预知,那个姑娘注定无法逃脱他的手掌。

无论真相如何,都与她的生活无关,她不想趁这个时机去打听人家的隐私,犯了人家的忌讳。

所以,洛千凰诚心说道:"端木公子这般执着,上天定不会辜负你的一片真情。"

端木辰的嘴边忽然勾出一个诡异的弧度,回道:"承你吉言。"

一路回到休息的地方，洛千凰心底始终难以平复。满脑子想的都是端木辰无意中说出来的那个关于黑珍珠的秘密。

在端木辰看来，他只是不小心忘了黑珍珠的天赋没有及时提醒；对她来说，黑珍珠拥有的预警功能却完全在她的意料之外。

"娘娘，您这几天脸色一直很差，是不是心情不好导致肝火太旺？"

月眉是墨红鸾亲自调教出来的婢女，不但头脑精明、办事利落，在医术方面也精通一二。

昨天皇上和皇后在屋内发生争吵的时候，她和月蓉就候在门外，将里面的争吵声听得一清二楚。

在月眉、月蓉两个婢女的印象中，洛千凰一直是一个性情温顺、脾气极好的女子，绝不可能因为鸡毛蒜皮的小事与他人斤斤计较。

虽然徐紫月这号人物的出现扰乱了京城原本的宁静，以她们对自家主子的了解，绝不会不问缘由地与皇上发生那样的争执。

时至今日，月眉才隐隐发现，主子的脸色白中显黄，明显是肝火太旺导致的郁结成疾。

肝火旺的人遇到烦心事点火即着，连自己都控制不了，月眉很担心，再这样下去，主子早晚会因克制不住自己的脾气，与皇上闹得不可开交。

洛千凰坐在铜镜前，看着自己镜中的模样。

镜子里的女子虽然拥有年轻的皮囊、精致的容颜、完美的妆容，却与记忆中乐观爱笑的自己判若两人，再不复从前的单纯与美好。

从何时起，她竟然从无忧无虑的少女，变成了一个深闺怨妇？

这副愁容，别说他人，就连她本人都对自己深恶痛绝。

月眉见主子久久没有回应自己，忍不住问道："娘娘是不是还在为那个徐紫月心情不快？"

听到"徐紫月"这三个字，洛千凰在恍惚之间有了些许反应。

她侧头看了月眉一眼，就听月眉说道："娘娘不必担心，据奴婢打听，皇上非但没有答应徐紫月提出的荒谬要求，还在谈判的过程中对其冷言相对。并在谈判失败后，将徐紫月安排到宫中一处极其偏僻的宫殿暂时落脚。皇上还下令，未经允许，不准徐紫月踏出那里一步。皇上如此苛待徐紫月，娘娘完全不必担心她会给娘娘的生活带来影响。"

第八十章 大婚后误会再生

洛千凰对徐紫月目前的下落还真不了解，此时听月眉一说，才知道徐紫月居然就住在皇宫。

她心底颇为反感，可想到自己昨天无缘无故和轩辕尔桀大发脾气，也意识到是她情绪不稳，反应过激，才会出口伤人，说了许多不该说的话。

她怎么可能会不知道自己的夫君是何样人品？假如轩辕尔桀真是那种为了利益便出卖彼此感情的伪君子，当初她也不会义无反顾地嫁给他。

至于近日的心情为何会变得这么暴戾，她想，应该和连日以来不佳的睡眠情况有很大关系。

睡眠不好，伤肝动气，但凡懂些医术的，都深知其中的危害。

不经意间，洛千凰看到摆放在床边的那两枚一大一小的黑珍珠。

说实话，这两颗珍珠真的很美。

纯粹的黑色，表面光滑莹润，散发着幽深的光芒，每次入眼，都会让人不由自主地沉浸在它们的美感中。

尤其是端木辰送给她的那一颗，又大又圆，仿若造物主笔下最成功的杰作。

谁能想到，这么一个小巧的东西，居然还有如此神奇的天赋。

回想之前她每次入梦，入梦前都会来来回回将黑珍珠当成稀罕玩意拿在手中不停地把玩。

这颗珍珠就像拥有某种神奇的魔力，越是观赏，便越是能够从中感受到某种神秘和奥妙。

然后，她就会不受控制地进入梦境，闯进一个既血腥又残暴的黑暗世界。

幸亏轩辕尔桀对珍珠这种东西不感兴趣，多数情况下连看都懒得多看一眼，不然，她不敢保证那些可怕的画面，会不会也闯进他的梦境。

思及此，她忙不迭将两颗珍珠塞进妆奁，生怕这可怕的玩意儿也会将别人带入噩梦。

想了想，她又有些不太放心，将收进妆奁的珍珠重新取出，在月眉极度不解的目光中，将两颗珍珠塞到紫檀衣柜的最底处。

月眉满脸疑惑，不禁询问："娘娘，您平日里最喜欢将这两颗珠子当成宝贝一样在手中把玩，今儿怎么忽然将它们塞到柜子里？"

洛千凰随口解释："这珠子是端木家族的传家之宝，其价值自然无可估量，万一不小心被我弄丢了，难免会伤到朝廷与端木家族的和气，唯有妥善保管，才能放心。

月眉,你且记得,从今日起,没有我的吩咐,绝对不可以将这两颗珠子拿出来给人看,尤其不准给皇上看。"

月眉忍笑:"难道娘娘还怕皇上夺走了您的心头所爱不成?"

昨日她和月蓉虽然陪主子一同去昭阳殿与端木公子见了一面,但当时她和月蓉被安置在殿外守候,并没有听到主子和端木公子之间的对话,因此对黑珍珠隐藏的秘密毫不知情。

洛千凰没跟月眉解释太多,也不想让其他人知晓这颗珠子的奥秘。

不管黑珍珠预测未来一事是真是假,在那场悲剧没有发生之前,她得尽快想到办法解决此事。

好在月眉没有继续询问下去的迹象,待洛千凰将两颗珍珠收拾妥当,她转身对月眉吩咐:"你去告诉小厨房,多准备几道皇上爱吃的饭菜,再将酿制在地窖中的梨花白取出一坛给皇上享用,他最喜欢梨花白的醇香。还有,各种水果点心也要预备一些,再用我之前教给你的方法熬些蔬菜汤当配菜……"

杂七杂八吩咐了一通,洛千凰又有些担心道:"不知皇上书案上的折子多不多,万一他回来太晚,做好的饭菜还要再热一番。你干脆让人去御书房那边问问小福子公公,看看皇上大概几时可以回宫。"

月眉笑道:"娘娘这是干什么?凭皇上对您的感情,无须做这些讨好之事,只要您亲自去御书房走一趟,还怕皇上会将您拒之门外?"

月眉岂会不知主子的用意,昨天说了那么多伤人之言,此时怕是后悔莫及,想要有所弥补吧。

洛千凰俏脸微红,小声呢喃:"御书房是谈论朝政大事的地方,我一个女人家,随随便便出现在那里,被人得知难免要说些闲话。总之,你按我的要求去做便是。"

月眉忙应声道:"娘娘放心,奴婢定会将您交代的事情办得妥妥当当。"

傍晚,轩辕尔桀拖着疲惫的身体回到龙御宫,就看到桌上摆满了丰盛的美食,定睛一看,居然全都是他平日里爱吃的东西。

美食的出现,让他压抑的心情略有好转。

当他看到娉娉婷婷向自己走过来的洛千凰,一改嫁人之后的华丽装扮,取而代之的是两人未成亲前的朴素穿着,他仿佛被拉回到很久以前。

简单的头钗、淡雅的衣着,没有任何粉饰装扮的洛千凰,就如同记忆中那个不染世俗的纯净少女，正笑意盈盈地向自己走来。

这样纯粹而又素雅的洛千凰，不但勾起轩辕尔桀对往事的诸多回忆，还让他心跳加速，一时忘了自己身在何处。

"朝阳哥哥……"

软糯娇脆的嗓音在耳边响起时，轩辕尔桀的理智彻底沦陷了。

他一扫之前压在心底的郁结，不敢置信道："洛洛，你今天怎么……"

身穿一袭月白色长裙的洛千凰笑提着裙摆，笑眯眯地在他面前转了一个圈："我好看吗？"

轩辕尔桀点头，傻傻地回道："好看！"

洛千凰像个得到大人赞扬的小孩子，"咯咯咯"地笑了几声，这才亲昵地抱住他的手臂，将他拉坐在餐桌前："自从我俩成亲到现在，接二连三发生各种变故，以至于彼此误会重重，生出不少嫌隙。昨天我在气极之下说了许多难听的话，如今回想起来，的确是我过于任性了。朝阳哥哥，我知道你有你的立场和苦衷，当初处理徐紫月的时候，不得不为了大局考虑。假如我们身份对换，我可能会做出与你一样的选择。在其位，谋其事，这是每个当权者不可避免的行事准则。我若为了满足自己的私欲逼迫你做不愿意做的事情，便是我心胸狭窄，没有度量了。"

她开口就向自己道歉的行为，让轩辕尔桀有些受宠若惊。

洛洛并非不讲道理的姑娘，能在徐紫月欺负到她头上的情况下说出这番理智之言，倒真让他对她刮目相看。

他一直都不否认，徐紫月这件事他处理得不够干净利落，所以才让洛洛陷入尴尬的境地，不得不眼睁睁看着自己的仇人大摇大摆地踏进京城。

说实话，昨天负气离开之后，他也很后悔。

身为夫君，没有在妻子受委屈的时候柔声安慰，反而怒言相向，甚至摔门而走，这要是让逍遥叔叔……呃不，让他岳丈知道，还不一把火把他的御书房烧个干净？

可是身为皇帝，他又拉不下脸面找她认错，只能憋着那股不甘，故意摆出高冷的姿态来维持自己的尊严。

憋了一整天，轩辕尔桀终于按捺不住对洛洛的想念，这才急不可耐地完成手边的政务，迫不及待地赶回龙御宫，想随便寻个借口，给自己找个台阶下。

结果借口没找着，一进门，洛洛就给他这样一个天大的惊喜，甚至说出这样一番暖心之言，着实让轩辕尔桀感动万分。

他亲昵地拉住洛千凰的手腕，语带宠溺道："傻洛洛，你怎么能如此妄自菲薄？你讨厌徐紫月，这是天经地义的事情，谁规定坐上皇后之位，就要大度从容，不与任何人斤斤计较？徐紫月当初做了对不起你的事情，被你怨恨也在情理之中。和母后相比，你在这方面表现得已经非常大度了。"

拿自家母后和媳妇相比，轩辕尔桀也是很拼了，不过，他并没有乱说，凤九卿绝对是个厉害又刁蛮的女人，任何人想在她面前占便宜，等于是自寻死路。

他知道这样评价自己的娘亲有些不太厚道，可如果他媳妇也像母后那般睚眦必报，估计没等徐紫月踏进京城，便已经身首异处，死在途中了。

没有比较就没有伤害，他越发觉得洛洛哪点都好，简直胜过母后千万倍。

身在远方的凤九卿猛地打了个喷嚏，揉了揉发痒的鼻子，喃喃道："哪个胆大包天之人敢在我背后说三道四？"

轩辕容锦听到此言，忙上前询问："九卿，你哪里不舒服？"

凤九卿摆了摆手："没事，就是耳朵烫烫的，鼻子痒痒的，一直很想打喷嚏，不知道是不是有人在背后说我闲话。"

轩辕容锦俊脸微沉："敢说你坏话，怕是活得不耐烦了吧……"

而此时活得不耐烦的轩辕尔桀可没多余工夫理会远在他乡的爹娘心底有多不痛快，自从洛洛对他掏心挖肺，说了不少贴心话，他简直乐开了怀，心中充盈着满满的幸福感。

就连那个被他丢到不知哪个偏僻宫殿的徐紫月，都被他彻底忘到脑后。在这种飘飘然中，夫妻二人坐在一起，美美地享用了一顿丰盛大餐。

第二天，轩辕尔桀带着愉悦的心情去议政殿与大臣们商讨国是，从头到尾，他一直面带笑容，就连几个臣子在早朝的时候说错了话，他都和颜悦色，没有大发雷霆。

皇上如此反常的举动，令近日来连受低压威胁的大臣们惶惶不安。仿若乌云压顶，光禄侯那边的条件一天没谈妥，皇上的心情便一天不会见晴。

这几天，大臣们已经被皇上喜怒无常的态度吓得连大气都不敢喘，没想到一夜之后，皇上竟然神采奕奕，仿佛变了一个人。

难道说，皇上已经找到合理的解决之道？

早朝是在一种其乐融融的气氛中结束的，带着好心情赶往御书房批折子的轩辕尔桀，刚审完六份奏折，就从心腹口中得知一件令他郁结于心的事情，洛千凰和端木辰，昨天居然背着自己，在昭阳殿见了一面。

"他们两个怎么会单独见面？"

轩辕尔桀心里有些不快，如果洛洛和端木辰见面的时间是在昨天，为何昨晚他回宫的时候，并没有听洛洛提起？

负责汇报此事的属下老老实实地摇了摇头："属下只知道昨天晌午时分，娘娘与端木公子在昭阳殿约见一面，具体说了什么，属下并不知晓。从见面到分开，大概有一炷香的时间。"

这个汇报洛千凰行踪的下属，是轩辕尔桀身边的暗卫之一。

此人专门负责打探宫中动向，将发生在宫中的一些大小杂事汇总起来，按时向轩辕尔桀汇报。

身为上位者，必须时刻掌握宫中动向，只有这样，才能在突发状况之下找到应对措施。

洛千凰与端木辰会面，只是暗卫向皇上汇报的诸多事件中的一件。轩辕尔桀却将其他杂事放在一旁，只关注洛洛为何要与端木辰私下相见。

这个端木辰到底是怎么回事？洛洛已经嫁为人妻，居然还厚颜无耻地在自己不知道的情况下与当朝皇后私下见面。

还有洛千凰，他已经明令禁止她不要与端木辰有过多接触，就算接触，也要事先告知自己。

可她非但没有执行他的命令，还在见面之后多加隐瞒，难道两人之间真有什么不可告人的秘密，所以她才对他如此提防？

再一次从噩梦中醒来的洛千凰，对前一刻还浮现在眼前的画面印象极为深刻。

尸横遍野、鲜血直流，呈现在眼前的残酷景象仿若置身无间地狱。

醒来之后，洛千凰脸色惨白，满头大汗，任她如何劝告自己，刚刚所经历的一切不过是一场虚无的梦境，只要闭上眼，脑海中就会浮现出端木辰之前对她的提醒。

黑珍珠一旦认主，就会通过梦境，向主人传达未来会发生的变故。

她不知黑珍珠是否已经认她为主，她只知道，再这么无止境地被噩梦折磨下去，她一定会彻底疯掉。

在此之前，她曾试着服用一些安神的汤药促进睡眠，尝试的结果让她极为失望。

每天晚上侵入梦境的血腥画面非但没有减少，反而会随着内心的恐惧越来越深，沉浸在梦中的时间也越来越长。

在梦里，她哭泣呐喊、哀号尖叫，全世界的人都死了，却只剩她一个人孤零零地活着。

她害怕、恐惧，却无法逃脱噩梦的束缚。

她明明已经将黑珍珠藏到了衣柜的最底层，为什么梦境会如影随形，不肯放过她？

她摊开手掌，看着自己细嫩白皙的手指。梦中，她的五指被鲜血浸染，亲人朋友一个接一个地在她面前倒下。

她想改变梦中的一切，可是在梦境中，她却渺小无助，只能眼睁睁看着悲剧像死循环一样无数次在自己面前疯狂上演。

有朝一日，她难道真的会变成一个杀人的利器，为了一己私欲，将所有的至亲全部铲除？

不！

洛千凰拼命摆脱这种可怕的想法，她双手抱头，浑身瑟缩地躲在床尾。

此时外面烈日当空，而她的内心却被无尽的黑暗渐渐填满。

惨死在她面前的人有爹娘，有夫君和朋友，除此之外，还有那些在她生命垂危之际被她召唤的野兽大军。

她想不明白，集万千宠爱于一身的自己，怎么可能会变成一个冷血残暴的杀人恶魔？

难道说，那个已经被治愈的隐疾，在某种刺激下复发，从而让她失去了本性，变成了一个彻头彻尾的杀人狂？

思及此，深陷恐惧之中的洛千凰慢慢恢复了神志。

自从寻回失散的父母，旧疾便慢慢痊愈，她已经许久都未感受过那种痛彻心扉的恨意了。

他们都说她的"病"早已痊愈，就算受到刺激，也不会失去理智，伤害旁人。

可一次又一次闯进她梦中的血腥画面却仿佛在嘲笑她的无知和单纯，心底的魔鬼一旦被重新勾起，她就会变成一个残暴的刽子手，将所有她在乎的亲人朋友全部打入地狱。

洛千凰不敢再往下想，她急忙翻身下床，穿了一件有斗篷的黑袍，在月蓉和月眉毫不知情的情况下，施展轻功，偷偷从皇宫的后门翻了出去。

在宫里生活了一段时间，洛千凰对宫中的地形颇为了解。她知道什么时间守卫换班，也知道宫中有哪些地方疏于管理。

正因为她对宫中的情况有所了解，才会轻而易举地摆脱守卫们的追踪。

洛千凰的目的地不是别处，正是端木辰的临时落脚点——沁竹苑。

若非万不得已，她绝不会用这种方式与端木辰相见。

本以为来到沁竹苑，还要折腾好一番功夫才会见到端木辰本人，结果她刚到门前，想要伸手去拍门上的铜环，便有人从里面将两道朱漆的大门慢慢打开。

一个二十五六岁的男子冲洛千凰做了一个请的手势，不疾不徐道："主子有请！"

斗篷下的洛千凰抬起一双大眼，若有所思地看了看眼前这个低眉敛目的年轻男子。

此人名叫凌越，是端木辰身边备受信任的心腹之一。

凌越应该是认得她的，可当凌越看到出现在沁竹苑门口的洛千凰时，并没有揭穿她的身份，反而还摆出一副等候多时的姿态，恭恭敬敬地将她请了进去。

若在平时，洛千凰肯定要找凌越多问几句。

可此时她内心翻腾，惊慌不已，只想尽快见到端木辰，向他寻求解决之道。

所以，凌越将她请进府门时，她并没有丝毫犹豫，在凌越的带领之下，直接见到了端木辰。

像往常一样，端木辰依旧是锦服加身，风度翩翩。

他好像早就预料到洛千凰会到来，见她神色慌张地踏进房门，先是投给她一记安抚的笑容，复又亲手倒了一杯香茶，向她递了过去："这是安神茶，先喝一杯，安抚下情绪。"

洛千凰下意识地从他手中接过茶杯，杯中的茶水散发出淡淡的茶香，这股香气仿佛蕴含着某种神奇的魔力，抚平洛千凰紧绷的心弦。

她并没有太多犹豫，双手捧杯，将里面散发着些许药香味的茶水一饮而尽。

温热的茶水顺着喉咙流到胃里，她惊惶不定的心情算是得到了片刻的缓解。

端木辰冲她做了一个请的手势："有什么话，不妨坐下慢说。"

洛千凰坐下缓了好一会儿，才面带不解地问："你好像知道我今日会来？"

端木辰坐在她对面，冲她露出一记浅浅的笑容。

他没有立刻回答她的问题,而是反问了一句:"之前我们在昭阳殿见面的时候,你便有问题想要问我吧?既然你已经亲身来此,大家也不必再遮遮掩掩。有什么疑问,皇后尽管发问便是。"

洛千凰没想到他会这般直接,到口的话,竟然不知该如何说下去。

她很犹豫,要不要将梦中的画面转述给端木辰。

她也想过将最近发生在自己身上的这一连串变故告诉轩辕尔桀,又担心说了之后,非但得不到对方的认同,反而给她扣上"胡言乱语"的罪名。

就算在她苦口婆心的解释之下,轩辕尔桀最终相信她的梦境会变成现实,接下来呢?接下来她很有可能面临他的质疑和审判。

没有哪个上位者能够容忍一个人形杀器时刻在身边威胁着自己的性命,就算轩辕尔桀爱她如命,她也不敢保证在得知她有可能会颠覆天下的情况下,依然将她奉若珍宝。

所以她才在无计可施的情况下,冒冒失失地闯进沁竹苑,潜意识里有个声音仿佛在提醒她,这世上唯有端木辰,可以帮她渡过这个难关。

如此一番思量犹豫,洛千凰终于鼓起勇气,将近日来连续出现在她梦中的画面,如实转述给端木辰。

一口气说完,她忙不迭地问:"端木公子,既然你说黑珍珠是你们端木家族的传家之宝,族中的祖先也曾数次利用它逃脱灾难,这是不是意味着,只要做法得当,我其实是可以躲开即将发生的那场劫难?"

听完她的讲述,端木辰陷入一阵短暂的沉思。

他修长漂亮的手指有节奏地敲击着梨花木打造的桌面,发出一阵阵悦耳的声响。

片刻,他目光灼灼地看向洛千凰,轻声道:"解决的办法的确是有,不过,若真如你所说,梦中的你,变成了一个屠戮世间万物的人形杀器,即将降临在你身上的灾难会是毁灭性的。这种梦境的预示,与出门不小心摔个跟头性质不同。想要彻底解决此事,需要由端木家族的族长亲自设坛,连作六场灭灾法事,方有机会,帮你避开这场灾难。"

听说事情有了转机,洛千凰满脸雀跃道:"既如此,不知端木公子可愿帮我?"

端木辰微微一笑:"助人乃快乐之本,皇后已经亲求到我的头上,我岂有拒绝之理?不过……"

话锋一转,他又说道:"这六场灭灾法事,必须在我们端木家族的神庙里作才可成功。皇后若是不弃，待我离京之时，可以随我一同前行。"

"什么？"洛千凰大吃一惊，"我怎么可能与你同行？先不说我现在的身份已经是黑阙的皇后，就算我还没有嫁人，贸然与你去那么远的地方，也于理不合啊！另外，咱们相识以来，我好像连你住在哪里都不知道……不行不行，端木公子，咱们还是另寻一个法子吧？要不这样，你看作法需要哪些物品，你列个清单给我，我可以让人预先准备出来。到时，我会找一个合适的地点，助你完成六场法事……"

话未说完，就被端木辰打断："皇后，你的想法未免过于天真了。如果这件事能在其他地方解决，不必你开口，我自然会竭尽全力满足你的心愿。现在的难题不是作法的物品难以寻找，而是作法的地点必须选在端木家族的神庙里。神庙内拥有先祖留下来的法阵，只有借助法阵的力量，才能举行灭灾法事。换句话说，若非求到我面前的是曾经有恩于我堂弟的皇后娘娘，换作其他任何人，我是绝对不会多管这桩闲事的。眼前摆在你面前的只有两条路。要么留在京城，等待灾难降临；要么与我离京，随我去该去的地方。另外，友情提醒你一句，千万不要将这件事告诉你的皇帝夫君，若他知道你拥有颠覆天下苍生的可能，定会视你为毒蛇猛兽，再不容你于人世。"

"不会的！"洛千凰急忙替轩辕尔桀辩解，"朝阳哥哥并没有你说的那般薄情寡义。"

端木辰勾唇笑笑："他不薄情寡义，可他的臣子未必像他对你那般呵护纵容。身为帝王，你觉得他会为了一个可能会给朝廷和百姓带来灾难的女人，而与天下人为敌吗？"

端木辰的话犹如一盆冷水，狠狠泼在洛千凰的头上。

她原本还对轩辕尔桀充满信心，经端木辰这么一提醒，她瞬间醒悟。

轩辕尔桀会有多爱她呢？连曾经数次谋害自己的徐紫月都可以说放就放，在他眼里朝廷利益高于一切，他真的会为了保住她的性命，不惜与天下人为敌吗？

带着无比复杂的心情，她浑浑噩噩地回到皇宫。

还没等她从端木辰泼的冷水中回过神，迎面而来的，便是轩辕尔桀对她的厉声质问："你去了沁竹苑？"

劈头盖脸的质问，令洛千凰一时陷入迷茫。

这才发现，本不该在这个时候出现在龙御宫的轩辕尔桀，不但比平时早回来几个时辰，还一脸狂怒，一副风雨欲来的声讨架势。

看来，她私自出宫的行为严重触犯了他的底线，她一边心虚自己的行为，一边口齿不清地解释："你……你别误会，我找端木公子，主要是谈一谈端木宇的病情。你也知道，他之前求我帮端木宇解毒，我……"

"够了！"轩辕尔桀厉声打断她的话，一把扯住她的手腕，恨声道，"那天你与他在昭阳殿私下约见，不是已经将端木宇的解药交给他了？"

凭轩辕尔桀的能力，想要调查宫中的消息并非难事。

从暗卫口中得知洛千凰和端木辰在昭阳殿见面时，他便隐隐猜到，端木宇的解药十之八九有了着落。

事后从月蓉和月眉两个婢女口中问出，她们的主子确实研制出解药，并亲手将解药交给了端木辰。

虽然心底压着火，轩辕尔桀到底没有发作，反正端木辰也要走了，他没必要在这个节骨眼上与对方发生争执。

本以为事情就这样结束，没想到洛千凰竟胆大包天到主动溜出皇宫，单独跑到沁竹苑去找端木辰。

"你和端木辰究竟是什么关系？为什么要背着朕，三番五次与此人私下接触？你今天去沁竹苑，究竟所为何事？"

一声重似一声的询问，令洛千凰彻底傻眼，她甩开他的手，忍不住为自己辩解："你难道怀疑我和端木辰私相授受？"

这个怀疑，让洛千凰倍感屈辱。虽然她知道自己未经他的允许便跑去约见端木辰的行为有些不妥，但她对轩辕尔桀心意如何，全天下的人都有目共睹。

她再如何糊涂，又岂会为了端木辰这个外人，与自己心爱的夫君离心离德？

真正让她愤怒的不是轩辕尔桀对她大发雷霆，而是他对她人品的质疑。

轩辕尔桀比她还气，反唇相讥道："若非如此，你倒是告诉朕，为什么要私自出宫，偷偷跑去沁竹苑？"

"我……"

话刚至嘴边，就被洛千凰硬生生咽了回去。

这要她怎么回答？

实话实说，只会给自己带来更大的灾难。不说实话，又会被他误会自己心猿意马。

这种进退两难的局面，让洛千凰不知该如何是好，最后只能垂下眼睑，咬牙回道:"不管你信与不信,我都问心无愧!"

轩辕尔桀冷笑:"好!好你个问心无愧!若你当真问心无愧,为何不敢正面回答朕的问题?"

"我不回答,不代表我心中有鬼!"

"心中无鬼,你就对朕实话实说!"

洛千凰再次低头,用无言的沉默与他对抗。

轩辕尔桀气得挥手将桌上的东西扫落在地,指着洛千凰的鼻子道:"你好样的!"

放下狠话,他气得拂袖离去。

第八十一章 受刺激旧疾复发

洛千凰进退两难的同时，轩辕尔桀的处境也没有比她好到哪里。

与徐紫月之间的谈判一直没有进展，加之外省有几个地方居然出现了流寇作案，害得不少无辜百姓难以安居乐业。轩辕尔桀一边忙着应对时刻都要举兵造反的光禄侯，一边又要派人解决那些不安分的流寇。

一桩桩麻烦事接踵而至，他还在这种关键时刻与洛千凰陷入冷战的僵持。

是的！

有史以来，轩辕尔桀第一次对洛千凰如此不满。

两人成亲之前，虽然也因为鸡毛蒜皮的小事起过争端，却从未像现在这般，让他难以忍受。

在轩辕尔桀的印象中，洛千凰一直是通情达理、性情温顺的小姑娘。就算偶尔闹脾气，也都是一些不痛不痒的小矛盾。

这次的事情让轩辕尔桀实在难以容忍，他已经无数次从端木辰身上发现了疑点，这家伙表面打着来黑阙祝贺自己大婚的名头，实际却对洛千凰心存不轨。

"皇上，事情没问清之前便贸然得出这样的定论，未免有些操之过急。"

作为发小，贺连城有时候特别无奈。好友在治国上的天赋独一无二，偏偏一遇到感情难题，就会退化成幼龄稚童，稍有风吹草动，便会陷入紧张，无法冷静地分析问题。

在贺连城看来，洛千凰并非朝三暮四的姑娘。

就算端木辰各方面的条件都十分优秀，她也不至于放着轩辕尔桀这个皇帝夫君不顾，非要跟端木辰搞地下情。

好在御书房内除了君臣之外并无他人，轩辕尔桀也就不再掩饰内心所想，迫不及待地说出自己的猜测："洛洛和端木辰之间肯定有什么不可告人的秘密，不然，她为何要背着朕，偷偷溜出皇宫，跑去沁竹苑找端木辰私下会面？连城，朕知道你一番苦心，不愿看到朕与洛洛之间发生矛盾。但这件事对朕来说至关重要，她是朕明媒正娶的妻子，凭什么要与别的男人互通往来？"

贺连城好言相劝："听灵儿说，皇后这几日一直在帮那个身中沼毒的端木宇配制解药，说不定皇后与端木辰私下见面，是为了商讨端木宇的病情。"

轩辕尔桀冷笑："如果真的是为了端木宇，她完全可以将真相告知于朕。可当朕问她为何要擅自离宫去沁竹苑，她给朕的回答居然是难以奉告。"

每次想到洛千凰拒不回答自己疑问的画面，轩辕尔桀的内心都会被满腔怒气取代。

作为男人，他自认为已经非常大度了。

从来都不用夫君和帝王的身份限制妻子的自由，只要在尚能容忍的情况下，无论她想做什么，他都会给她最大的支持。

他想要的是像父皇母后那样的感情，虽身处皇家，却像普通夫妻一般恩爱甜蜜，相互扶持。

就算无数次看出端木辰心怀鬼胎，动机不纯，他都极力忍耐，尽可能不让自己的多疑影响到他和洛洛好不容易建立起来的感情。

结果，他的容忍和谦让，非但没有换来洛千凰的感激，她反而还得寸进尺地胆敢在他毫不知情的情况下，与不相干的男人私下来往。

贺连城岂会看不出轩辕尔桀心底的愤恨？他担心好友会在急怒之下做出让自己后悔的事情，便继续劝道："皇后不肯将真相告知，定是有她的难处和苦衷。皇上与皇后相识甚久，她是什么样的女子，难道皇上还不清楚吗？"

轩辕尔桀气得咬牙："人心都是会变的。"

贺连城摇头："臣相信皇后的人品。"

轩辕尔桀怒道："朕与她已经结为夫妻，她若有什么难言的苦衷，为何不肯告知于朕，偏要找端木辰那个不相干的人私下见面？比起端木辰，朕难道就那么不可靠？"

贺连城亲自倒了一杯茶，递到怒不可遏的轩辕尔桀面前："皇上先别气了，喝口茶压压火气，等回府，我和灵儿聊一聊。灵儿与皇后情同姐妹，实在不行，让灵儿进宫问问皇后，是不是近日遇到了难题，有什么难言之隐，不便与皇上坦言相对。"

在贺连城的劝说之下，轩辕尔桀只能暂时作罢。

按照本心，他也知道洛千凰的人品没得挑剔，他只是不放心端木辰，担心这只狐狸会暗地里给洛洛灌迷汤。

洛千凰单纯善良，柔弱好骗。若端木辰真的对洛千凰图谋不轨，随便几个小伎俩,就可以将他那没心眼的小妻子骗得团团转。

这么一想,轩辕尔桀的愤怒又在无形中退去三分。

对,一定是端木辰从中搞鬼!一切都是端木辰的错!

他拼命替洛洛寻找借口,将所有的罪责全部推到端木辰一个人身上。

贺连城见好友的情绪略有好转,这才回到正题,聊起了公事。

临近晌午,轩辕尔桀将贺连城留在宫中,让他陪自己用了一顿还算丰盛的午膳。

他与贺连城从小一起玩到大,彼此虽无血脉亲缘,感情却早已胜过亲生兄弟。只有在贺连城这个好兄弟面前,轩辕尔桀才愿意卸下皇帝的伪装,将自己心中的悲痛和苦楚向其倾诉一二。

贺连城是个很好的倾听者和劝慰者,每次都能在轩辕尔桀倍感无助的情况下给予最贴心的帮助。

酒过三巡,轩辕尔桀压抑多时的心情总算是由阴转晴。

如果不是徐紫月来得不合时宜,轩辕尔桀说不定还会带着这份好转的心情回到龙御宫,主动找洛千凰好好谈一谈。

可世上总有一些变故,发生得令人始料不及。

被皇帝安排待在皇宫偏殿,不闻不问多日的徐紫月,不甘心在漫无目的的等待中浪费时间,于是主动求见,试图与轩辕尔桀展开新的谈判。

"连城也在啊?"

徐紫月对贺连城并不陌生,幼时她被父亲带进京城住了很长一段时间,对京城里的一些世家子弟颇有几分熟悉。

人人都知道,贺连城是当今皇上身边唯一信得过的心腹臣子,不但位高权重,而且前途无量。

徐紫月自然想凭借彼此小时候相识的情谊,与贺连城打好关系。

可惜她抛出了橄榄枝,贺连城却并没有接手的打算。

面对徐紫月略带讨好的微笑,贺连城态度冷漠道:"徐小姐幼时也曾与我夫人相处过一段时间,应该对我夫人的脾气秉性略有了解。说句不怕得罪徐小姐的话,我夫人与皇后之间的感情十分要好,你当日为了一己私欲,对皇后犯下滔天大错,我夫人对此始终很是介怀,并严重警告我,今后见了你,一定要绕路走。所以还请徐小姐尽量与我保持距离,最好少打交道。"

徐紫月做梦也没想到,像贺连城这种温润如玉的贵公子,说话居然如此不留情面。

第八十一章 受刺激旧疾复发

一直以来,她对贺连城的印象都很不错,想着此人是轩辕尔桀最好的朋友,她要想方设法与其打好关系,绝对不能轻易得罪。

可就在刚刚,她只是亲昵地唤了对方一声连城,就被对方当着皇上的面,说了这么一番令她下不来台的话。

徐紫月心底气得直发抖,面上却故作平静道:"公是公,私是私,连……喀,贺大人为官多年,不会连这么简单的道理都不明白吧?"

贺连城依旧维持着云淡风轻的表情,皮笑肉不笑道:"于公,你父亲光禄侯意图谋反,等同于是我们的头号敌人。于私,你当日做了伤害我夫人好姐妹的事情,身为夫君,我自然与她同仇敌忾,所以无论是私还是公,你我之间都堪称水火不容,这么简单的道理,聪明如徐小姐,不会还要我一一解释给你听吧?"

徐紫月气得不轻:"身为男子,对妻子如此言听计从,就不怕招人耻笑?"

贺连城微勾嘴角:"灵儿将自己的一生交托于我,别说是对她言听计从,就算为了自己心爱的女人舍去性命也在所不惜。徐小姐找不到这样的依托,也不能明目张胆地嫉妒别人吧?"

贺连城嘴上劝轩辕尔桀遇事冷静,千万不要跟徐紫月这种人一般计较,可他心底早就将徐紫月视为头号敌人,恨不能用世间最犀利的语言打击对方。

完全没想到贺连城会用这种态度对待自己的徐紫月气得险些咬碎一口银牙,轩辕灵儿让她恨之入骨也就算了,温润似水的贺连城什么时候也变得这么不可理喻?

亲耳听到两人对话的轩辕尔桀很想为自己的好友叫好,不愧是他的好兄弟,句句带刺,针针见血,刚刚那几句话,说得如此直白露骨,简直道出了他的心声。

被气得七窍生烟的徐紫月见轩辕尔桀摆出一副看热闹的架势,根本就没有替自己解围的想法,她只能压下心底的愤恨,僵着笑容道:"我此番前来,是想与皇上继续之前的谈判。既然事情早晚都得得出一个解决之道,与其僵持下去,不如各退一步,重新商讨。"

轩辕尔桀面无表情道:"商讨可以,但朕的决定不会改变。第一,绝不归还你父亲的兵权。第二,绝不接受三十万两白银的赔偿款。"

徐紫月微微笑道:"假如以上两点无法让皇上做出妥协,不如我再提一个条件,皇上看看能否答应。"

轩辕尔桀不由得看了她一眼,冷声道:"说!"

徐紫月目不转睛地看着轩辕尔桀:"只要皇上肯打破对皇后的誓言,纳我为皇贵妃，让我在这偌大的后宫拥有一席之地，我父亲的兵权，可以拱手相让，绝不再争。"

"你说什么？"

此言一出，不但轩辕尔桀愣在当场，就连一直没把徐紫月放在眼里的贺连城也颇为震动，深深地看了势在必得的徐紫月一眼。

面对轩辕尔桀满脸震惊的神色，徐紫月自负道："这便是我今日拜见皇上的最终目的，皇上可以考虑看看，这个提议，是不是可以让所有的人都获得最大的利益。"

"岂有此理，我轩辕灵儿活到今天，从没见过比徐紫月恬不知耻的女人！"

从贺连城口中得知事情来龙去脉的轩辕灵儿，第一时间便闯进皇宫，将徐紫月厚颜无耻想要成为皇贵妃的提议，一字不漏地转述给洛千凰。

轩辕灵儿大概是被气得失去了理智，还没等洛千凰消化这个消息，徐紫月这个名字已经被轩辕灵儿来来回回诅咒了无数遍。

"哎呀，小千，你还发什么愣？我讲得口干舌燥，你怎么连个反应都没有？"

轩辕灵儿急得就像一只上蹿下跳的大马猴，拉着陷入怔愣中的洛千凰，直奔桌案的方向，边走边说："赶紧写信给皇伯父和皇伯母，就说有人进宫来挑衅，让他们帮咱们主持公道……"

风风火火地说完这句话，又加了一句："不行，单写信给皇伯父和皇伯母还不够。皇兄是他们的亲生儿子，万一他们护短，不肯替你做主，那事情可就麻烦了。你再多写一封信，快马加鞭寄给你爹娘。凭你爹娘对你的爱护程度，我就不信那个徐紫月还能翻出天去。"

嚷嚷了半晌，轩辕灵儿见被自己拉到桌案前的洛千凰不肯动笔，她急得直蹦："小千，你倒是写啊！"

洛千凰轻轻推开她塞过来的笔，脸色凝重道："灵儿，你先别急，我都还没有搞清事情的来龙去脉，贸然写信给我爹娘，我都不知该说些什么。而且外祖父生了重病，现在到底是什么情况尚不得而知。至于我娘，她肚子里还怀着孩子，受不得刺激，在事情没有恶化到不可逆转的局面之前，我不能轻易给她添堵。"

轩辕灵儿噘了噘嘴，轻声抱怨："你啊，就是太过单纯善良了，都已经被人骑到头上来撒野了，居然还这样瞻前顾后。好吧，谁让你是我的好姐妹，不管你做什么决定，我都无条件支持你。不过，徐紫月想要嫁给皇兄当侧妃这件事，就算你同意，我

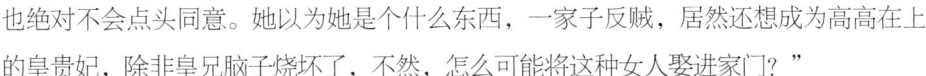

也绝对不会点头同意。她以为她是个什么东西，一家子反贼，居然还想成为高高在上的皇贵妃，除非皇兄脑子烧坏了，不然，怎么可能将这种女人娶进家门？"

眼看轩辕灵儿越说越不像话，洛千凰担心隔墙有耳，赶紧捂住她的嘴，压低声音道："就算皇上是你的兄长，你也不能用这种没大没小的语气斥责他。人心难测，免得贻人口实，遭了歹人的算计。"

说罢，拉着气呼呼的轩辕灵儿进了内室，直到确定周围的环境很安全，洛千凰才轻声问："徐紫月想利用皇贵妃的身份来平息光禄侯造反一事，是连城亲口告诉你的？"

轩辕灵儿点头："此事千真万确，徐紫月主动找皇兄谈及此事的时候，连城就在皇兄身边。她还说，唯有这种交换方式，才可以让他们每一个人都获得最大的利益。哼！哪来的最大利益，明明就是她自己得了最大的利益。她想嫁给皇兄真是想疯了，恨不能用她父亲手中的兵权作为在后宫立足的筹码。这件事表面看上去于朝廷有利，细算下来，明明就是徐紫月一家占尽了便宜。按照原来的审判，他们父女二人本该失去所有，贬为庶人，现在倒好，竟然利用造反的兵马，试图扭转他们徐家的命运。"

轩辕灵儿是个急脾气，只要提起这件事，就会气得浑身发抖，怒意横生。

本该与轩辕灵儿同样愤怒的洛千凰，却在这一刻变得出奇地冷静。

她先是沉默片刻，才问道："皇上答应了吗？"

轩辕灵儿回道："虽然没答应，却也没拒绝。正因如此，我才让你马上写信向皇伯父和皇伯母告状。我担心皇兄会以大局为重，为了平息那些逆贼举兵造反，被迫答应徐紫月这如此荒谬的提议。"

她说了一通，才发现洛千凰面沉似水，平静得让她怀疑对方究竟有没有听到自己的抱怨。

"小千，事情闹得这么大，你怎么一点儿反应都没有？若皇兄答应徐紫月的要求，你就要面临二女共侍一夫的局面。虽然你是我最好的朋友，但凭良心说，跟徐紫月那种心机深沉的女子相比，你绝对不是她的对手。到时候，你就等着被她这个坏女人欺负吧。"

见洛千凰对此依旧无动于衷，轩辕灵儿气得一蹦三尺高："我看你一定是被这个消息给吓傻了。得，我不跟你说，我直接找皇兄理论去……"

轩辕灵儿起身欲走，手臂却被洛千凰一把拉住。

"灵儿……"洛千凰的声音略显嘶哑，她冲她摇了摇头，"别去找皇上理论，他现在还在生我的气,你的话,他未必听得进去。"

直到这时,轩辕灵儿才发现洛千凰的脸色较之上一次看到的时候更加难看了几分。想到连城回府时与她提起,让她有时间进宫找皇后谈谈心,当时她还不明白连城话中的含义。

听洛千凰承认皇兄正在生她的气,轩辕灵儿才意识到事情的不对劲:"小千,你和皇兄到底因为什么事情闹了矛盾?还有你的脸色,怎么比我上次来的时候还要苍白?"

心情已经压抑到不知该如何发泄的洛千凰,见轩辕灵儿满脸担忧,她终于按捺不住心底的惶恐,悠悠开口道:"我做了一些很不好的梦,梦里可怕的画面让我不知该如何面对。"

又是梦?

轩辕灵儿不禁皱眉,柔声询问:"你是想说,近日连做噩梦,导致精神不佳?"

洛千凰微不可闻地点了点头。

轩辕灵儿宽慰道:"别太忧心了,只是梦而已……"

"不!"洛千凰神色凝重,"同样的场景,同样的画面,几乎每天晚上都会出现在我的梦中。灵儿,我不知道该如何与你形容梦中的内容,总之那些可怕的东西是我穷极一生都不想看到的。"

轩辕灵儿仍是不解:"就算你做了噩梦,皇兄为什么要因为这件事生你的气?"

"我……"

洛千凰刚要解释,就听门外传来月蓉的声音:"娘娘,徐小姐有事求见!"

月蓉口中的徐小姐不是别人,正是曾经无数次陷害洛千凰的徐紫月。

别说洛千凰不敢相信,就是轩辕灵儿也没想到,徐紫月居然敢在没有受到邀请的情况下,主动来到龙御宫求见曾被她残害过的皇后。

不但如此,徐紫月身边还簇拥着好几个膀大腰圆的婢女,用膀大腰圆来形容毫不夸张,这些婢女的身形高大壮硕,与宫中那些娇俏伶俐的宫女相比实在是相差太多。

"皇后娘娘,灵儿郡主,真是好久不见啊!"

不知徐紫月是有心还是无意,她穿了一袭耀眼华丽的桃粉色衣袍,满头金光闪闪的钗饰,配着她那张被浓妆点缀的精致妆容,和面色苍白、眼神空洞的洛千凰相比,反而更像六宫之主,艳压群芳。

徐紫月象征性地向身为皇后的洛千凰行了个礼,看似恭敬,言行之中却很是怠慢。

第八十一章 受刺激旧疾复发

在这种情况下看到自己的老仇人，洛千凰一时间竟无法形容自己的心情。

曾几何时，她以为太傅之女云锦瑟会成为自己感情道路上最大的对手，较量之后发现，与云锦瑟相比，徐紫月才是真正的劲敌。

这个已经被贬为庶民的女子，敢如此正大光明地重返京城挑衅自己，洛千凰不知该怨怼轩辕尔桀当日对她手下留情，还是嘲笑自己心不够狠。

但凡她再自私一些，当初都不会眼睁睁看着谋害自己的罪魁祸首逍遥法外。

徐紫月身后跟着好几个精明强悍的婢女，洛千凰一眼就看出这些婢女能力不凡，定是学过功夫，专门保护徐紫月的人身安全。

两个人四目相对，洛千凰面沉似水，不动声色；徐紫月勾唇浅笑，眼含挑衅。

偌大的龙御宫，一时间被看不见硝烟的战火弥漫。

这是两个女人之间的较量，洛千凰在厌恶徐紫月的同时，徐紫月又怎会对她心存好感？唯有轩辕灵儿的表现最为直接，徐紫月带着一群婢女大摇大摆踏进龙御宫时，轩辕灵儿就意识到对方来者不善。

她横挡在洛千凰面前，娇声斥道："姓徐的，你竟然还有脸来见小千？当初使出卑鄙手段害得小千差点儿流落异乡，做出这种缺德事，你怎么不去以死谢罪？"

面对轩辕灵儿的怒骂，徐紫月毫不在意地笑笑："皇上都没判我死罪，你又何必强出头在这里大呼小叫？"

轩辕灵儿闻言火冒三丈，指着徐紫月的鼻子骂道："你算个什么东西，居然也敢在本郡主面前说出这种大逆不道之言？"

轩辕灵儿的手刚举起来，就被徐紫月身边的一个婢女挡了回去。

这个动作看似轻描淡写，被拍了一下的轩辕灵儿却从手臂处感到一阵钻心的痛意。

从小到大从未被人如此对待过的轩辕灵儿顿时瞪圆双眼，怒道："徐紫月，你什么意思？不仅擅闯龙御宫，居然还敢让你身边这些奴才对本郡主动手？"

徐紫月皮笑肉不笑："郡主你误会了，若非你刚刚欲对我不利，我身边的婢女也不会做出本能的防备。不管大家之前有什么不快，既然我作为谈判代表来京城与皇上商讨和解问题，您贸然对我做出伤害行为，这于朝廷是十分不利的。"

轩辕灵儿彻底被徐紫月的厚颜无耻给气到了，厉声道："少跟我讲这些没用的，你敢唆使你身边的奴才伤害本郡主，就别怪本郡主对这些不懂规矩的奴才不客气。"

说罢，轩辕灵儿就要动手去抽打那胆大妄为的婢女，结果她的手刚要抬起，就被洛千凰拉了一把。

"灵儿，你冷静一点儿……"

洛千凰的本意是劝轩辕灵儿不要冲动行事，毕竟徐紫月来者不善，万一闹出事端，她担心灵儿会吃徐紫月的亏。

结果那个眼看自己要挨打的婢女忽然目露凶光，在轩辕灵儿的巴掌劈过来的那一刻，已经做出反击的姿态，在轩辕灵儿毫无心理准备的情况下，推了她一把。

也不知是轩辕灵儿太过倒霉，还是那婢女天生力大无穷。娇小瘦弱的轩辕灵儿被那婢女推倒在地，摔得措手不及。

这突如其来的变故，不但让轩辕灵儿和徐紫月愣在当场，就连原本心存善意，想要劝轩辕灵儿不要动手的洛千凰也被彻底激怒。

"徐紫月，这就是你的谈判之道？"

洛千凰反手一记耳光，狠狠抽在徐紫月的脸上。她真是没想到徐紫月竟会胆大包天，唆使身边的婢女对堂堂郡主殿下大打出手。她还很自责，刚刚要不是她拉了灵儿一下，灵儿也不会被那个粗暴的婢女推倒在地。

在徐紫月的婢女扑过来的第一时间，她厉声对月蓉和月眉发令道："将这些闲杂人等全部给我拿下！"

挨了一巴掌的徐紫月捂着脸怒道："皇后，你这是什么意思？别忘了我的身份是谈判使者，我若在宫中有什么三长两短，你有何颜面向皇上交代？哦，我知道了，你之所以想要趁这个机会置我于死地，该不会是因为皇上将要纳我为妃，你心生嫉妒，才妄图利用皇后之尊除掉我吧……"

徐紫月挑衅的工夫，月蓉和月眉已经和徐紫月身边的婢女打成一团。因为洛千凰不喜欢人多的场合，尤其对自己居住的地方要求更是严格。所以除了几个贴身婢女之外，能靠近龙御宫的下人并不多。

此时两方婢女大打出手，在敌多我寡的情况下，月蓉和月眉竟渐渐处于劣势。

两个姑娘的功夫并不算弱，但与徐紫月特意从封地带来的这些练家子相比，到底还是略逊一筹。

摔倒在地的轩辕灵儿已经彻底傻了眼。这到底是什么情况？徐紫月难道疯了不成？

眼看个头稍矮一些的月蓉在一个膀大腰圆的婢女的拳头下被打得摔倒在地，洛千凰终于意识到，徐紫月此番前来，根本不是挑衅，而是找她决斗。

眼看现场的局势陷入混乱，积压在洛千凰胸口的怒意就如同燎原之火熊熊燃烧起来。

很多旧时的记忆如排山倒海般涌入脑海，她想起幽幽惨死于左昱的利剑之下；她想起每晚纠缠着她的噩梦；她想起幼时被当成乞丐遭人欺凌；她也想起徐紫月伪装成她的模样，唤她的爹为爹，唤她的娘为娘……

数不清的负面情绪纷涌而至，洛千凰只觉得残存在脑海中仅有的一丝理智被抽离，取而代之的，是暴戾、残酷、嗜血……

熟悉的哨声骤然响起，无数条隐藏在洞穴之中的黑蛇密密麻麻地从四面八方爬过来。

这些蛇就像被注入了灵魂，齐刷刷地向徐紫月一行人扑过去。它们吐着长长的蛇芯，向它们眼中的敌人发出猛烈的攻击。

有人被黑蛇狠狠咬伤，有人被黑蛇活活缠死……

徐紫月被吓得失声尖叫，她已经被眼前的画面吓得魂不附体。即便早就见识过洛千凰狠戾的一面，轩辕灵儿还是被这残暴血腥的场景吓得连连后退。

她知道小千不会伤害她，可与此同时，她也从小千的眼中看到了一抹嗜血的殷红。

"小千……"

轩辕灵儿试图去唤醒沉浸在嗜杀兴奋中的洛千凰，声音却被那些被蛇群攻击的受害者的尖叫声淹没。

龙御宫闹出这样的动静，不可能没人通知皇上。

当轩辕尔桀闻讯赶回寝宫时，包括徐紫月在内的一些闯入者，已经死伤大片，满地鲜血惨不忍睹。

他面色大变，厉声道："洛洛，快住手！"

洛千凰的嘴边勾出一记邪佞的弧度，阴森森地吐出几个字："都下地狱去吧！"

轩辕尔桀大吃一惊，隐约意识到了什么，跃过层层蛇群迅速走到洛千凰身边，一记手刀，将沉迷于嗜杀乐趣中的洛千凰当场劈晕过去。

发生在龙御宫的这起特殊事件在宫廷中引起一场不小的轰动。

当日尾随徐紫月来到龙御宫"挑衅"皇后的婢女一共八人，被数条黑蛇活活缠死的有三人，其余五人连同她们的主子徐紫月，受到蛇群的攻击，虽然没有当场死亡，却因此受到不同程度的惊吓和伤害。

有生以来，徐紫月第一次亲身经历这么可怕的场面。

虽然从蛇口下侥幸捡回一命，奢华的皇宫她却是再也不敢住下去了。

当天晚上，她便带着随从搬出皇宫，住进了徐家坐落在京城的一幢别院。这是一栋三进三出的宅院，虽比不得皇宫华贵，至少不用再面临蛇患带来的恐惧。

至于那些被洛千凰召唤出来的蛇群，给龙御宫里里外外当差的宫人带来了不少麻烦。

洛千凰当场被轩辕尔桀劈晕之后，蛇群失去了主心骨，乱成一团，四处爬动。虽然这些黑蛇无毒，胆小一些的宫人却被吓得脸色惨白，不敢随意动弹。

轩辕尔桀倒是没有将这些闯下弥天大祸的黑蛇一网打尽，而是命人找来雄黄，将游荡在宫中的蛇群全部驱散。

轩辕灵儿也在这起事件中受到了惊吓，被贺连城接回贺府之后，连续做了两晚的噩梦。

她怕的不是被洛千凰召唤出来的那些黑蛇，而是徐紫月身边那几个孔武有力的粗壮婢女。

从小被父母长辈视为掌上明珠娇养着长大的轩辕灵儿，几时受过这样的委屈？

徐紫月身为叛臣之女，竟敢唆使身边的婢女对她大打出手，甚至以下犯上，当着那么多人的面将她这个堂堂郡主推倒在地。为此，轩辕灵儿着实郁愤难平。

即便后来被贺连城告知，那些婢女从小就在光禄侯的军营中摸爬滚打，不似寻常人家的婢女那般守规矩，所以才在轩辕灵儿欲对徐紫月不利时，出手反抗，保护主子，轩辕灵儿还是难以咽下这口恶气。

在家休养了两天，按捺不住满腔愤恨的轩辕灵儿，召集上百名体格强壮的家丁，气势汹汹地闯到徐紫月所居住的临时宅院前，对身后随从下令："给我砸！"

随着这道命令出口，被郡主殿下调遣过来的家丁举起手中的木棒，在围观百姓无比震惊的目光中，"噼里啪啦"将眼前这两道朱漆的木门砸得面目全非。

宅中闻讯赶来的下人一窝蜂地冲了过来，试图制止那些家丁粗暴的行为。

徐紫月此番进京，身边虽带了不少随从，可加在一起也不过百十来人。这些人有一多半都是女子，便于徐紫月住进皇宫的时候，在宫中保护她的人身安全。

毕竟深宫院落不比其他，闲杂人等，尤其是男子，根本没资格入住宫廷，就算随徐紫月一起进偏殿的贴身婢女，总人数也不得超过二十个。

在谈判结果没出来之前，其他人只能暂时被安置在宫外落脚。

两天前，徐紫月因畏惧黑蛇的攻击，搬出皇宫，暂时在这里留宿。由于事情发生得过于突然，她还没来得及通知那些接应她的随从赶来会合。

因此，当轩辕灵儿带着家丁踹开徐紫月的家门时，出来阻止这场暴行的，除了十几个身材高壮的婢女，还有负责看守宅院的几个家丁。

两方人马因为人数的多寡，形成鲜明对比，这些家丁来此之前得到郡主的指示，只要有人反抗，不论男女，一律照揍不误。

就算徐紫月带来的这些婢女从小受过强化训练，在一百来个二十岁出头的壮小伙面前，她们也只能沦为手下败将，被打得落花流水，毫无还手之力。

徐紫月闻讯赶来时，两道大门被踢踹得面目全非，门口的两只石狮也被人砸得支离破碎。最惨的就是她带来的那些婢女，所谓婢女，更确切地说，都是徐紫月用来保护自己的贴身保镖。

这些人个个功夫高强、身手敏捷，没想到眨眼的工夫，居然全部被揍翻在地，连声哀叫。

徐紫月被眼前的画面震慑住了。

她手上、腿上还残留着被那些柔软的、可怕的、漆黑的、恶心的黑蛇撕咬过的伤口。

躲出皇宫的这两天，她正琢磨着如何利用这次灾难替自己扳回一局，没想到轩辕灵儿就像个讨债鬼，竟然亲自带着数名家丁前来挑衅。

见此情形，徐紫月怒不可遏："轩辕灵儿，你到底想干什么？"

她的怒喝，非但没有让轩辕灵儿后退，灵儿反而从腰间抽出一条长鞭，冷笑着朝徐紫月的方向一步步走去。

徐紫月瞪圆双眼，连连后退："你……你想对我做什么？"

轩辕灵儿冷笑一声："我想对你做什么，你很快就会知道了。"

说罢，举起长鞭，对着徐紫月的胸口狠狠挥了过去。完全没料到轩辕灵儿会这么不讲理的徐紫月生生挨了一鞭，疼得她发出刺耳的哀号。

别看轩辕灵儿只是一个瘦瘦小小的女子，却早已被怒火浇灭了所有理智。

她举起长鞭，对准徐紫月，左一鞭、右一鞭，使尽所有的力气，恨不能将这个该死的女人碎尸万段。

"本郡主今天就让你好好感受一下，惹怒本郡主会是什么下场。你有本事继续唆使你的奴才对本郡主大打出手，继续像只花孔雀闯进皇宫挑衅皇后，继续厚颜无耻地求皇兄纳你为妃。来啊，姓徐的，亮出你的底牌，让本郡主好好看看，你还有什么损招没使出来……"

一连挨了十几鞭子的徐紫月被抽得龟缩在地，痛哭失声。

那些被家丁收拾得毫无反击之力的随从自顾不暇，根本没多余的力气来保护徐紫月的安全。

徐紫月只能像一条落水狗，逃不出、躲不掉，在轩辕灵儿的报复下，被收拾得哭爹喊娘，极尽狼狈之态。

好在门口不断有来往的路人频频向这边看热闹，迫不得已，徐紫月只能一边承受着轩辕灵儿的鞭打，一边向那些围观路人求救："救命啊，这个不讲道理的施暴者是当今皇上的堂妹。她仗着自己贵为郡主，不但砸我的宅院，打我的婢女，甚至欲在此夺我性命……"

徐紫月的申诉尚未结束，就被轩辕灵儿一巴掌打断。轩辕灵儿手上毫不留情，狠狠抽在徐紫月那张喋喋不休的嘴巴上，将徐紫月整个人打得趴伏在地上。

无视围观者的纷纷议论，轩辕灵儿厉声对众人道："你们知道这个挨鞭子的女人是何人吗？她爹是已经被削去侯位的光禄侯，不知大家听说没有，光禄侯父女二人犯下国法，酿下大错，本该接受朝廷的惩罚。没想到这徐家父女胆大包天，回到封地之后居然煽动民众举兵造反。没错，我的确是当今皇上的堂妹，我也承认今日率领这么多人前来挑衅是仗势欺人。但我敢作敢当，因为当今皇后是我最好的姐妹，却被她肆意凌辱冒犯，就在两天前，徐紫月不但厚颜无耻地强迫皇兄纳她为妃，还带着一群野蛮的婢女闯进皇后寝宫，欲将我与皇后置于死地。"

"我没有！"

徐紫月抬起身子大声辩解，结果话刚出口，就被轩辕灵儿踹了一脚。

她无比狼狈地在地上打了个滚，脑袋不小心磕在石头上，撞得她眼冒金星，疼痛不已。

看着周围的民众议论声越来越大，轩辕灵儿继续说道："光禄侯为了高官厚禄，无视百姓安宁，欲带领麾下人马向朝廷举兵。外忧刚除，又来内患。乡亲们，你们说面对这个意图破坏天下太平的恶人，是助纣为虐任她为所欲为，还是以牙还牙加倍奉还？"

轩辕灵儿这番话很快便在人群中激起愤慨，老百姓都想安居乐业过太平日子，没人愿意出现战事，打破现有的安乐生活。

更何况人群中有不少人对轩辕灵儿并不陌生，这位灵儿郡主虽然生于皇家，但和她父亲轩辕赫玉一样待人亲和，只要民间百姓谁患上疑难杂症，他们父女二人都会慷慨相助，对付不起药费的百姓也常常不计酬劳，施以援手。

能把向来亲民且好脾气的灵儿郡主气得挥鞭揍人，可想而知，这个叫徐紫月的女人做得有多过分多可恨！

舆论一经发酵就如同一柄利剑，虽然无形，却能伤人。

在轩辕灵儿的煽动下，很快便有人加入声讨的队伍，咒骂徐紫月德行败坏试图介入帝后感情，还勾起朝廷内乱，扰得民不聊生。

这种心如蛇蝎的女人居然还妄想成为高高在上的皇贵妃，真是不自量力，做她的春秋大梦去吧！

民众的情绪一旦被煽动，不少一腔热血的百姓仗着灵儿郡主带来的声势，纷纷闯进徐紫月的家门，砸的砸、摔的摔，险些将原本就被破坏得一塌糊涂的宅院夷为平地。

贺连城风风火火带人赶到时，徐紫月已经被收拾得奄奄一息。

贺连城赶紧将身为始作俑者的妻子拉到身边，低声劝道："灵儿，你这是干什么？快住手，别打了……"

看到自家相公出现，一直表现得很坚强的轩辕灵儿立刻红了眼眶。

她恨恨地看了被自己打倒在地的徐紫月一眼，强忍泪水道："我就是想不通，她为何一再地为非作歹却能逃脱罪责？"

看到贺连城带人出现，徐紫月总算意识到自己不必再遭受轩辕灵儿的欺辱，她强撑着最后一口气力从地上爬起来，指着轩辕灵儿，哆哆嗦嗦道："我不会放过你们的……"

徐紫月的手刚指过来，就被贺连城一把挥开，他冷声对徐紫月道："我的妻子，还轮不到闲杂人等出言指责。之前你唆使婢女伤害灵儿这笔账咱们暂且不提，等所有的事情全部解决，我自会找合适的机会与你来算个总账。"

说罢，抬手为委屈至极的轩辕灵儿擦了擦眼角的泪水，柔声道："灵儿，咱们走吧！"

第八十二章 夫妻间兵戎相见

看着被婢女双手捧在掌心的华丽凤袍，以及被另一个婢女捧在手中的耀眼凤冠，抱着被子躺靠在床边的洛千凰默默地别开视线，轻声道："拿走，我不想穿！"

两个婢女正处于为难之中，门口处传来一阵脚步声，紧接着，身穿龙袍、头戴龙冠的轩辕尔桀从外面走了进来。

见负责侍奉皇后起居的两个婢女一动不动地站在床边，洛千凰却半盖着绸被，靠在床头一动不动。

他径自走到床边，居高临下对看都不看自己一眼的洛千凰道："不管你与朕之间有什么误会，今天这个仪式，你必须参加！"

洛千凰面无表情地睨了他一眼，嗤笑一声："既然事情已经恶化到这种地步，与其让我陪你演戏，不如选在这个时候让我彻底消失。这样，至少还能保住你帝王的颜面，不给那些试图对我口诛笔伐的大臣借题发作的机会。"

轩辕尔桀神情微恼，刚要开口说些什么，见床边还候着两个大气不敢出的婢女，他烦躁地冲两人挥了挥手，示意她们暂且退下。

两个无端卷入帝后争执的婢女如蒙大赦，刚要躬身退出寝宫，就被轩辕尔桀唤住了脚步。

两人吓得不敢动弹，只能捧着手中的衣袍和凤冠站在原地，不知皇上忽然叫住她们出于何意。

轩辕尔桀从两人手中取过凤袍和凤冠，这才冲二人又挥了挥手，将她们遣退。

转身，他轻轻将凤袍和凤冠放在洛千凰床边，柔声说道："近日发生了这么多事，你心情不好，朕可以理解。朕不会勉强你做不想做的事情，但有些场面，你必须亲自出席。"

第八十二章 夫妻间兵戎相见

说着，他贴近洛千凰的耳边："端木辰就要走了，你难道不想随朕一起去送送他？"

洛千凰冷笑一声："你一边怀疑我与端木辰私交过甚，一边又主张我出面与他送行。皇上，你的心思，真是让我越来越难猜了。"

她那声皇上，唤得轩辕尔桀心头一痛。

他知道洛千凰对他如此愤恨，不仅仅是因为他对两人之间的感情产生了怀疑，还因为那个不知天高地厚的徐紫月，居然敢带着那么多婢女闯进龙御宫挑衅她的地位和权威。

蛇患之灾发生之后，轩辕尔桀和洛千凰三缄其口，仿佛在刻意遗忘那件事给后宫带来的巨大灾害，但即使轩辕尔桀一字不提，洛千凰也从宫人的非议中得知一二。

那日，她在急怒之时召出蛇群对徐紫月一行人发出攻击并酿成血案，闻讯赶来的轩辕尔桀在她即将制造更大的惨剧之前及时将她一掌劈晕。

醒来之后，洛千凰很意外地发现，她对当日所发生的一切居然记忆深刻。这意味着，她并非旧疾再犯，而是真心想要将那群不知死活的人送入地狱。

被引来的蛇群伤了徐紫月，又一连缠死了好几个徐紫月的婢女，若放在从前，出了这样的人命案，洛千凰一定不会如现在这般无动于衷。

她是讨厌徐紫月，却也没有残暴到因为对方的婢女做出挑衅行为，便不计代价地将其置于死地。

可此时此刻，回想起那日发生的种种，洛千凰发现自己非但没有任何愧疚之意，内心深处好像还有一个声音在提醒她——做得好！

没人能够理解她内心深处究竟藏着怎样的恐惧，她不是嗜血之人，可当她亲眼看着那些胆敢挑衅她的下人一个一个倒下去，骨子里迸发出来的竟是挥散不去的邪念。

那是一种欲望得到发泄时的舒爽，那也是一种恨意得到解决时的畅快。

从什么时候起，她洛千凰竟变得这般冷血，冷血到连她自己都对自己感觉十分陌生？

除此之外，洛千凰也从风言风语中获悉，朝中一些大臣对她伤害徐紫月的举动颇为不满。

不管徐紫月那日的挑衅行为有多么无礼，在朝廷没有与光禄侯达成正式协议之前，她若贸然伤害徐紫月，便等于是单方面破坏了这场谈判。

徐紫月的命或许一文不值，可意图造反的光禄侯麾下的十余万兵马却让安于现状的朝中大臣极为忌惮。

一旦战乱发生，便会有无数未知的危险来袭，黑阙皇朝一直都是高不可攀的强国，周边不少受制于黑阙管辖的小国，包括以兵力得天下的北漠，说不定躲在暗处虎视眈眈地盼着黑阙朝廷发生内乱呢。

所以，徐紫月这个可恨的女人不但不能死，朝廷还得极尽所能地保护她的人身安全。

这么简单的道理，身为一国之母的洛千凰不但不懂，反而为了一己私欲，险些将这个谈判使者置于死地。

不管洛千凰曾经对朝廷有着怎样的贡献，一旦发生变故，大臣们是绝对不会拿洛千凰从前立下的功勋来替她开脱的。

轩辕尔桀和洛千凰各怀心思，彼此间的气氛也因为这场算不上愉快的谈话凝滞起来。

眼看端木辰离京的时辰越来越近，轩辕尔桀忽然转移了话题："洛洛，你知不知道，灵儿为了替你打抱不平，昨天上午，率领府中百余名家丁闯到徐紫月的落脚处？不但将她居住的宅院砸得面目全非，徐紫月身边所有的随从还被她的那些家丁打成了重伤。哦，朕忘了说最重要的一件事，灵儿亲自动手，抽了徐紫月一顿鞭子。徐紫月遭遇此劫，引起随行人员的极度不满。朝中一部分大臣认为灵儿胡作非为，今日早朝，竟向朕提议，要对灵儿这种暴虐行为做出惩罚……"

话刚听到这里，洛千凰立时瞪圆双眼，看向轩辕尔桀："她可是你的亲妹妹。"

轩辕尔桀勾了勾唇："在大局面前，朕不得不割舍亲情……"

洛千凰不敢相信自己的耳朵："所以呢？你要听从那些大臣的劝谏，将灵儿关进刑部，严加审问？"

轩辕尔桀故作沉思片刻，复又开口："只要你随朕一同去给端木辰送行，朕会考虑网开一面，暂时不追究灵儿的恶行。"

洛千凰被他的话给气乐了，反唇相讥道："像徐紫月那种毫无底线的恶人，她死有余辜，灵儿没有做错。"

轩辕尔桀面不改色："她是不是死有余辜，暂时还轮不到轩辕灵儿来审判。国有国法，家有家规。朕身为皇帝，如果连身边的人都管不好，又有什么资格去掌管这万里江山……"

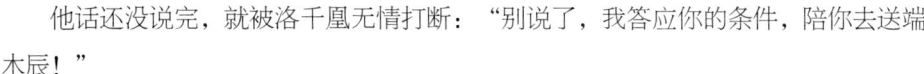

第八十二章 夫妻阋兵戎相见

他话还没说完，就被洛千凰无情打断："别说了，我答应你的条件，陪你去送端木辰！"

荣德五年十二月初一，在京城逗留了些许时日的海帝王端木辰，率领麾下人马，浩浩荡荡地停驻在皇城下，与黑阙帝后话别。

穿上凤袍、戴上凤冠的洛千凰，从始至终，一直站在轩辕尔桀身边，眼观鼻、鼻观口、口观心，微笑以对，一言不发。

即使有不少对她心怀不满的大臣频频向她投来不赞同的审视，洛千凰也故意视而不见，任由那些大臣一个个被气得脸红脖子粗而无动于衷。

京城十二月，已经正式迈入冬季。昨天夜里刚下了一场冬雨，地面上凝结着一层薄薄的浮冰。

轩辕尔桀披着一件厚厚的黑色大氅，使他整个人看上去不怒自威，霸气天成。

站在她身边的洛千凰也被裹在粉红色的斗篷中，只露出巴掌大的精致面孔，在那一抹艳粉的映衬下，娇艳可人，纯洁如玉。

一黑一粉两道身影，在人群中显得极其耀眼夺目。

年轻的皇帝俊美无比，年轻的皇后俏丽多姿，在外人眼中，真真是一对养眼的璧人，令欣赏者一时难以移开视线。

即将启程的端木辰简单与轩辕尔桀寒暄几句，便有意无意地将目光落在洛千凰脸上："皇后之前相赠的解药，我已经命人为端木宇服下。服药之后，他的情况已经略有好转，待端木宇顺利渡过此劫，我们端木家族对皇上皇后必有重谢。"

轩辕尔桀淡淡一笑："端木公子不必客气，能够帮到端木家族，这是我们黑阙的荣幸。"

端木辰回以微笑，又看向洛千凰，意有所指道："临行之前，不知娘娘还有什么其他嘱托？"

这句话，听在旁人耳中会觉得莫名其妙，唯有洛千凰在他的眼神提醒下，想起自己之前的所求之事。

她目不转睛地看着端木辰，端木辰亦用相同的目光回望着她。

现场的气氛一时间变得有些僵硬，亲眼看到两人"含情脉脉"望着彼此的轩辕尔桀差点儿被这一幕气到吐血。

端木辰来者不善他已经有所察觉，可洛千凰哪来的胆子，竟敢在他面前跟另一个男人"眉来眼去"？

洛千凰根本没看到轩辕尔桀眼中的不满，她欲言又止，想要开口说些什么，最终，到底还是因为彼此之间的立场不同，硬生生将到嘴边的话全部咽了回去。

她木然一笑，对端木辰道："祝你一路顺风！"

这个答案似乎早在端木辰的预料之中，他含笑点头，用同样礼貌的方式回了一句："借你吉言！"

直到端木辰一行人马在轩辕尔桀眼前渐行渐远，他才向洛千凰递去一记冷厉的视线。

洛千凰不给他开口的机会，淡声道："天冷，回去吧！"

送走端木辰一行人马，洛千凰不想和仿佛有一肚子话想问自己的轩辕尔桀纠缠，便以身体不适，想早些休息为由，回到寝宫避不见人。

哪怕这种逃避的方式只能换来短暂的安宁，她也愿意为这片刻的安宁付出任何代价。

轩辕尔桀看着隔挡在自己面前的帐帘，满脸不甘地问："洛洛，你不想与朕好好聊一聊？"

缩在被子里的洛千凰发出一道闷闷的声音："答应你的事情我已经做了，我现在很累，想要休息，朝阳哥哥，你先去忙吧。"

轩辕尔桀强忍住扯开床帐，将她从被子里拉出来的冲动，咬牙切齿道："朕只问你一句话，你和端木辰到底是怎么回事？"

洛千凰默不作声，拒绝回答他的问题。偏偏她越是拒绝回答，轩辕尔桀的怒气便越是高涨难消。

最近的麻烦事真是一件接着一件，最让轩辕尔桀头疼的不仅是朝廷上下每天都会发生的大小变故，还有险些被轩辕灵儿狠狠收拾的徐紫月，愤愤不平地非要朝廷给她一个合理的交代。

交代？如何交代？

对徐紫月来说，最好的交代就是满足她的心愿，将她纳进宫门，封为皇妃。只有平息徐紫月的怒火，光禄侯那边才会偃旗息鼓，举兵投降。

御书房还候着十几位大臣等着他去商讨政务，见洛千凰摆明了不想和自己继续

第八十二章 夫妻间兵戎相见

这个话题，轩辕尔桀只能按捺住心底的不满，隔着帐帘对她道："朕的耐性非常有限，洛洛，别继续消磨朕对你的感情，破坏彼此好不容易建立起来的信任。你今天乏了，朕可以先放你一马。希望下次朕再向你询问时，你能如实相告，别再隐瞒。"

说完这番话，轩辕尔桀负气离去。

洛千凰岂会不知他心底的痛苦？可他再如何痛苦，又怎么能苦得过她？

每次入梦，充满血腥的画面都会如期而至，她被迫眼睁睁看着亲人和朋友一个又一个惨死在自己面前而无能为力。

假如梦中的一切在不久之后成为现实，洛千凰不知道自己继续活下去还有什么意义。她也想过将梦中的事情对轩辕尔桀如实相告，可坦白之后呢？

他若不信，待将来的某一天真的发生灭顶之灾，作为黑阙的帝王，轩辕尔桀将会成为被群起而攻之的罪人。

他若信了，又当如何处理两人的感情？没有一个帝王能够忍受自己的妻子是一个随时可能将自己推下皇位的刽子手。

于是，她想到了死！她若死了，说不定一切灾难都会结束！

洛千凰抱着头，将自己缩成了小小的一团。

脑海中疯狂回放着两道声音，一个在说："去死吧！只有你自我了结，你带给别人的灾难才会彻底终结。"

另一个声音瞬间响起："你疯了？你以为你死了，一切就会结束？你是骆逍遥和墨红鸾的掌上明珠，无缘无故死在宫廷，被你的双亲知道，他们势必会将这个责任归罪到轩辕尔桀头上。太上皇夫妇与逍遥王夫妇是挚交好友，你的死亡，只会给双方长辈带来灭顶般的伤害。"

第一个声音极力辩驳："继续活着，天下苍生皆会因你而亡。你忍心看到你的父母、朋友、夫君，以及那些被你驾驭的野兽，因为你的苟且偷生陷入万劫不复的境地吗？洛千凰，不要忘了，你是个病人，旧疾一旦复发，你就会变成人形杀器，毁灭世间苍生。"

"人形杀器"这四个字灌入脑海，洛千凰一下子想到了徐紫月。

那天，她仅仅因为徐紫月的挑衅便大发雷霆，召唤蛇群酿下数条人命惨案。

这是不是意味着，只要她稍受刺激，就会性情大变，操控世间百兽，满足自己弑血的欲望？

思及此，洛千凰摊开掌心，看着十根虽白皙如玉，上面却仿佛沾满无数鲜血的手指。

不，她必须尽快想办法解决眼前这个难题，让自己从这个深渊中解脱。

忽然，她灵机一动，生出一个大胆的想法。

假如在她的驱使之下，京城所有可以被召唤的猛兽全部迁到别处，待她受到二次刺激时，出现在梦中的灾难性画面是不是可以得到最有效的控制？

虽然这个想法听起来十分荒谬，洛千凰却觉得，这是她迄今为止，能想到的最好的解决办法。

于是，洛千凰将这个计划安排在深冬的一个午夜时分。

她身披一件黑色的斗篷，自以为瞒天过海，躲过宫廷守卫的视线，一路策马狂奔，赶到眉华山脚下，召集山中所有的猛兽，打算连夜带着这些动物大军离开京城。

只要带走山中的猛兽，说不定便可避免未来可能降临的灾难。

按照她本来的计划，此次离宫，快则两三日，慢则七八日，待她完成手边的计划，便会乖乖回宫向皇上请罪。

没想到出师未捷，她前脚刚到眉华山脚下，轩辕尔桀便率领皇城军尾随而至。

夫妻二人强强对峙，甚至不惜拉开战火。因此，才有了故事开始时的那一幕。

被逼上绝路的洛千凰眼看皇城军与她麾下的动物大军即将陷入一场死战，这幅画面，几乎与梦中出现的场景相差无几。

放至唇边意图吹响哨声的手指蓦地抽离，本该响破天际的哨声也在黑夜中消弥。

早在洛千凰沉着脸说出让轩辕尔桀"废后休妻"这几个字时，她便心痛难忍、如坠深渊。

在生死存亡之际，她对这个男人，到底还是狠不下心。

迫不得已，洛千凰只能放弃反抗，对与她怒目而视的轩辕尔桀道："你终是不信我的。"

轩辕尔桀难掩怒气，坐在马背上居高临下看着她束手就擒的姿态："朕若信你，你便不会离朕而去了？"

不给洛千凰应声的机会，他厉声对身边的下属道："绑上，带回去！"

作为皇上身边最得力的心腹之一，周离非常无奈地对洛千凰赔礼道："娘娘，得罪了！"

说罢，便要拿出绳索，欲将洛千凰五花大绑。

还是轩辕尔桀的另一个心腹苏湛小心翼翼地在主子耳边提醒："皇上，既然娘娘已经放弃抵抗，不如给娘娘一个体面，莫要用绳索这种东西折辱了娘娘的尊严。"

周离和苏湛对洛千凰的感情比其他宫人亲厚，当年他们隐瞒身份住在江州城那段时间，洛千凰这个纯真无邪的小姑娘，可是帮了他们不少忙。

虽然他们不明白皇后娘娘为什么放着安稳无忧的日子不过，非要与皇上闹到现在这样一发不可收拾的地步，他们心底始终相信，洛千凰这么做，定有她难以言喻的苦衷。

苏湛的提议，让怒不可遏的轩辕尔桀稍稍冷静了几分。他刚刚也是气极了，才会冲昏头做出绑人的决定。

他岂会不知，洛千凰明明有能力与他分庭抗礼？千钧一发之际，到底是她先举手投降，放弃了与他继续对峙。

就算看出她眼底的痛苦，轩辕尔桀还是无法释怀心中的不满，但他到底没再坚持之前的决定，在众人面前，给了洛千凰一个体面。

回到皇宫，轩辕尔桀即刻下达了一道禁足令，禁止洛千凰以各种名义踏出龙御宫半步。

对六宫之主来说，禁足是相当严重的惩罚。皇上对皇后究竟有多呵护疼爱，在宫中当差的下人个个有目共睹。

就算几日前皇后娘娘为了泄私愤，重创上门挑衅的徐紫月，皇上都没忍心责备过她一句。

甚至为了维护皇后的尊严，皇上不惜与那些试图讨伐皇后的大臣数度发生口舌之争。

没想到皇上这般维护皇后，到头来，皇后依然身在福中不知福，居然做出离宫出走这种大逆不道的行为。难怪皇上一怒之下，会做出对皇后禁足的惩罚。

每个人都在私底下猜测，帝后的关系既然已经闹成了这样，接下来他们所面临的，是不是后宫易主？莫非后宫即将变天？

唯有轩辕尔桀仍不死心，他挥退寝宫所有下人，对洛千凰道："端木辰晌午刚走，你晚上便神不知鬼不觉地逃离皇宫。洛千凰，你这么迫不及待地想要随他而去，朕可不可以做一个大胆的猜测，早在你与朕相识之前，便与端木辰两情相悦？"

这个猜测，引来洛千凰的一阵嗤笑，她不由得抬头看向一脸凝重瞪着自己的轩辕尔桀，反问："若真如此，我何至于嫁你为妻？"

轩辕尔桀一把捏住她的手腕，厉声道："那你倒是给朕一个说得过去的解释，先是不顾一切地闯进沁竹苑与他见面，现在又冒着生命危险连夜出宫。你该庆幸今晚随朕追捕你的都是朕的心腹，不然，被朝中大臣得知朕不计代价娶进宫门的皇后，居然敢背着朕与人私奔，就算朕再怎么保你，也救不了你。"

轩辕尔桀虽然对洛千凰夜半离宫的行为刺激得怒火中烧，到底没有失去理智，将此事闹得尽人皆知。

在这件事情还没有恶化到最严重的地步之前，他必须先保住洛千凰的名声，才能顺理成章地保住她的性命。

"私奔？"

洛千凰被这两个字气昏了头，她用力甩开他的束缚，尖声道："我再说一次，若你不肯信任我的人品，便下旨休妻，将我逐出宫门。皇上，念在大家相识一场，也念在我曾数次帮朝廷解决隐患的情分上，你行行好，放我一马行不行？"

轩辕尔桀的俊脸仿佛蒙上了一层足以冻死人的冰霜，他再也无法压制怒火，吼道："朕究竟做错了什么，为什么你一定要逼朕对你做出这样的选择？是不是因为徐紫月？你若恨她，朕可以用一万种方法收拾她，可是洛洛，她现在不能死，这个道理，你究竟明不明白？"

洛千凰觉得再和他纠缠下去，她迟早得疯掉。她的苦衷无法说出口，他的绝望她又难以体会。

她不懂，为什么上天一定要赋予她驭兽的本事，将她逼到这样一个两难的境地？

为了避免彼此之间继续用恶毒的言语伤害对方，洛千凰冲他摊手道："对，我就是恨徐紫月，她一天不死，你我之间的沟壑便一天无法消除。不管你信不信，我就是这般无理的女子，你若恨我，便逐我出宫，这座宫殿，我一天都不想再待下去了。"

轩辕尔桀彻底气极，怒道："放你出宫这个美梦你就不必做了，洛千凰，你且记得，你生是我轩辕家的人，死是我轩辕家的鬼。你若执意不肯悔改，就做好一辈子被朕囚禁的心理准备吧！"

洛千凰夜半离宫的消息在轩辕尔桀的压制下并没有大肆扩散，消息一向很灵通的轩辕灵儿却在得知小千被皇兄禁足之后，不顾一切地闯进皇宫，嚷嚷着要见好友一面。

这个要求，被心情已经跌至谷底的轩辕尔桀无情驳回，并横挡在轩辕灵儿面前，态度强硬地堵住她的去路。

"为什么不让我见小千？"轩辕灵儿瞪向皇兄，"小千到底犯了什么错，你竟然对她下达了禁足令？哦，我知道了，一定是那个徐紫月在你面前说了小千的坏话，你为了替徐紫月打抱不平，所以才下令将小千禁足。皇兄啊皇兄，没想到你当日对着全天下的人许诺，会呵护疼爱小千一辈子，到头来，居然为了徐紫月这根搅屎棍，辜负了小千对你的一片情义。那徐紫月有多可恨你心里比谁都清楚，虽然我没有确凿的证据，但当初在雪月宫装神弄鬼的那个宫女，十之八九就是受了徐紫月的支使。凡是有点儿良心的男人，都不会为了这样的心机女伤害自己的挚爱，可你……"

轩辕灵儿还想再啰唆下去，被轩辕尔桀厉声打断，他第一次发现这个妹妹如此聒噪，简直让人心烦意乱。

"你给我闭嘴！"

轩辕尔桀着实被这个倒霉妹妹给气着了，本来就烦不胜烦，如何还能再忍受她的火上浇油？

轩辕尔桀强压怒火道："朕没多余的工夫跟你在这里说废话，赶紧滚回贺府，三个月内，别再让朕看到你这张讨人厌的脸。"

从小就因为调皮捣蛋被皇兄嫌弃的轩辕灵儿根本没把他的威胁放在眼中，她耍无赖道："我不管，你今天不让我见小千，我就赖在这里不走了！"

说罢，她一屁股坐在椅子上，摆出一副我就是不走，你能奈我何的架势。

轩辕尔桀可不惯她的臭脾气，一把提起轩辕灵儿的衣领，像拎猫崽子一样拎着她就要丢出宫门。

轩辕灵儿抱住他的手臂，一改之前的蛮横，撒泼打滚道："皇兄，你再这样，我就写信给皇伯父和皇伯母，让他们回京替小千主持公道。长辈们离京之前你是怎么答应他们的？你说一定会好好照顾小千，保证不会让她在宫中受到半点儿委屈。可是现在呢，你不但让她受了天大的委屈，甚至对她下达了禁足令。逍遥叔叔若得知你对他的宝贝女儿做出这样的事情，定会气得暴跳如雷，不惜代价也要替小千教训你……"

好在这里没有外人，不然，轩辕灵儿这番没大没小的态度，定会为她招来诟病。

轩辕尔桀被妹妹缠得心烦意乱，气急之下说道："她夜里出逃，意图与端木辰私奔，仅是这一个罪名，就足以将她打入地牢。"

正在撒泼的轩辕灵儿听到这话,瞠目结舌道:"小千跟端木辰私奔?"

轩辕尔燊虽不想跟这个讨人厌的妹妹解释太多,却还是咬牙切齿地将昨天晚上发生的事情,简单和轩辕灵儿提了一下。

话毕,他压低声音在灵儿耳边警告:"她犯下如此大逆不道的罪行,朕将她禁足在此,并非害她,而是变着法地保护她。灵儿,既然你口口声声说是洛洛最好的朋友,就给朕三缄其口,切莫让其他人知悉内情。昨天晚上随朕去眉华山堵人的都是朕最信得过的心腹,这些人已经得了朕的封口令,绝不会将昨晚的事情对外透露一字半句。至于朕为何会禁足洛洛,对外的解释是她召唤蛇群伤了徐紫月,只要摆脱与人私奔这个罪名,朕至少还可以替她留个体面。"

轩辕灵儿的嘴巴张了合,合了又张,来来回回半晌之后才小声道:"皇兄,你是不是对小千有什么误会?她……她怎么可能会跟……端木辰私奔呢?"

轩辕灵儿觉得自家皇兄一定是魔怔了,连这么荒谬的猜测都想得出来。

她和小千相识这么久,对小千的人品及性格可谓了解至深,像小千这种单纯到完全没有心机的姑娘,怎么可能会背叛皇兄?

最离奇的就是,被皇兄怀疑的那个男人还是让她怎么也想不到的端木辰。

轩辕灵儿忽然觉得陷入感情纠缠中的皇兄瞬间变得极为幼稚,忍不住讥讽:"皇兄,虽然我不知道你和小千到底发生了什么事,但你贸然怀疑小千与其他男子有染,不但是对小千人格的侮辱,还是对你们感情的亵渎。"

轩辕尔燊重哼一声:"若非如此,你倒是给朕解释解释,你最好的朋友,为什么放着好好的黑阙皇后不做,偏要放弃优渥的生活,夜半离宫,意图带着她那些动物大军离开京城?"

轩辕灵儿总算抓到了事情的重点:"皇兄,你说你昨天找到小千的地方,是在京城的眉华山?"

轩辕尔燊冷冷地看她,虽没有回答,却用沉默表示认同。

轩辕灵儿急忙说道:"假如小千真如你猜的那样与端木辰关系匪浅,离开皇宫之后,她应该循着端木辰的路线一路追赶,怎么可能会在夜半三更时跑到眉华山召集她的动物大军?"

这个问题,还真把轩辕尔燊给问住了。

从昨晚直到现在,他一直沉浸在洛千凤胆敢不告而别、离宫出走的愤怒之中,并不曾想过,为什么洛洛会跑去眉华山,声势浩荡地将山中所有的动物全部召集出来?

第八十二章 夫妻间兵戎相见

难道说这里面真的有什么他不知道的隐情？可是很快，轩辕尔桀便打消这个念头。

因为他忽然想起，几年前，洛千凰为了不想与他这个皇帝扯上关系，不惜制造一场死亡来摆脱他的纠缠。

那时，暗中协助洛千凰的便是她的那些动物朋友。而洛千凰这次之所以会不顾一切地从他身边离开，十之八九是受了徐紫月的刺激，故意跟他使性子。

她召集眉华山的那些动物，定是让它们为她保驾护航，便于她在离京的路上不受到任何追兵的阻拦。

见皇兄的脸上变幻莫测，轩辕灵儿扯了扯他的衣袖："皇兄，听妹妹一句劝，你和小千好好谈谈，别一意孤行地将你的想法强加在小千头上。我和小千同为女子，多多少少能猜出她现在的所作所为可能与徐紫月有莫大的关系。当日你为了削夺光禄侯手中的兵权，不顾小千的立场，放了徐紫月一马，这件事搁谁身上都会留下心结。更何况徐紫月那般厚颜无耻，不但主动出现在京城，还扬言要嫁进皇宫，与小千二女共侍一夫。偏偏你在这件事上毫无表态，并没有给小千足够的安全感，她慌乱下做出一些奇怪的举动，说不定只是想要引起你对她的重视和在意。"

轩辕尔桀略显诧异，没想到他这个被宠坏的妹妹，竟然也有如此感性和理智的一面。

可是轩辕灵儿的下一句话，便再一次颠覆轩辕尔桀对她的看法，就听她厚着脸皮求道："看在我为皇兄如此分忧解难的分儿上，就让我去见见小千吧。"

轩辕尔桀在心底翻了一记白眼，拎着轩辕灵儿的耳朵，将她赶出宫门。

"朕还是那句话，三个月之内，别让朕看到你这张讨人厌的脸。别忘了，你带人将徐紫月打得半死这笔账朕还记着呢，煽动民众、触犯国法，按照朝廷律例，八十大板的惩罚少不了你。要不是连城苦苦哀求朕放你一马，你以为你还有机会在朕眼前蹦跶？赶紧滚蛋，别等朕给你也下一道禁足令！"

就这样，求见未果的轩辕灵儿被皇兄连掐带拧地轰出宫门。

轩辕灵儿一走，轩辕尔桀的世界总算是安静下来，可他的世界虽然安静，他的心情却并不平静。

他和洛洛成亲才几个月而已，两人之间的感情竟然被他经营到这种不堪的地步。

不管洛洛为什么不顾一切地逃离皇宫，究其根本，是他没有尽到夫君的责任，也没有给自己心爱的女人足够的安全感。

独自在偌大的宫殿中枯坐了片刻,轩辕尔桀终是没有按捺住对洛千凰的思念,踏进内室,缓步走到床边,眼睛一眨不眨地凝视着正抱着双膝,呆坐在床脚不知在想什么的洛千凰。

他首先打破安静的气氛,轻声在洛千凰耳边道:"灵儿刚刚来过了,她想见你,被朕赶了回去。"

洛千凰从呆怔中回神看了他一眼,并未多言。

轩辕尔桀柔声问她:"你想见灵儿吗?"

洛千凰迟疑片刻,微不可闻地点了点头。

轩辕尔桀勾了勾嘴角,循循善诱道:"你若真想见她,就答应朕一个条件。告诉朕,你离宫的理由究竟是什么?"

旧事重提,洛千凰的目光又渐渐沉了下去。

她继续抱着双膝,恢复之前发呆的动作,摆出一副拒绝和轩辕尔桀交谈的姿态。

轩辕尔桀被她抗拒的模样气得面色微沉,他很想发火,怒气到了嘴边,最终还是被压了下去。

他向她身边挪了挪,像从前一样捏了捏她的脸颊,语带疼惜道:"洛洛,你与朕之间的关系,非要闹到这么不可开交的地步?"

洛千凰没有回答他的问题,而是抬起头,反问了一句:"你会不会纳徐紫月进宫,当你的皇贵妃?"

轩辕尔桀没想到她会问出这个问题。放在从前,他一定会想都不想便否认这个疑问。

可是现在,太多的利益和解释不清的盘根错节,让他没办法像从前那般说出肯定的答案。

不是他没有担当,畏惧光禄侯的势力,而是他身上肩负着掌管天下苍生的使命,不能为了一时痛快,做出不负责任的决定。

徐紫月他当然不会娶,但如何不娶,他必须想出一个合理的解决之道。

他思忖的这个工夫,洛千凰忽然笑了:"我知道你有很多苦衷,你想做什么,尽管去做。你放心,无论你的答案究竟是什么,我都会无条件接受,不会有半句怨言。"

轩辕尔桀知道她一定是误会了自己,想要开口解释的时候,她已经摆出拒绝交谈的姿态。

她的声音透着娇软无助:"朝阳哥哥,我最近很累!"

第八十二章 夫妻间兵戎相见

那声朝阳哥哥，如同一记重锤，砸在轩辕尔桀的胸口，让他钝痛不已的同时，却又对眼前的一切无能为力。

他慢慢将她揽进怀中，柔声道："好，你累了，朕便不再多问。朕会耐心等着，你想说的时候，朕会洗耳恭听。"

他无奈的妥协，让洛千凰心痛不已。她就像一只无助的小猫，缩进他的怀中，低声哭泣着。

轩辕尔桀拢了拢环在她肩上的手臂，他不知道她心底究竟压抑着怎样的痛苦，他只知道，这个被他发誓要不惜性命守护一生的姑娘，此时正承受着巨大的心理折磨。

从何时起，他竟然将洛洛逼到了这步田地？

他想问她到底发生了什么事，可是看到她滚烫的泪水像断线的珠子般不断落下，他又止住了声音，不敢再轻易触及她的痛处。

两人就这么无声地抱着彼此，仿佛在用漫长的沉默来抚平对方心底的伤痕……

第八十三章 出意外阴阳两隔

这世上有很多事情都发生得令人始料不及。

就在朝廷想办法如何安抚躺在病床上奄奄一息的徐紫月,避免光禄侯因为女儿被打,愤而发起战火的时候,被妥善安置回皇宫养伤的徐紫月,突然离奇死亡了。

说是离奇,却也并非无迹可寻。

徐紫月身边伺候的婢女,第二天清晨像往常一样去给徐紫月送汤药,结果刚进房门,就看到一条有胳膊那么粗的黑蛇紧紧缠在徐紫月的脖子上。

再看徐紫月,脸色如同白纸,一探鼻息才发现,她已经断气多时,身体也早已僵硬。送药的婢女吓得失声尖叫,唤来太医前来探望,才得出一个令所有人都震惊的结论,早在昨天夜里,徐紫月就已经死去。

徐紫月一死,整个皇宫都陷入惊恐和紧张的气氛中。

虽然从头到尾,洛千凰与徐紫月并没有正面接触,但缠死徐紫月的是一条大黑蛇。而就在不久之前,徐紫月带着心腹婢女登门挑衅,引得洛千凰这个当朝国母极度不满,愤怒之下,她召唤蛇群,对徐紫月一行人展开无情的厮杀。

由此不难推断,徐紫月的死没那么简单,凶手很有可能就是对她恨之入骨的洛千凰。

"你怀疑是我杀了徐紫月?"

当轩辕尔桀用质问的口吻问洛千凰究竟有没有指使黑蛇去杀人时,洛千凰简直被他那理所当然的语气气到吐血。

轩辕尔桀此时的脸色也颇为难看。他极尽所能地保护洛千凰的名声和地位,甚至在她有可能背弃他们之间感情的情况下,他都可以念在夫妻情分上不与她计较。

没想到他这样处处为她着想,非但没有换来她的真心以待,反而在他陷入困扰时,又在他门前烧了一把火。

亏他昨天一时心软，差点儿因为见不得她难过而改变主意，收回禁足令，还她自由，以图改善两人之间僵持的关系。

仅仅过了一个晚上，这个昨天还伏在自己肩头失声痛哭的娇弱女子，竟然神不知鬼不觉地将令整个朝廷都为之头痛的徐紫月处理了。

徐紫月的生死对轩辕尔桀来说无足轻重，重要的是，徐紫月一死，光禄侯必然借机带兵造反，战火一起，势必给无辜百姓带来巨大灾难。

想到这里，轩辕尔桀不禁大发雷霆："现在正值冬季，绝大多数蛇虫鼠蚁都已经进入冬眠状态。有能力将冬眠中的蛇召出来伤人，除你之外，朕根本想不到第二个人。"

被莫名冠上杀人罪名的洛千凰简直无法形容这种憋屈的心情，她自那日在龙御宫与徐紫月起冲突后，便再没见过对方，又如何能将她置于死地？

最近她因为发生在自己身上的一连串变故已经烦不胜烦，没想到人在家中坐，祸从天上来，轩辕尔桀居然不管是非曲直，就贸然将杀人的罪名扣到她的头上。

泥人还有三分土性呢，更何况现在的洛千凰正处于烦躁之中，被他一迭声地出言指责，她一时间怒火沸腾，厉声道："我想弄死她，有一千一万种方法，没必要使出这种偷偷摸摸见不得光的手段，在夜深人静时将她灭口。再说，你有什么证据说徐紫月一定是我杀的？仅仅因为她脖子上缠了一条黑蛇，就认定凶手是我？难道在你心中，我就是那种为了满足私欲而视人命如草芥的凶徒？"

轩辕尔桀强行压制着心底的怒火："若不是你，世上还有谁有这个本事利用黑蛇前去杀人？"

洛千凰冷笑："就因为我拥有驾驭世间百兽的天赋，你便在毫无根据的情况下认定我的罪名？"

轩辕尔桀不想在这个话题上浪费时间，他沉声问："你实话告诉朕，徐紫月的死，究竟与你有没有关系？"

他那一脸认定自己有罪的态度，顿时令洛千凰火冒三丈。原本溜到嘴边的解释，也被她给生生咽了回去。

她不答反道："不管徐紫月背后究竟有谁在撑腰，她触犯国法，犯下大错，甚至率领一干婢女闯进龙御宫欲对我和灵儿大打出手。你可以问问天下百姓，像徐紫月这种不将国法放在眼中的女人，是不是死有余辜？"

气极之下，轩辕尔桀硬生生回道："她是不是死有余辜，还轮不到你来审判！"

这句话，就如同一柄锋利的刀刃，在洛千凰原本就千疮百孔的胸口处又留下一道重重的伤痕。

轮不到她来审判？

身为黑阙的国母，本该拥有一人之下、万人之上的崇高地位，却不得不为了朝廷的利益，数次对曾经伤害过自己的罪魁祸首隐忍退让。

一国之母当到她这个份儿上，真是史无前例地憋屈又窝火。

她回以一记冷笑："既然她的生死轮不到我来审判，你又何必费尽千辛万苦一定要扶我坐上皇后之位？难道我这个所谓的皇后，就是被随便什么阿猫阿狗都可以骑在头上欺负的摆设？若真如此，这皇后的位置，我洛千凰还真不稀罕占着。"

轩辕尔桀怒不可遏："你就是用这种态度来看待你和朕之间的感情？"

洛千凰哼了一声："这种时候再来谈什么感情，你不觉得很可笑？"

"好！你不想与朕谈感情，那你实话告诉朕，徐紫月到底是不是你杀的？"

洛千凰被他接二连三质问得心力交瘁，只觉百口莫辩，无所谓道："是我杀的又如何？不是我杀的又如何？"

轩辕尔桀被她的态度激怒，厉声道："难怪你昨天对朕说，无论朕的答案是什么，你都会无条件接受，绝不会有半句怨言。是啊，你当然没有怨言，因为你已经做好了杀人的准备，根本就没打算给徐紫月留活路。朕真是大意了，明明知道你的天赋是驭兽杀人，居然还将你当成手无缚鸡之力的小白兔，费尽心思去保护你的人身安全。你哪里需要别人保护？你不杀人害人，对世间苍生来说，已经是在造福人类了。"

这番话，轩辕尔桀说得丝毫不留情面。

他也是被气得失去了理智，才会不管不顾说出这种伤人之言。

说者无心，听者有意。

轩辕尔桀这番无情的指控，直戳洛千凰的心窝，令她痛不欲生。

他说得没错，外表看上去如小白兔般无害的她，可不就是一个心狠无情的人形杀器？

梦境中的画面再次浮现于脑海，她仿佛看到自己双手沾满鲜血，眼前充斥着尸山血海，犹如身处修罗地狱。

一种不祥的预感萦绕在心头，仿佛下一刻，无数次出现在梦中的场景，就会成为不可避免的现实。

她连连向后退了几步，茫然地看着轩辕尔桀被怒火取代的双眼："你骂得没错，像我这种时时刻刻都可能会给世人带来毁灭性伤害的刽子手，根本不配继续活着。徐紫月是吗？对，她的确是被我所杀。既然杀人偿命，就用我这条命，去祭奠徐紫月的亡魂吧！"

她破罐子破摔的态度让轩辕尔桀头痛万分，他越发觉得自己当日考虑欠周，居然任由徐紫月父女兴风作浪到今天这种一发不可收拾的地步。

假如当日他没有对光禄侯的提议妥协，按照国法律例将徐紫月关押收监，留在京城的天牢之中掣肘光禄侯手中的兵权，然后再一点点架空光禄侯的势力，便可循序渐进地将他的兵权夺回手中。

这样一来，不但光禄侯不敢轻举妄动，徐紫月也没有继续折腾的机会。

所有的灾难都不会发生，他和洛千凰之间的感情也不会在这起事件的搅动之下，发酵到今时今日这种严重的地步。

不管轩辕尔桀心中有多么懊恼当日的决定，既然事情已经发生，为了稳住眼前的局势，他只能狠下心，对身边的随从下令："皇后涉嫌谋杀徐紫月，暂时关押刑部大牢，择日再做审问。"

两旁侍卫都是皇上身边的心腹，听到皇上居然要将皇后押入大牢，纷纷露出诧异的神色。

尤其是周离和苏湛，几乎不敢相信自己的耳朵。刑部阴冷潮湿，皇上怎么能让娘娘去那种地方受苦？

"皇上……"

周离试着开口想要劝几句，却被轩辕尔桀沉声打断："朕意已决，带下去吧！"

他冷酷决绝的态度，如同一盆冷水泼在洛千凰的头上。

她做梦也不敢相信，这个口口声声说要保护她一世周全的男人，竟然在没有确凿证据的情况下，狠下心肠，亲自下令将她押入刑部大牢。

刑部！

真没想到，她洛千凰有朝一日也会沦落到这种可怜又可悲的地步。当她被人扭着手臂，经过轩辕尔桀身边的时候，嘴边勾出一个似笑非笑的弧度。

两人擦肩而过的那一刻，洛千凰轻声说道："经此一别，后会无期！"

轩辕尔桀尚未从这八个字所带给他的震撼中回过神，洛千凰的身影已经在眼前彻底消失。

他颓然地坐在椅子内，脑海中迅速分析着事情的利弊。徐紫月一死，她从封地带来的那些随从全部炸了锅。

既然朝廷丝毫没有诚意，光禄侯率兵一战，将会成为不可改变的事实。

那些害怕内战会给自己带来威胁的大臣此时也是人人自危，纷纷将挑起这场战争的罪责怪到了洛千凰的头上。

之前她召唤黑蛇对徐紫月展开攻击一事已经让一些自私自利的大臣心生不满，眼下朝廷与光禄侯即将两军交战，那些谨小慎微的大臣几乎是迫不及待地将祸源推到皇后身上。

轩辕尔桀心底不知道有多想将这些胆小怕事的臣子罢官免职，但他不能，这些人虽然自私讨厌，手中却掌控着错综复杂的势力。

身为天子，他必须顾全大局，不能被私人感情所左右。所以，当一部分大臣为了安抚徐紫月随从的情绪，希望轩辕尔桀给出一个合理说法时，他万不得已，只能暂时让洛千凰受些委屈，用这种以退为进的方式，确保洛千凰的性命暂时不受到威胁。

当然，轩辕尔桀并不是束手无策的无能昏君，早在徐紫月进京之前，他就派出心腹队伍，偷偷潜进光禄侯的封地，打探封地那边的动向。

在确切的消息没有被送进京城之前，他必须极力克制，容忍徐紫月的得寸进尺，也容忍朝中那些嫉妒洛千凰独得圣宠的大臣恶意诋毁她。

等他掌握到足以制衡双方的筹码，他一定会做出最犀利的反击，让那些在背后拖他后腿的蠢货彻底明白，皇权，不是谁都有资格侵犯的。

轩辕尔桀一边暗恨眼前的万不得已，一边又在拼命想办法保全洛千凰不在这起动荡中受到伤害。

在他看来，他此刻对洛千凰的处罚手段虽然无情了一些，本意却是为了保护自己皇后的人身安全。

只求洛洛能够深明大义，稍稍忍耐此刻的委屈。

待他掌控大局那天，势必会猛烈反击，让那些将洛洛逼到无路可退的罪人付出惨痛代价。

第八十三章 出意外阴阳两隔

如果轩辕尔桀事先知晓今日的分开将是永别，他宁愿与天下人为敌，也不会做出如此荒谬的选择。

洛千凰死了！死在一场漫天的大火之中！

谁都没想到，守卫森严的刑部大牢，居然会在夜深人静时发生一场史无前例的巨大火灾。

起火的原因暂时不明，从大火蔓延直到火被扑灭，竟然用掉了整整三个时辰。

这漫长的三个时辰，被关在里面的狱卒和犯人深深体会到了什么叫作水深火热。

当最后一丝火苗被熄灭，刑部大牢已经如同一座人间地狱，多人丧生在这场大火中，包括被冠上杀人罪名，送进特殊牢房中关押的当朝国母洛千凰。

轩辕尔桀闻讯赶来的时候，火势虽然已经得到了控制，但仍有汹涌的余火熊熊燃烧着。

原本是寒冬腊月天，刑部周遭却是火光冲天，灼热无比。

轩辕尔桀赤红着双眼，不顾身边侍卫的阻拦，冒着生命危险闯进牢房，试图将那个被他以保护之名暂时关押在这里的心爱女子从火海中抢救出来。

洛千凰身份特殊，关押她的牢房是个独立单间，环境相较于其他犯人，不知要优越多少。

但牢房终究是牢房，环境再好，空间就那么大，牢中的设施虽一应俱全，却如同一座坚固的铁笼，将关押在这里的犯人牢牢束缚在这一小方天地间无法逃离。

无情的大火以迅雷不及掩耳之势席卷了刑部大牢的每一个角落，洛千凰所处的这间牢房也不例外。

轩辕尔桀冒着可能会被大火活活烧死的危险闯进牢房时，呈现在他眼前的，不再是曾经用软糯的嗓音喊他朝阳哥哥的天真女孩，而是一具被烧成黑炭的冰冷尸体。

从这具尸体的外观来看，已经辨认不出她本来的样貌。

轩辕尔桀不敢接受眼前的事实，他费尽千辛万苦娶进家门的妻子，怎么可能会在眨眼之间，从一个大活人变成了一具没有声息的黑炭？

不久之前，他们还一起出游，赶赴星海，为当地受灾百姓解决海怪之忧。

不久之前，他们还因为各自立场不同，吵得天翻地覆，互不理睬。

不久之前，她还竖着柳眉，一字一字地在他耳边说出"经此一别，后会无期"这种负气之言。

她的形象那般鲜活，她的声音清脆悦耳，甚至就在几个时辰前，他们还怒目相对，恶语相向，不计代价地用世间最恶毒的词汇，去伤害彼此脆弱的感情。

他以为，只要渡过这场灾劫，咽下这份苦楚，他们的感情就会恢复如初，一切误会都会烟消云散。

没想到仅过了几个时辰，他的人生竟然发生这样巨大的变故。

洛洛死了！

洛洛居然因为他错误的决策，死在这间狭窄而憋屈的牢房之中。

这一刻，轩辕尔桀忽然觉得他活得特别可笑，虽身处高位，却不得不为了一些与他毫不相关的人或事，做出各种万不得已的决定和妥协。

他到底犯下了怎样的错误，竟然亲手将被他视为珍宝，不惜用性命呵护的妻子送上黄泉路？

周离和苏湛尾随他们的主子闯进即将被大火烧塌的牢房时，就看到轩辕尔桀欲哭无泪地抱着一具早已烧焦的尸体，目光茫然得仿佛失了三魂七魄。

两人急忙冲了过去，一左一右拉住轩辕尔桀，焦急道："皇上，这里危险，速速离开。"

轩辕尔桀却死死抱着那具没有任何反应的焦尸，态度强硬地不肯离开此地半步。

眼看头顶的房梁一劈两断，就要砸下来，周离和苏湛顾不得以下犯上，在千钧一发之际，将差点儿被砸个正着的轩辕尔桀解救出来。

怀中的焦尸滚落下去，轩辕尔桀再也按捺不住眼底的泪水，眼睁睁看着那具焦尸被掉下来的一根黑木头砸得更加面目全非。

"洛洛……"

他的声音在浓烟的熏呛之下变得嘶哑难听，却掩饰不住压抑在喉中艰涩的哽咽。

周离和苏湛此时也红了眼眶，两人对洛千凰感情深厚，不敢相信几个时辰前还活生生的皇后娘娘，为什么会以这样的方式葬送性命？

偌大的刑部大牢此时已经在火势的攻击下变得摇摇欲坠，他们的使命是确保皇上安然无恙。万一皇上也在这场大火中遭遇意外，不光朝廷变天，就连整个黑阙皇朝都将陷入一片动乱，后果不堪设想。

轩辕尔桀前脚被周离和苏湛拉出刑部，下一刻，被大火烧得面目全非的刑部大牢便坍塌成一堆残砖破瓦。

这场大火不知夺去多少人的性命，葬身火海的除了那些等待候审的犯人和看管他们的狱卒外，唯有洛千凰那具烧成黑炭的尸体被抬了出来。

之前那些在议政殿上奏要求皇上一定要严惩皇后的大臣人人自危，皇上对皇后究竟有多重视，大臣们亲眼所见，深晓其中利害。

皇后若在这场灾难之中毫发无损还好，一旦涉及生死，他们几乎可以预见，皇上一定会大发雷霆，将丧妻之恨怪罪到他们头上。

还没等到轩辕尔桀大动肝火，他便被病魔击垮，瘫倒在床上，整整三天不省人事。

作为皇上身边备受信任的第一心腹，贺连城虽然也沉浸在皇后惨死的悲痛中，面对这样的变故，他不得不打起十二分精神，在皇上饱受高烧折磨之际，第一时间将轩辕灵儿带进皇宫，为轩辕尔桀诊治身体。

轩辕灵儿在皇兄的床前守了三天。

第三天，高烧不退的轩辕尔桀总算在各种汤药的滋补之下慢慢转醒。

醒来之后，他开始呼唤洛千凰的名字，正准备往他嘴里送药的轩辕灵儿冷笑着讥讽："小千已经去了另外一个世界，皇兄，别再继续扮演情圣，小千她看不到了。来，喝药吧，小千死了，你还得活着，你要是死了，这偌大的江山由谁来接管呢？"

说罢，她粗鲁地将药碗递到轩辕尔桀面前，不管是语气还是眼神，皆充满怨愤和责怪。

轩辕尔桀这才看清灵儿的双眼布满血丝，挂在嘴边的与其说是冷笑，更确切地来说是苍凉与悲伤。

高烧前所发生的一幕幕排山倒海般闯进他的记忆之中，洛洛死了！这个可怕的事实将他折磨得求生不能，求死不得。

轩辕灵儿三言两语刺激得皇兄肝胆俱裂仍不死心，还恨恨地在他耳边加了一句："皇兄，你可得快点儿好起来，小千的尸体还停放在长生殿，等着你去装棺入殓呢。哦，对了，我忘了和你说，小千的尸体被大火烧得面目全非，根本看不出原来的样子，她还不到二十岁，年纪轻轻就被烧成一具焦炭，样子狰狞可怕，在长生殿负责守夜的宫女太监吓得晚上都不敢留在那里值夜呢。你醒来就好，可以亲自赶往长生殿，在那里陪小千最后一程了……"

轩辕灵儿每说一句，轩辕尔桀的心就被利刃狠伤一寸。

听到最后，他已经被不断涌出的泪水模糊了双眼。

"灵儿，够了！"

贺连城及时出现，制止轩辕灵儿继续用泄愤的态度去刺激轩辕尔桀。若非痛到极致，轩辕尔桀也不会在大悲之下高烧昏迷。

洛千凰的死对所有人来说都是一个措手不及的意外，不管轩辕尔桀在决策上究竟出了多大的纰漏，他都是这个世上最不希望这场悲剧发生的最大受害者。

轩辕灵儿气得一把将药碗摔在桌上，厉声道："如果我闭嘴就能换回小千的性命，我宁愿这辈子都不再开口说话。可是连城，小千死了。她不但死了，还死得那么难堪，那么狼狈，完全没有身为一个皇后该有的体面。作为好友，我除了在她的尸体前痛哭，就连替她修补尸体都无从下手。皇兄难过，难道其他人就不难过了？假如皇兄从一开始就不给那些歹人伤害小千的机会，小千何至于沦落到葬身火海的地步？像徐紫月这种罪该万死的恶毒女人，她凭什么拉着小千去陪葬？你说，凭什么呀？"

最后几个字，轩辕灵儿嘶吼出声。

她憋了整整三天，直到此刻才找到发泄的出口。

看着轩辕灵儿像个无助的孩子般痛哭失声，贺连城既心痛，又无奈，只能将妻子拉入怀中无声安慰。

直到灵儿哭得累了倦了，他才命人将连续三个晚上没有好好休息的轩辕灵儿送回贺府。

皇上醒了，轩辕灵儿身上的责任也卸了下来。

轩辕尔桀并没有因为灵儿的怨怼生出不满，他不知难过了多久，才渐渐止住悲伤，嗓音嘶哑道："灵儿骂得没错，是朕无能，连心爱妻子的性命都保不住，皇帝做到这种地步，朕恐怕是天底下最蠢、最无能的男人……"

贺连城劝慰道："皇后的死是一场意外，皇上先不要太过自责，你要尽快振作起来，还有很多事情等着你亲自处理。"

轩辕尔桀沉默片刻，才抬头询问："可查出这起大火究竟是何人所为？"

贺连城犹豫片刻，沉声回道："冬日寒冷干燥，看守牢房的狱卒为了夜中取暖，采用木柴生火，睡熟之后，火苗不小心烧到狱卒的衣襟，有人发现不对劲时，火势已经大到无法控制。夜里值夜的狱卒原本就比白天要少，加之附近的井水因为天气的原因结成冰面，待破开冰层用井水灭火时，整个刑部大牢已经彻底淹没在火海之中。这场火灾，共有四十七名囚犯、二十六名狱卒丧生，其余人皆受到或轻或重的烧伤……"

说到这里，贺连城的声音中夹杂着几分悲痛："按照最新统计出来的死亡名单，皇后……也在这四十七名囚犯之中。"

"囚犯"这个称呼，瞬间戳痛了轩辕尔桀，他就像一个受到刺激的孩子，尖声道："洛洛不是囚犯，她……"

接下来的嘶吼被他硬生生咽了下去，吼声再大又能改变什么？不管洛千凰是不是囚犯，她惨死狱中已是不可改变的事实。

贺连城见轩辕尔桀双眼赤红，呼吸沉重，知道一时半会儿他根本接受不了洛千凰离世这个沉重的打击。

贺连城无奈地叹了口气，劝道："你大病初愈，先留在寝宫好好休息。待身体恢复得差不多了，再亲自出面主持大局……"

"不必！"轩辕尔桀摆了摆手，他拖着病体步下床榻，跟跟跄跄向门外走去，边走边道，"洛洛还在长生殿里孤零零地躺着，朕有什么资格留在这里独自享福？朕要去长生殿陪洛洛，就算暂时不能陪她赴死，至少……至少要亲自过去送她最后一程……"

长达三天的不吃不喝，加上高烧不断，疾病缠身，未等轩辕尔桀走到门口，便"扑通"一声摔倒在地。

贺连城忙不迭地将他扶回床上，厉声道："皇上，我能理解你的悲痛之情。但死者已矣，再如何自我折磨也改变不了眼前的局面。我知道这一刻你想陪着皇后一起离去，但你不能罔顾自己身上的重担。太上皇膝下只有你一个儿子，你要是有什么三长两短，黑阙岂不群龙无首，陷入无边灾祸之中？人终有一死，皇后她……只是比寻常人早走那么几十年而已。若她在天有灵，绝不愿看到她挚爱的夫君悲伤颓废至此。"

"挚爱的夫君？"轩辕尔桀捂着因剧烈咳嗽而阵阵闷痛的胸口苦笑，"你知道洛洛最后和朕说的那句话是什么？她说，经此一别，后会无期！连城，她恨朕！恨毒了朕！是朕用自以为护她周全的方式，亲手将她推入绝境。真正害死她的凶手不

是别人，就是朕自己啊！"

贺连城无比难过地拍了拍他的肩膀，红着眼睛道："既然天意如此，不如接受命运的安排。"

不管轩辕尔桀肯不肯接受现实，他都必须面对妻子已经不在人世的打击。

洛千凰那具被烧得面目全非的尸体此时停放在长生殿，未等轩辕尔桀前去探望，之前被他派去封地调查光禄侯的探子便带回一个让所有人震惊的消息。

那些所谓的造反者，是光禄侯父女花尽手中的钱财收买到的死士。而所谓死士，就是从光禄侯父女手中得到巨额的钱财，冒着丧命的危险，不惜与朝廷作对到底。

这些死士的目的只有一个，制造造反的声势，帮助失去一切的光禄侯父女扳回一局。

不得不说，光禄侯这步险棋下得极妙。

他所在的封地距京城有千里之遥，正所谓天高皇帝远，光禄侯在封地积威数年，撒下大把钱财之后，自然有无数死士为了得到巨额的钱财，愿意以命相搏。

在这股声势的干扰之下，多数人都以为光禄侯要举兵造反，因此朝中一部分大臣才会对当年英勇善战的光禄侯如此忌惮。

轩辕尔桀派到封地的心腹很快便查明此事的真相，得知所有的事情都是光禄侯父女精心设计的一场局，这才快马加鞭回到京城，迅速将查到的内情禀明皇上。

光禄侯父女将这个小算盘打得很是精明，一旦他们成为这场豪赌中的胜利者，便可以扭转被贬为庶民的命运，东山再起，继续享受以往的荣华富贵。

就算朝廷不肯归还光禄侯的兵权，徐紫月还可以趁机在宫中谋得皇贵妃的身份，来确保光禄侯在封地的地位屹立不倒。

总之，光禄侯父女二人这招空手套白狼，不但将朝中一部分胆小怕事的大臣耍得团团转，就连轩辕尔桀这个自诩为聪明睿智的皇帝也陷入局中，甚至为此搭上了心爱女人的性命。

得知事情的来龙去脉，轩辕尔桀十分震怒。

局！所有的一切，居然都是徐家父女精心策划出来的一场局。

他不怕别人为他设局，他只恨设局之人竟敢伤害到无辜之人。

洛千凰的死对很多人来说都是一场意外，对轩辕尔桀来说，除了自己之外，另一个置洛洛于死地的罪魁祸首，便是心思歹毒的徐家父女。

第八十三章 出意外阴阳两隔

曾几何时，轩辕尔桀立志要做一个勤政爱民的好皇帝，多年以来，他一直遵守这份承诺，从不冤枉一个好人，也绝不放过一个坏人。

可是现在，他很生气，正所谓天子一怒，伏尸百万。

那些随徐紫月进京给她造势的随从死士，全部被判以凌迟之刑。轩辕尔桀从头至尾一直坐在观刑台上，面无表情地看着这些祸乱朝廷的罪魁祸首惨死在血泊之中。

远在封地的光禄侯已经知道事情败露，女儿惨死，被他钱财收买的死士也全部丧命。

他自知大势已去，再没有翻身的可能，于是，在轩辕尔桀的追兵还没有到来将他绳之以法前，便悬梁自尽，吊死在自家的屋檐之下。

光禄侯的死讯并没有浇熄皇上的怒火，他命人将还未下葬的徐紫月吊在城门口示众三天，以此，来祭奠亡妻洛千凰的在天之灵。

皇上这番雷厉风行的举动，着实把朝中一部分大臣吓得心肝直颤，寝食难安。

本以为极少发怒的年轻帝王是仁义之君，没想到阴狠起来，简直不输他父亲荣祯帝当年的残酷和铁血。

不愧是亲生父子，报复起来，简直让人无力招架。

之前在议政殿口诛笔伐过皇后种种罪责的大臣，要么被寻个莫须有的罪名下放到穷乡僻壤，要么翻出陈年旧账，直接被罢官贬为庶人。

什么英明君主，什么国家大义，在人命面前，这些都是过眼浮云。

轩辕尔桀已经不在乎大臣们是否会将暴君的罪名冠在他的头上，暴君又如何？如果连自己心爱的女人都保护不了，他又有什么资格端坐皇位指点江山？

总之，由光禄侯父女引起的动荡，成为黑阙朝历史上最残酷的一场血案。史官将这起案件命名为光禄血案。

很多年后，当人们提起光禄血案时，仍记得发生在菜市口那起大规模的凌迟现场。

至此，天子的威严再无人敢轻易冒犯，在这起事件中被罢官或是降职的大臣，从此之后也永远失去了出人头地的机会。

到了第七天，在长生殿停灵整七天的洛千凰终于迎来下葬的吉时。

虽然她的尸体已经被烧成看不出本来模样的黑炭，轩辕尔桀每次来到长生殿时，依旧会用无比爱怜的目光一眨不眨地凝视着亡妻的尸首。

棺椁是用最上乘的金丝楠木打造而成，洛千凰焦黑的尸体，被摆放在棺木正中间。

烧得面目全非的身体已经穿戴上华丽的凤袍，看不出模样的五官狰狞地露出森森白骨，即使变成这个模样，轩辕尔桀依旧命人将两人成亲时的那顶凤冠放到棺内。

"皇上，这是您要的驻颜珠。"

小福子恭恭敬敬地捧着一只托盘，铺在托盘的绒布上面放着一颗晶莹剔透的圆珠子。

轩辕尔桀拿过珠子，在指尖把玩片刻。

伺候在两旁的宫人大气不敢出，心底却在腹诽，皇后都已经烧得不成人形，皇上将价值连城的驻颜珠放到皇后的嘴巴里，这未免有些暴殄天物了。

驻颜珠有价无市，乃世间罕见的稀世珍宝，将它置放在死者口中，可让死者的容颜千年不变。

如果洛千凰是正常死亡，还可以含着这颗珠子美美地被装棺入殓。

可她此时的样貌如同鬼魅，皇上居然将如此罕见的驻颜珠拿给她用，着实令人不能理解。

轩辕尔桀根本不在乎别人的看法，他站在棺木前，深情地凝望着棺中的焦炭，自言自语道："若当年朕对你没有执念，任由你无忧无虑地在百草村过日子，说不定现在的你，已经嫁给村中某个普通的男子，过着普通人的生活。闲暇之余，用你的医术治治小猫小狗，平安喜乐地度完此生。这样，至少你还能健健康康地活着。是朕错了，自以为可以用余生来保护你一世周全，没想到却将你推进了万丈深渊……"

说着，他低下头，在众人诧异的目光中，亲了亲棺中黑炭的脸颊。

不管洛千凰的尸体有多么丑陋，在轩辕尔桀眼中，她永远都是他心爱的洛洛。他轻轻捏开洛千凰那早已被烧得扭曲不堪的下巴，小心翼翼地将事先准备好的定颜珠放进她的口中。

即使她不复从前美丽的容颜，他依旧要用世间最好的东西来祭奠她的亡魂。

结果，当轩辕尔桀试着将定颜珠放进她的嘴里时，发现了一个令他震惊的秘密。

这具尸体的牙齿十分整齐，如此整齐的牙齿，与记忆中洛千凰因为和他争抢一颗松子，不小心硌掉后槽牙的那口牙齿完全不同。

无情的大火可以烧焦一个人身上的皮肉，却烧不掉口腔中的一口白牙。

他记得十分清楚，洛洛因为后槽牙断掉，一连数日不能吃坚硬的东西。就在不久之前，她后槽牙的地方还是空荡荡的，怎么可能会在这么短的时间内生长得如此健全？

思及此，轩辕尔桀慢慢收回原来的动作，眼中渐渐被激动和惊喜取代。

他将定颜珠重新放回小福子手举的托盘里，神色镇定地对身边众人道："这具尸体不是洛洛，朕的洛洛，她还活着！"

——本季完——

意林·轻文库
【美少年系列】

青春作家 惊歌
携"龙子"第三部，
再度回归！

拜托了，龙子！ 3
大家长之战

一次次催泪的**离别**，
一场场艰辛的**交锋**，
一段段破碎的**过往**，

编织成龙子家族的秘密之网
也编织成一段让你落泪的爱恋

当红偶像隐姓埋名重返高中，竟三番五次算计林陌桑，原因未明。

险中逃生的林陌桑再遇裴西林，他竟然对别人温柔体贴。裴西林表白真心，却被指为杀害大家长的凶手！

林陌桑再遇难题，救下裴西林的唯一方法竟然是竞选家族大家长？